SV

Band 366 der Bibliothek Suhrkamp

Stanisław Lem
Robotermärchen

Suhrkamp Verlag

Herausgegeben von Franz Rottensteiner
Aus dem Polnischen von
I. Zimmermann-Göllheim und Caesar Rymarowicz

Erste Auflage 1973

Druck: Poeschel & Schulz-Schomburgk
Printed in Germany

Robotermärchen

Drei Elektritter

Es lebte einst ein großer Erfinder, ein Konstrukteur, der ohne Unterlaß ungewöhnliche Anlagen ausdachte und die seltsamsten Apparate schuf. Einmal erbaute er sich ein Winzchen-Maschinzchen, und es sang so schön, und er benannte es: Zwitschwerk. Im Siegel führte er das Kühne Herz. Und jedes Atom, das er aus seiner Hand entließ, trug dieses Zeichen, so daß spätere Gelehrte staunten, wenn sie in den Atomspektren flimmerige Herzlein auffanden. Viele nützliche Maschinen erbaute er, große und kleine. Endlich suchte ihn der wunderliche Einfall heim, Tod und Leben in eins zu verbinden und so das Unmögliche zu meistern. Der Konstrukteur beschloß, denkende Wesen aus Wasser zu bauen, – aber nicht auf so scheußliche Weise, wie ihr nun meint! O nein, es lag ihm fern, an weiche nasse Körper zu denken! Davor ekelte er sich, wie jeder von uns. Er wollte aus Wasser wahrhaft schöne und weise und demnach kristallische Wesen bauen. Also wählte er weitab von allen Sonnen einen Planeten aus, hackte dort aus dem gefrorenen Ozean Eisberge heraus und schnitzte daraus, wie aus Bergkristal, die Kryoniden. So hießen sie, weil sie nur in schneidendem Frost bestehen konnten und in sonnenloser Öde. Städte und Schlösser aus Eis erbauten sie sich binnen kurzem, und da ihnen alles Warme den Tod verhieß, faßten sie Polarlichter in durchsichtige große Gefäße und beleuchteten so ihre Wohnsitze. Je vornehmer jemand war, um so mehr Polarlichter hatte er: zitronfarbene und silbrige. Und glücklich lebte das ganze Volk. Es war aber für seine Kleinodien berühmt, denn nicht nur dem Licht war es hold, sondern auch den Edelsteinen. Aus gefrorenen Gasen waren diese Kleinodien geschnitten und geschliffen. Sie brachten Farbe in die ewige Nacht, worin gleich gefangenen Geistern die schlanken Polarlichter loderten, jedes wie ein verwunschener Nebelfleck in einem Block von Kristall. So mancher kosmische Eroberer wollte sich diese Reichtümer

aneignen. Denn ganz Kryonia war aus weitester Ferne sichtbar, von allen Seiten flimmernd wie ein Juwel, das auf schwarzem Samtgrund langsam um sich selbst gedreht wird. Daher landeten Abenteurer auf Kryonia, um das Kriegsglück zu erproben. Der Elektritter Messinger kam geflogen, dessen Schritte wie Glocken donnerten. Doch er hatte die Eisflächen kaum betreten, da schmolzen sie schon in seiner Hitze, und er stürzte hinab in die eisigen Ozeantiefen, und die Wasser schlugen über ihm zusammen. Und wie ein Insekt im Bernstein, so ruht er im Eisberg auf Kryonias Meeresgrund bis ans Ende der Tage.
Des Messingers Schicksal schreckte andere Verwegene nicht ab. Nach ihm kam der Elektritter Eiserner angeflogen. Der hatte sich so voll flüssigen Heliums gesoffen, daß es in seinen stählernen Eingeweiden nur so gluckerte, während er selbst in der rauhreifbedeckten Rüstung einem Schneemann ähnlich sah. Als er aber der Planetenoberfläche entgegensank, entzündete ihn die Reibung an der Atmosphäre. Das Flüssighelium verdampfte aus ihm mit Gezisch. Rot leuchtend stürzte er auf die Eisfelsen, und sogleich klafften sie auf. Er kämpfte sich daraus hervor, dampfsprudelnd, einem siedenden Geiser ähnlich. Doch alles, was er anfaßte, wurde zum weißen Wölkchen und beschneite ihn. Er setzte sich also nieder und wartete, bis er abgekühlt war. Die Schneesternchen auf den Achselstücken seiner Rüstung schmolzen nicht mehr. Da wollte er aufstehen und in die Schlacht ziehen. Aber in den Gelenken war ihm das Schmierfett gestockt; nicht einmal den Rücken konnte er strekken. So sitzt er noch heute; der Schneefall hat einen weißen Berg aus ihm gemacht, und nur die Helmspitze ragt daraus hervor. Sie nennen diesen Berg den Eisernen, und in den Augenhöhlen glänzt ihm der erfrorene Blick.
Von dem Schicksal seiner Vorgänger hörte ein dritter Elektritter, der Quarzer, der tagsüber nur als blankgeputzte Linse zu sehen war und nachts als Spiegelung der Sterne. Daß ihm Öl in den Gliedmaßen stocken könnte, brauchte er nicht zu

befürchten, denn er hatte keines. Auch daß die Eisschollen unter seinen Füßen zerspringen könnten, brauchte er nicht zu befürchten, er konnte nämlich so kalt werden, wie er wollte. Eines mußte er meiden: ausdauerndes Denken. Denn dabei lief ihm das Quarzhirn heiß, und dies konnte ihn zugrunde richten. Doch er beschloß, durch Denkfaulheit sein Leben zu retten und die Kryoniden zu besiegen. Er flog nach Kryonia. Von der langen Reise durch ewige galaktische Nacht war er so durchfroren, daß eiserne Meteore glasig klirrend in Stücke zerbarsten, wenn sie im Flug seine Brust streiften. Er aber landete auf Kryonias weißen Schneefeldern unter dem kryonischen Himmelszelt, das so schwarz wie ein Topf voll Sterne war. Er selbst indes glich einem durchsichtigen Spiegelglas. Er wollte überlegen, was weiter anzufangen sei. Aber da schwärzte sich rund um ihn schon der Schnee und begann zu dampfen.

»Nanu! Das war schlecht!« – sagte sich der Quarzer. »Nichts da, bloß nicht denken, dann ist alles gewonnen!«

Und er beschloß, immer dieses eine Sprüchlein zu memorieren, komme, was wolle. Denn es erforderte keinerlei denkerische Anstrengung und erwärmte ihn demnach kein bißchen. So zog der Quarzer durch die Schneewüste, gedankenlos und x-beliebig, um die Kühle zu wahren. Er ging so und gelangte endlich vor die Eismauern der Kryonidenhaupstadt Frigida. Er holte aus und rannte köpflings gegen die Zinnen, daß die Funken stoben. Dennoch richtete er nichts aus.

»Versuchen wir es anders« – sprach er zu sich selbst. Und er begann sich zu fragen: »Wieviel ist wohl zwei mal zwei?« Und als er darüber nachdachte, wärmte sich sein Kopf ein wenig. Also rammte der Quarzer die funkelnden Mauern zum zweitenmal. Doch er hieb nur ein kleines Grübchen.

»Das war zuwenig!« – sagte er sich. »Versuchen wir etwas Schwierigeres. Wieviel mag das wohl sein: drei mal fünf?«

Nun freilich umgab seinen Kopf schon brutzelndes Gewölk, denn der Schnee geriet ins Sieden, da er auf solch heftiges Denken stieß. Also wich der Quarzer zurück, holte aus, schlug zu und fuhr glattweg durch die Mauer und dann noch durch zwei Paläste und durch drei Häuser minderer Frostgrafen. Und er sauste bis auf eine große Treppe und klammerte sich an ihr Stalaktitengeländer, doch die Stufen waren wie eine Schlitterbahn. Schnell sprang er auf, denn ringsherum taute schon alles, und er drohte abzustürzen, durch die ganze Stadt hindurch und bis in die eisigen Klüfte, wo er auf ewig eingefroren wäre.

»Nichts da! Bloß nicht denken! Gewonnen!« – sagte er sich und kühlte wirklich gleich aus.

Er verließ den Eistunnel, den er geschmolzen hatte, und fand sich auf einem großen Platz, wo von allen Seiten silberne und smaragdene Polarlichter mit hellem Schein von Kristallsäulen niederblinkerten.

Und sternfunkelnd schritt dem Quarzer ein riesiger Ritter entgegen, ein Feldherr der Kryoniden, Boreal. Da spannte sich der Elektritter Quarzer und stürmte auf ihn los. Sie verkeilten sich ineinander, und das gab solches Getöse, wie der Zusammenprall zweier Eisberge im Nordmeer. Und Boreals schimmernde Rechte wurde dicht an der Wurzel abgehackt und fiel zu Boden. Doch der Wackere ließ sich nicht beirren. Er wandte sich und bot die Brust, breit wie ein Gletscher, der er ja war. Der Feind aber beschleunigte zum andernmal und rammte ihn schrecklich. Der Quarz war härter und fester als das Eis. Und Boreal zerbarst mit solchem Gedröhn, als wälzte sich eine Lawine die Felsenhänge hinab. Und zersplittert lag er da, und die Polarlichter beschienen ihn und beschauten sein Scheitern.

»Gewonnen! Nur so weiter!« – sagte der Quarzer. Vom Leib des Besiegten riß er die wunderschönen Kleinodien: mit Wasserstoff besetzte Ringe und überdies noch funkelnde Stickereien und Beschläge. Die sahen aus wie Diamanten, doch sie waren aus dreierlei Edelgas geschnitten: aus Argon, Krypton und Xenon. Doch als er sich daran erfreute, wärmte ihn die Gemütsbewegung, und alle diese Brillanten und Saphire verdampften zischend unter seiner Berührung, so daß er nichts mehr umfaßt

hielt als ein paar Tautropfen. Und auch diese verflüchtigten sich im Nu.
»Hoppla! Also freuen darf ich mich auch nicht! Genug davon! Bloß nicht denken!« – sagte er sich und rückte tiefer in die feste Stadt hinein, die er umkämpfte. Da sah er eine riesige Gestalt von fern heranmarschieren. Das war Albucid der Weiße, der Mineral-General. Auf seiner breit ausladenden Brust kreuzten sich Reihen von Ordens-Eiszapfen nebst dem Rauhreif-Großstern am eiszeitlichen Band. Dieser Hüter der königlichen Schatzkammer stellte sich dem Quarzer in die Quere. Der aber brach über ihn herein wie ein Gewitter und zermalmte ihn mit eisigen Donnerschlägen. Zum Entsatz für Albucid nahte der Herr des Schwarzen Eises, Fürst Ohroaster. Ihm konnte der Elektritter nichts anhaben. Denn der Fürst trug eine kostbare Stickstoffrüstung, die mit Helium gehärtet war. Sie verströmte solchen Frost, daß dem Quarzer der Schwung erlahmte und die Bewegungen erschlafften, während ringsherum die Polarlichter verblaßten, vom Hauch des absoluten Nullpunkts angeweht. Der Quarzer fuhr empor und dachte: »Verflixt! Was soll das?« Und die große Verwunderung erwärmte sein Hirn, der absolute Nullpunkt wurde lauwarm, und vor den Augen des Quarzers zerfiel Ohroaster von selbst in Scheiben. Donnerschläge begleiteten seine Agonie, und zuletzt blieb nur ein schwarzer Eishaufen, von Wasser wie von Tränen triefend, in einer Pfütze auf der Walstatt liegen.
»Gewonnen!« – sagte sich der Quarzer. »Bloß nicht denken! Und wenn es not tut, dann denken! Ob so oder so, siegen muß ich!« Und er jagte weiter, und seine Schritte tönten, als würden Kristalle zerhämmert. Er rasselte stürmisch durch die Straßen von Frigida. Verzweifelten Herzens betrachteten ihn die Bewohner unter den weißen Dachüberhängen hervor. Wie ein wildgewordener Meteor durch die Milchstraße rast, so raste er dahin. Da gewahrte er eine ferne Gestalt. Sie war allein und nicht eben groß. Das war aber der größte Weise unter den Kryoniden, Baryon, den sie den Eismund nannten. Der Quar-

zer holte aus. Auf einen einzigen Streich wollte er ihn zerschmettern. Er aber wich ihm aus und wies ihm zwei weggestreckte Finger. Der Quarzer wußte das nicht zu deuten, doch er wandte sich und – hooruck auf den Gegner los! Doch Baryon trat wieder nur einen Schritt weit zur Seite und zeigte schnell einen einzigen Finger. Der Quarzer staunte ein wenig und bremste ab, obwohl er schon gewendet hatte und eben hätte ausholen sollen. Er begann zu denken, und von den nahen Häusern troff schon das Wasser. Er aber sah nichts davon, denn Baryon wies ihm mit zwei gebogenen Fingern einen Kreis und fuhr darin schnell mit dem Daumen der anderen Hand auf und ab. Der Quarzer dachte und dachte, was diese stummen Gebärden wohl zu besagen hätten, und unter seinen Füßen klaffte Leerheit auf, und schwarzes Wasser spritzte empor, und wie ein Stein sauste er in die Tiefe. Und ehe er sich noch »Nichts da!« hatte sagen können, oder »Bloß nicht denken!«, – da war er nicht mehr auf der Welt. Die geretteten Kryoniden dankten Baryon erfreut für ihre Befreiung und fragten nachher, was er durch jene Zeichen habe kundtun wollen, die er dem dräuend hereingeschneiten Elektritter gezeigt hatte.

»Das ist ganz einfach« – erwiderte der Weise. »Zwei Finger besagten, wir seien unser zwei, nämlich er und ich. Ein Finger hieß, ich solle alsbald allein übrigbleiben. Dann zeigte ich einen Kreis, zum Zeichen, daß sich rund um den Fremden das Eis auftun werde, um ihn auf ewig zu verschlingen. Er begriff das erste sowenig wie das zweite und dritte.«

»O großer Weiser!« – riefen die Kryoniden erstaunt. »Wie konntest du dem furchtbaren Angreifer solche Zeichen geben? Bedenk, o Herr, was geschehen wäre, wenn er dich verstanden hätte! Dann hätte er sich nicht gewundert, das Denken hätte ihn nicht erwärmt, und er wäre nicht in den bodenlosen Abgrund gestürzt . . .«.

»Ach wo! Das befürchtete ich durchaus nicht« – sagte Baryon Eismund mit kaltem Lächeln. »Ich wußte ja im voraus, daß er nichts begreifen konnte. Denn hätte er auch nur ein Tüpfel-

chen Verstand gehabt, so wäre er nicht zu uns gekommen. Denn was nützen einem Bewohner sonniger Bereiche die Kleinodien aus Gas und die silbernen Sterne von Eis?«
Sie aber bestaunten ihrerseits die Weisheit des Weisen und gingen beruhigt fort in ihre Häuser, wo sie wohliger Frost erwartete. Seit damals hat niemand mehr in Kryonia einzufallen versucht, denn im ganzen Kosmos sind die Dummköpfe ausgestorben. Manche Leute behaupten freilich, es gebe deren noch genug, bloß wüßten die alle den Weg nicht.

Die Uranohren

Es lebte einst ein Ingenieur, ein Kosmogoniker, der Sterne leuchten machte, um das Dunkel zu besiegen. Im Andromedanebel traf er ein, als dort noch alles voll schwarzer Wolken war. Er drehte sogleich einen großen Wirbel. Der lief an, und nun zückte der Kosmogoniker seine Strahlen. Er hatte deren drei: den roten, den violetten und den unsichtbaren. Mit dem ersten entzündete er die Sternkugel, sie wurde sogleich zum Roten Riesen, aber im Nebel tagte es nicht. Der Ingenieur stach den zweiten Strahl in den Stern, da wurde er weiß. Der Kosmogoniker sagte zu seinem Lehrling: »Bewache ihn mir!« Er selbst aber ging andere anfachen. Der Lehrling wartete tausend Jahre und aber tausend, der Ingenieur kam nicht zurück. Der Lehrling bekam das Warten satt. Er schneuzte den Stern, und statt weiß wurde er blau. Das gefiel dem Lehrling; er meinte, schon alles zu können. Er wollte nochmals schneuzen, doch er versengte sich. Er suchte in dem Döschen, das der Kosmogoniker zurückgelassen hatte. Da war aber nichts drin, schon allzusehr gar nichts; selbst den Boden sah der Lehrling nicht. Er vermutete, dies müsse der unsichtbare Strahl sein, und wollte den Stern damit stupsen, wußte aber nicht, wie. So nahm er denn das ganze Döschen und schleuderte es ins Feuer. Da schimmerten alle Wolken der Andromeda auf, als wären mit eins hunderttausend Sonnen entbrannt, und es wurde taghell im ganzen Nebel. Der Lehrling war entzückt. Doch seine Freude war kurz, denn der Stern zerbarst. Da sauste der Kosmogoniker herbei, der die Bescherung sah. Weil er aber nichts vergeuden wollte, fing er die Flammen ein und formte daraus Planeten: den ersten schuf er aus Gas, den zweiten aus Kohle, für den dritten blieben ihm nur mehr die schwersten Metalle, also wurde das eine Aktinidenkugel. Der Kosmogoniker preßte sie zusammen, ließ sie fliegen und sagte: »In hundert Jahrmillionen komme ich wieder. Dann werden wir ja das Ergebnis sehen.« Und er flitzte fort, um den Lehrling zu suchen, der ihm aus Angst entlaufen war.

Auf jenem Planeten aber – er hieß Aktinuria – entstand das große Reich der Palatiniden. Deren jeder war so schwer, daß ihn nur die Aktinuria tragen konnte. Auf jedem anderen Planeten brach der Boden unter ihnen zusammen, und wenn sie schrien, stürzten die Berge ein. Doch zu Hause traten die Palatiniden gar zart auf und wagten nicht, laut zu sprechen. Denn ihr Beherrscher Archithor war unermeßlich grausam. Aus einem Platinberg war das Schloß gehauen, worin er wohnte. Und jede der sechshundert riesigen Hallen beherbergte eine seiner Hände, so groß war er. Das Schloß konnt er nicht verlassen, dafür hielt er überall Spione, so argwöhnisch war er. Auch seine Raffgier plagte die Untertanen.

Die Palatiniden benötigten nachts weder Lampen noch Feuer. Denn alle Berge des Planeten waren radioaktiv, und bei Neumond hättest du Stecknadeln zählen können. Tagsüber, wenn die Sonne gar zu lästig fiel, schlief das Volk in den Katakomben seiner Berge. Nur nachts versammelte es sich in den metallenen Tälern. Doch der grausame Archithor ließ Uranbarren in die Kessel werfen, worin sonst Palladium und Platin geschmolzen wurden. Dann erließ er eine Bekanntmachung für das ganze Reich. Jeder Palatinide mußte ins Königsschloß kommen und sich eine neue Rüstung anmessen lassen. Jedem wurden Achselstücke angelegt, Spitzhelm, Handschuhe, Beinschienen und Visier, und all dies leuchtete von selbst, denn diese Kleidung war aus Uranblech gemacht. Am stärksten aber leuchteten die Ohren.

Nun konnten die Palatiniden nicht mehr gemeinsam Rat halten. Denn wenn der Volksauflauf zu dicht gedrängt war, explodierte er. Sie mußten ihr Leben einsam verbringen und einander in weitem Bogen ausweichen, immer in Angst vor der Kettenreaktion. Archithor aber freute sich an der Betrübnis seiner Untertanen und legte ihnen immer neue Abgaben auf. Seine Münzstätten im Herzen der Berge prägten Bleidukaten, denn Blei war das Seltenste auf der Aktinuria und hatte den größten Wert.

Große Not litten die Untertanen des üblen Herrschers. Manche wollten einen Aufstand gegen Archithor entfachen und verständigten sich zu diesem Zweck in der Gebärdensprache. Aber es kam nichts dabei heraus. Denn immer fand sich einer, der schwerer von Begriff war. Der näherte sich den übrigen, um zu fragen, wovon die Rede sei. Und infolge seiner langen Leitung flog sofort die ganze Verschwörung in die Luft.

Auf der Aktinuria gab es einen jungen Erfinder namens Pyron, der aus Platin so feine Drähte ziehen gelernt hatte, daß daraus Netze geknüpft werden konnten, worin sich die Wölkchen verfingen. Nachdem er den Drahttelegraphen erfunden hatte, zog Pyron schließlich einen Draht so fein aus, daß gar keiner mehr da war. Und so entstand der drahtlose Telegraph. Hoffnung überkam die Bewohner der Aktinuria. Sie meinten, nun werde sich glücklich eine Verschwörung einfädeln lassen. Doch der schlaue Archithor hörte alle Gespräche ab. Je einen Platinleiter hielt er in jeder seiner sechshundert Hände. Demzufolge wußte er, was seine Untertanen redeten. Und wenn ein Wort wie »Aufstand« oder »Meuterei« bis zu ihm drang, dann sandte er sogleich Kugelblitze aus, und sie verwandelten die Verschworenen in eine Feuerpfütze.

Pyron beschloß, den üblen Herrscher zu überlisten. Im Gespräch mit Freunden sagte Pyron statt »Aufstand« nur noch »Absatz« und statt »konspirieren« – »schustern«. So bereitete er die Erhebung vor. Archithor aber wunderte sich: warum sich wohl seine Untertanen mit eins so auf die Schuhmacherei geworfen hätten? Denn er wußte nicht, daß sie »pfählen« meinten, wenn sie sagten: »über den Leisten schlagen«, und daß drückende Stiefel seine Tyrannei bedeuteten. Doch die Leute, zu denen Pyron sprach, begriffen ihn nicht immer. Denn seine Pläne konnte er ihnen nicht anders kundtun als in verschusterter Sprache. Er erklärte ihnen alles bald so und bald so, und als sie begriffsstutzig blieben, telegraphierte er einmal unbedacht: »Plutonium versohlen«, so, als sollten daraus Sohlen geschnitten werden. Aber da entsetzte sich der König. Denn Plutonium ist dem Uran am nächsten verwandt, Uran wieder dem Thorium, und Archi-Thor lautete der eigene Name des Königs! Also entsandte er sogleich die Panzergarde. Sie nahm Pyron fest und warf ihn vor den König auf die Bleifliesen. Pyron gestand nichts. Dennoch sperrte ihn der König in einen festen Palladium-Turm.

Den Palatiniden entschwand alle Hoffnung. Doch die Zeit war um, und der Kosmogoniker, der Erbauer der drei Planeten, erschien wieder in dieser Gegend.

Von fern besah er die Zustände, die auf der Aktinuria herrschten. »So geht das nicht!« – sagte er sich. Er spann die feinste und härteste Strahlung und legte darin, wie in einem Kokon, den eigenen Körper ab, auf daß er hier des Besitzers Rückkehr abwarte. Er selbst nahm die Gestalt eines armen Troßknechtes an und stieg auf den Planeten nieder.

Als die Dunkelheit herabgesunken war und nur die fernen Berge in kaltem Ring das Platintal erhellten, wollte der Kosmogoniker an Archithors Untertanen herantreten. Sie aber entwichen höchst bestürzt, sie befürchteten ja eine Uranexplosion. Bald dem, bald jenem rannte der Kosmogoniker vergeblich nach. Er verstand nicht, warum alle vor ihm flohen. So streifte er denn auf den Hügeln umher, die wie Ritterschilde aussahen, und lenkte die klingenden Schritte zuletzt an den Fuß des Turmes, worin Pyron vom König in Ketten gehalten wurde. Durchs Gitter gewahrte Pyron den Kosmogoniker. Und der schien ihm anders als alle Palatiniden, obgleich an Gestalt ein simpler Roboter. Denn im Finstern leuchtete er kein bißchen. Dunkel war er wie eine Leiche. Das kam daher, daß seine Rüstung kein Tüpfelchen Uran enthielt. Gern hätte ihn Pyron gerufen, doch der Mund war ihm zugeschraubt worden. Also rannte er den Kopf gegen die Kerkerwände und schlug Funken. Der Kosmogoniker sah dieses Blitzen, trat dicht vor den Turm und guckte durchs vergitterte Fensterloch hinein. Pyron konnte

nicht sprechen. Doch mit den Ketten klirren konnte er. Und so klimperte er dem Kosmogoniker die ganze Wahrheit vor.
»Dulde, warte, und du erwartest das Deine« – sprach dieser zu ihm.
Der Kosmogoniker eilte ins wildeste Gebirge der Aktinuria. Drei Tage lang suchte er dort Kadmiumkristalle. Und als er welche gefunden hatte, schlug er sie mit Palladiumbrocken platt. Nun hatte er Kadmiumblech. Er schnitt daraus Ohrenschützer und legte sie auf die Türschwellen aller Häuser. Die Palatiniden fanden die Ohrenschützer, wunderten sich und setzten sie gleich auf, denn es war Winter.
In der Nacht erschien der Kosmogoniker bei den Palatiniden und schwang ein glühendes Stäbchen so schnell, daß es feurige Linien zog. So schrieb er in die Finsternis: »Jetzt könnt ihr einander ungefährdet nahekommen. Kadmium bewahrt euch vor dem Urantod!« Das Volk aber hielt ihn für einen königlichen Spion und traute seinen Ratschlägen nicht. Der Kosmogoniker ärgerte sich, weil ihm nicht geglaubt wurde. Er ging ins Gebirge, sammelte dort Uranerz, schmolz das silbrige Metall heraus und prägte daraus glänzende Dukaten. Die eine Seite zeigte das lichtvolle Profil Archithors, die andere das Konterfei seiner sechshundert Hände.
Mit Urandukaten beladen kehrte der Kosmogoniker ins Tal zurück. Er zeigte den Palatiniden ein Wunderding: er warf Dukaten ins Weite, einen auf den anderen, so daß sich ein klingender Stapel formte. Und als über das Maß hinaus noch ein Dukaten auftraf, da erbebte die Luft, aus den Dukaten brach ein Lichtschein, und sie wurden zur weißen Flammenkugel. Und als der Wind alles verweht hatte, blieb nur ein Krater zurück, tief in den Felsen hineingeschmolzen.
Der Kosmogoniker warf nun nochmals Dukaten aus dem Sack, doch auf andere Weise. Denn jeder fortgeworfene Dukaten wurde sogleich mit einem Kadmiumplättchen bedeckt. Und obwohl der Stapel sechsmal so groß wurde wie der vorige, ereignete sich nichts. Da glaubten die Palatiniden dem Kosmo-

goniker, versammelten sich und fädelten sogleich mit größtem Eifer eine Verschwörung gegen Archithor ein. Sie wollten den König stürzen, doch sie wußten nicht, wie; denn eine Strahlenmauer umgab sein Schloß, und auf der Zugbrücke stand eine Henkmaschine; wer das Kennwort nicht wußte, den schnitt sie in Stücke. Eben wurde eine neue Abgabe fällig, die der raffgierige Archithor festgesetzt hatte. Der Kosmogoniker verteilte Urandukaten an die königlichen Untertanen und riet ihnen, damit die Abgabe zu zahlen. Dies taten sie auch.

Da freute sich der König, weil so viele leuchtende Dukaten in seine Schatzkammer wanderten. Er wußte ja nicht, daß sie aus Uran waren, nicht aus Blei. In der Nacht aber schweißte der Kosmogoniker die Kerkergitter auf und befreite Pyron. Schweigend gingen die beiden das Tal entlang, und ringsum schimmerten die radioaktiven Berge, als umspannte ein Ring gestürzter Monde den Gesichtskreis. Plötzlich brach ein furchtbarer Lichtschein aus. Denn im Kern des königlichen Schatzhauses war der Uranstapel schon allzuhoch angewachsen, und so kam es zur entfesselten Kettenreaktion. Die himmelhohe Explosion zerriß das Schloß und den metallenen Plumpleib des Königs. Und so gewaltig war sie, daß die sechshundert ausgerissenen Tyrannenhände in den gestirnten Weltraum hinausflogen. Freude kehrte auf der Aktinuria ein. Pyron wurde ihr gerechter Beherrscher. Der Kosmogoniker aber kehrte ins Dunkel zurück, nahm seinen Körper aus dem Strahlenkokon und ging fort, um Sterne anzuzünden. Doch die sechshundert Platinhände Archithors kreisen noch heute als Ring um den Planeten, dem Saturnring ähnlich und in herrlichem Glanze leuchtend, hundertmal heller als das Licht der radioaktiven Berge. Und voll Freude sagen die Palatiniden: »Schaut, wie gut uns Thor den Heimweg beleuchtet!« Und da ihn manche noch heute den Henker nennen, ist jener Ausspruch zur Redensart geworden und nach langem Wandern über viele galaktische Inseln auch zu uns gelangt. Und deshalb sagen wir: »Dem soll doch der Henker heimleuchten!«

Erg Selbsterreg überwindet den Bleichling

Der mächtige König Schlagenot schwärmte für Kuriositäten. Er verbrachte sein Leben damit, sie zu horten, und vergaß über ihnen oftmals wichtige Staatsgeschäfte. Er hatte eine Uhrensammlung, darin gab es sogar tanzende Uhren, Uhren aus Morgenröte und Uhren aus Wölkchen. Er hatte auch ausgestopfte Mißgeschöpfe aus den fernsten Bereichen des Weltalls, und in einem eigenen Saal stand unter einem Glassturz das allerseltenste Wesen namens Homus Antrobus, wunderlich bleich, zweibeinig und sogar mit Augen: die waren freilich leer. Da ließ ihnen der König zwei Rubine gar lieblich einsetzen, auf daß Homus mit roten Blicken schaue. In Rauschlaune bat Schlagenot gern seine liebsten Gäste in diesen Saal und zeigte ihnen das Scheusal.

Einmal beherbergte der König bei Hof einen Elektrowisser. Der war so alt, daß sich in seinen Kristallen der Verstand vor Alter schon ein wenig verwirrte. Dennoch war dieser Elektrowisser namens Halazon eine Fundgrube aller galaktischen Weisheit. Es hieß von ihm, er verstehe die Kunst, Photonen auf Fäden aufzufädeln, so daß lichtvolle Halsgeschmeide entstünden; es hieß sogar, er wisse das Mittel, um einen lebenden Antrobus zu fangen. Der König kannte die schwache Stelle des Weisen und ließ sogleich die Keller aufsperren. Zu einer kleinen Stärkung sagte der Elektrowisser nicht nein. Und als er einen Schluck zuviel aus der Leidener Flasche getan hatte, so daß sich im ganzen Körper wohliger Strom verzweigte, da verriet der Weise das furchtbare Geheimnis dem König und versprach, für ihn einen Antrobus zu beschaffen, den Beherrscher einer Völkerschaft im Zwischensternland. Der festgesetzte Preis war hoch: mit faustgroßen Brillanten sollte der Antrobus aufgewogen werden. Doch der König zuckte mit keiner Wimper.

So zog Halazon auf die Reise, Schlagenot aber prahlte vor dem Thronrat mit der erwarteten Neuerwerbung. Im übrigen konnte der König dies ohnehin nicht verheimlichen. Denn im Schloßpark, wo die herrlichsten Kristalle wuchsen, ließ er bereits aus dicken Eisenstangen einen Käfig bauen. Besorgnis überkam die Höflinge. Als sie den König unnachgiebig fanden, beriefen sie ins Schloß zwei weise Homologen. Der König empfing sie gnädigen Herzens, denn er war neugierig, was ihm die beiden Vielwisser Salamid und Thaladon über das bleiche Wesen Neues sagen konnten, was er selbst noch nicht wußte.

Er wartete kaum ab, daß sie sich vom geziemenden Kniefall wieder erhoben, und fragte schon: »Ist es wahr, daß der Homus weicher ist als Wachs?«

»Jawohl, Eure Herrlichkeit« – entgegneten die beiden.

»Und ist auch dies wahr, daß er mit dem Schlitz seiner unteren Gesichtshälfte mancherlei Geräusche hervorbringen kann?«

»Auch dies, Majestät, dies und noch mehr: in ebendieses Loch steckt der Homus auch verschiedene Sachen und bewegt dann das untere Stück des Kopfes, das mit Scharnieren ans obere angehängt ist. So werden die Sachen zerkleinert, er aber zieht sie in sein Inneres hinein.«

»Eine seltsame Sitte, von der ich schon gehört habe« – sagte der König. »Doch sprecht, ihr weisen Männer! Sagt, wozu er das tut!«

»In dieser Angelegenheit gibt es vier Theorien, Eure Majestät« – entgegneten die Homologen. »Erstlich, er tue es, um überschüssiges Gift abzustoßen (denn giftig ist er über alle Maßen). Zweitens, es geschehe um der Zerstörung willen, denn diese Lustbarkeit zieht er ja jeder anderen vor. Drittens, er tue es aus Raffgier, denn alles verschlänge er, wenn er könnte. Viertens ...«

»Schon gut, schon gut« – sagte der König. »Ist es wahr, daß er aus Wasser ist und dennoch undurchsichtig wie mein Ausgestopfter?«

»Auch dies ist wahr, o Herr! Er trägt in sich eine Vielzahl glitschiger Röhrchen. Darin kreisen die Wässer: gelbe und perlhelle, doch am meisten rote. Diese führen ein furchtbares Gift, das Gas Oxygenium oder Sauerstoff, das sofort in Rost oder Lohe verwandelt, was es trifft. Er selbst aber schillert in jenen Farben: Perlhell, Gelb und Rosig. Gleichwohl flehen wir in Demut: Eure Majestät möge gnädiglich dem Vorsatz entsagen, einen lebendigen Homus holen zu lassen, denn dieses Wesen ist mächtig und bösartig wie kein anderes ...«

»Das müßt ihr mir näher auseinandersetzen« – sprach der König. Er stellte sich willens, die Ratschläge der Weisen zu beherzigen. In Wahrheit wollte er nur seine große Neugier stillen.

»O Herr, die Wesen, deren eines der Homus ist, heißen Wabbelige. Zu ihnen zählen die Silikonen und die Proteiden. Die Erstgenannten sind von dichterer Konsistenz und heißen deshalb Backige oder Versulzte. Die anderen sind seltener; ihre Namen sind von Autor zu Autor verschieden: Schleimler oder Schleimpatzen bei Pollomeder; Sümpfichte oder Kleberiche bei Dreikopp von Arboris; endlich Klebäugige Schwabbler bei Analzimander Kupfersalz ...«

»Ist es denn wahr, daß selbst ihre Augen glitschig sind?« fragte lebhaft König Schlagenot.

»Jawohl, Herr. Diese Wesen scheinen schwach und mürb, und schon beim Sturz aus sechzig Fuß Höhe müßte jedes zur roten Pfütze zerspritzen. Dennoch bilden sie kraft ihrer angeborenen Schlauheit eine schlimmere Gefahr als der ganze Astralring mit all seinen Wirbeln und Riffen! Also flehen wir dich an, o Herr, du mögest mit Hinblick auf das Wohl des Reiches ...«

»Schon gut, meine Teuren, gut« – unterbrach der König. »Ihr könnt gehen. Ich aber werde mich mit der nötigen Besonnenheit entscheiden.«

Die weisen Homologen verneigten sich bis zur Erde und gingen beunruhigt fort. Denn sie spürten, daß König Schlagenot den gefährlichen Vorsatz nicht aufgegeben hatte.

Alsbald brachte bei Nacht ein Sternschiff gar riesige Kisten. Die wurden gleich in den Königlichen Garten geschafft. Bald öffnete sich seine goldglänzende Flügeltür allen Untertanen des

Königs. Zwischen Brillantgebüsch, geschnitzten Jaspislauben und marmorner Schnurrpfeiferei erblickten sie einen eisernen Käfig und darin ein bleiches schlaffes Wesen. Das saß auf einem kleinen Fäßchen und hatte eine Schüssel vor sich. Ihr absonderlicher Inhalt roch zwar nach Öl, aber nach verdorbenem, über dem Feuer angebranntem Öl, das nicht mehr zu gebrauchen war. Doch das Wesen schippte in aller Gemütsruhe mit einem schaufelartigen Werkzeug ganze Häufchen ölbeschmierter Masse aus der Schüssel ins Gesichtsloch.

Den Beschauern verschlug es die Rede vor Entsetzen, wenn sie die Aufschrift des Käfigs lasen. Die besagte nämlich, das Ding vor ihnen sei ein lebender Antrobus Homus Bleichlingius. Der Pöbel suchte ihn zu reizen. Da stand der Homus auf, schöpfte etwas aus dem Fäßchen, worauf er gesessen hatte, und bespritzte die Gaffer mit tötendem Wasser. Manche flüchteten, andere packten Steine, um das Ekel totzuschlagen. Doch die Wachen verjagten die Menge im Nu.

Von diesen Vorfällen erfuhr Elektrina, die Königstochter. Sie hatte offenbar ihres Vaters Neugier geerbt und wagte sich dicht vor den Käfig, worin das Mißgeschöpf seine Zeit damit verbrachte, sich zu kratzen oder in riesigen Mengen Wasser und verdorbenes Öl einzusaugen, genug, um hundert königliche Untertanen auf der Stelle umzubringen.

Der Homus erlernte rasch die Vernunftsprache und traute sich sogar, mit Elektrina anzubändeln.

Einmal fragte ihn die Prinzessin, was ihm so weiß in der Fresse schimmere.

»Ich nenne es Zähne« – sagte er.

»Gib mir doch einen Zahn durchs Gitter, einen einzigen!« – bat die Prinzessin.

»Was gibst denn du mir dafür?« – fragte er.

»Mein goldenes Schlüsselchen. Aber nur für ganz kurze Zeit.«

»Was für ein Schlüsselchen?«

»Mein persönliches, womit jeden Abend der Verstand aufgezogen wird. Du mußt ja auch eines haben.«

»Meines ist anders als deines« – antwortete er ausweichend.
»Wo hast du es denn?«
»Hier an der Brust, unter der goldenen Klappe.«
»Gib es mir . . .«
»Und du gibst mir einen Zahn?«
»Geb' ich . . .«
Die Prinzessin löste die goldene Schraube, öffnete die Klappe, nahm den goldenen Schlüssel und reichte ihn durchs Gitter. Gierig schnappte ihn der Bleichling und entfloh höhnisch wiehernd in die Mitte seines Geheges. Die Prinzessin bat und flehte, er solle ihn zurückgeben. Doch es half nichts. Niemandem wagte Elektrina zu verraten, was sie getan hatte. Schweren Herzens kehrte sie in die Palastgemächer zurück. Sie handelte unvernünftig, aber sie war ja noch ein halbes Kind. Diener fanden sie tags darauf besinnungslos im Kristallbett liegen. König und Königin liefen herbei, dann der ganze Hof. Sie aber lag, als schliefe sie, und doch war sie nicht zu wecken. Der König rief Sanitätsräte und Elektrizitätsräte, Kraftfeldscherer und den Doktor Eisenbart. Die ununtersuchten die Prinzessin und entdeckten, daß die Klappe offenstand und der Schlüssel samt der Schraube verschwunden war. Radau erhob sich im Schloß und großer Spektakel; alle rannten und suchten den Schlüssel, doch vergebens. Anderntags wurde dem zutiefst verzweifelten König gemeldet, sein Bleichling wünsche ihn zu sprechen; es handele sich um den verschollenen Schlüssel. Gleich eilte der König selbst in den Park. Dort sagte ihm der Alp, er wisse, wo die Prinzessin das Schlüsselchen verloren habe. Doch nur dann werde er die Stelle nennen, wenn ihm der König durch sein Königswort die Freiheit zusichere, und wenn er ihn überdies mit einem raumtüchtigen Schiff ausstatte, damit er zu den Seinen heimkehren könne. Der König sträubte sich lang. Den ganzen Park ließ er absuchen. Doch zuletzt willigte er in die Bedingungen. Ein Raumsegler wurde zum Flug gerüstet; die Wache führte den Bleichling aus dem Käfig. Der König wartete beim Schiff. Da versprach der Antrobus, das

Versteck des Schlüsselchens zu verraten, aber erst von Bord aus.
Als er aber an Bord war, beugte er den Kopf aus der Luke, zeigte den leuchtenden Schlüssel in den Händen und rief:
»Hier ist das Schlüsselchen! Ich nehme es mit, o König, damit deine Tochter nie wieder aufwacht! Denn mich verlangt es nach Rache für die Schande, die du mir angetan hast, als du mich zum Gespött im Eisenkäfig verwahrtest!«
Feuer schoß unter dem Heck des Raumseglers hervor. Inmitten allgemeiner Verblüffung hob sich das Schiff gen Himmel. Der König sandte schnellste stählerne Nebelspalter und Flügler auf Verfolgung aus. Aber die Mannschaften kehrten mit leeren Händen zurück. Denn der schlaue Bleichling hatte die Spuren verwirrt und war den Verfolgern entwischt.
Da begriff König Schlagenot, wie falsch es gewesen war, nicht auf die weisen Homologen zu hören. Doch er war nur durch Schaden klug. Erstrangige Elektrikaster oder Schlossergesellen versuchten den Schlüssel nachzuschaffen. Der Kronfügermeister, die Leibschnitzer, Leibplattner, Goldsessen, Stahlsessen und kunstreichen Kybergrafen, sie alle rückten an, um ihre Fertigkeiten zu erproben. Doch es half nichts. Der König begriff: es galt jenen Schlüssel wiederzugewinnen, den der Bleichling entführt hatte. Andernfalls mußte wohl ewige Finsternis Sinn und Sinne der Prinzessin umnachten.
Der König gab also dem ganzen Reiche bekannt, dies und dies sei passiert, der antrobiale Homus Bleichling habe das goldene Schlüsselchen geraubt, und wer ihn einfange oder auch nur das lebenspendende Kleinod wiedergewinne und die Prinzessin wecke, der könne sie zur Frau nehmen und den Thron besteigen.
Bald erschienen in Schwärmen Draufgänger von unterschiedlichem Zuschnitt. Unter ihnen waren glorreiche Elektritter, doch auch manch ein hochstapelnder Schwindler, Astraldieb oder Sternenklau. Ins Schloß kam Ruhmraff Megawatt, der hochberühmte Fechter und Oszillator mit so schwindelschneller Rück-Zück-Kopplung, daß niemand gegen ihn im Zweikampf

das Feld behaupten konnte. Da kamen Einzler aus fernsten Landen, wie Automax und Automoritz, durch Hunderte von Streichen erprobte Vorschneller, oder der ruhmreiche Konstruktionist Protheseus, der nie anders ausging als in zwei Funkenschluckern, einem schwarzen und einem silbernen. Da kam Arbitron Kosmosofowitsch, aus Urkristallen erbaut, von wundersam zügiger Gestalt. Da kam Kindbad der Intelektriker; der brachte auf vierzig Robochsen in achtzig Kisten eine alte Rechenmaschine mit. Sie war vom Denken verrostet, doch mächtig an Findigkeit. Es kamen drei Große aus dem Selektrergeschlecht: Diodes, Triodes und Heptodes. Die hatten so ideales Vakuum im Kopf, daß ihr Denken schwarz war wie die sternlose Nacht. Da kam Perpetuan, ganz in Leidener Rüstung; dreihundert Kämpfe hatten seinen Stromwender mit Grünspan überzogen. Da kam auch jener Held, der täglich jemandem einen Grenzübergang zufügte: Matrizius Löcherlich. An den Hof brachte er seinen unbesiegten Kybrack mit, den er Strombo rief. Alle fanden sich ein, und als der Hof schon voll war, da rollte vor seine Schwelle ein Fäßchen. Und daraus rieselte in einzelnen Quecksilbertropfen Erg Selbsterreg, der beliebige Gestalt annehmen konnte.

Die Helden becherten, daß die Hallen des Schlosses erstrahlten und der Marmor der Gewölbe rosig durchscheinend wurde, wie ein Wölkchen, wenn die Sonne sinkt. Und jeder zog seines Weges, um den Bleichling zu suchen, ihn zum mörderischen Kampf zu fordern und nebst dem Schlüssel auch die Prinzessin zu gewinnen und Schlagenots Thron. Der erste Krieger, Ruhmraff Megawatt, flog auf die Koldäa, wo die Völkerschaft der Gallerter lebt. Dort wollte er sich erkundigen. Er tauchte denn auch in ihrer Schmiere umher, brach sich Bahn mit ferngesteuerten Degenstößen und richtete doch nichts aus. Denn als er sich gar zu stark erhitzte, zerbarst das Kühlwerk ihn ihm. Und so fand der unvergleichliche Fechter seine Grabstätte in der Fremde, und seine wackeren Kathoden verschlang auf ewig die unreine Gallerterschmiere.

Die beiden Vorschnellen Automax und Automoritz gelangten ins Reich der Radomanten. Die errichten Gebäude aus lichtvollen Gasen und betreiben die Radioaktivität. Sie selbst aber sind so geizig, daß sie jeden Abend alle Atome ihres Planeten abzählen. Gar übel empfing das radomantische Knauservolk die zwei Vorschneller. Es zeigte ihnen einen Abgrund voll edler Onyxe, Malachite, Citrine und Spinelle. Und als es die Elektritter nach dem Schatz gelüstete, da wurden sie gesteinigt. Denn die Radomanten schleuderten aus der Höhe eine Edelsteinlawine auf sie herab. Und als sie fiel, da loderte ringsum die Gegend so hell wie beim Absturz hundertfarbiger Kometen. Die Radomanten waren nämlich insgeheim mit den Bleichlingen verbündet, und niemand wußte davon.

Die dritte Fahrt unternahm der Konstruktionist Protheseus. Nach langer Reise durch die Zwischensternnacht gelangte er bis ins Land der Algonken. Dort wirbeln steinerne Meteorstürme. In ihre unversiegliche Mauer bohrte sich das Schiff des Protheseus. Mit zerschmetterten Steuerrudern trieb es weiter durch die Tiefen. Manchmal nahte es fernen Sonnen, und dem unglücklichen Abenteurer irrten die Lichter sichtlos tappend in den Augen umher. Der vierte, Arbitron Kosmosofowitsch, hatte anfangs mehr Glück. Er durchlief die Enge der Andromeda, überwand die vier Spiralwirbel der Jagdhunde und geriet nun in ruhigen Weltraum, wo die Lichtfahrt gedeihen kann. Er selbst aber drückte aufs Steuer wie ein hurtiger Strahl, und ein Flammenschweif zeichnete die Spur hinter ihm. An den Ufern des Planeten Maestrizia legte er an. Zwischen Meteoritklumpen erblickte er dort das Wrack des Schiffes, worin Protheseus ausgeflogen war. Gewaltig, glänzend und kalt wie zu Lebzeiten war die leibliche Hülle des Konstruktionisten. Arbitron begrub sie unter Basaltgeröll. Doch beide Funkenschlucker nahm er an sich, den schwarzen und den silberen. Die sollten ihm als Schilde dienen. Und er wanderte weiter. Wild und gebirgig war die Maestrizia. Steinlawinen umdröhnten sie oder auch Blitze; denn die wucherten als silbernes Unkraut in den Wol-

ken, über den Abgründen. Der Ritter kam ins Gebiet der Felsentäler. Dort überfielen ihn die Palindromiten in einer Malachitschlucht. Aus der Höhe schwangen sie Blitze gegen ihn. Aber mit dem funkenschluckenden Buckelschild warf er alle zurück. Da schoben die Palindromiten einen Vulkan herbei, brachten den Krater an den Rücken des Ritters, stellten die Richtung ein und spien Feuer. Da stürzte der Ritter. Siedende Lava drang in seinen Schädel, so daß alles Silber herausrann.
Der fünfte Sucher, Kindbad der Intelektriker, flog nirgendshin. Gleich jenseits der Schlagenotschen Reichsgrenze hielt er an. Die Robochsen entließ er auf die Sternenweide. Er selbst aber schaltete die Maschine zusammen, stimmte und programmierte sie und klapperte ihre achtzig Kisten ab. Und als sich alle mit Strom vollgesogen hatten, so daß die Maschine von Verstand strotzte, da begann ihr der Intelektriker exakt zurechtgelegte Fragen zu stellen: wo der Bleichling wohne; wie sich der Weg zu ihm finden lasse; wie man ihn nasführen müsse und wie in die Enge treiben, damit er den Schlüssel zurückgebe. Als nur undeutliche und ausweichende Antworten fielen, da ereiferte sich Kindbad gar grimmig und züchtigte die Maschine, bis sie nach erhitztem Kupfer stank. Und er drosch und prügelte sie und schrie sie an: »Jetzt aber heraus mit der Wahrheit, du verdammte alte Rechenmaschine!« So trieb er es, bis ihr die Fugen aufschmolzen und das Zinn in silbrigen Tränen herausrann. Knallend zerbarsten die überhitzten Röhren, er aber stand wütend vor ausgeglühtem Schrott und hielt den Stock in der Hand.
Jämmerlich blamiert mußte Kindbad heimkehren. Er bestellte eine neue Maschine. Aber nicht eher als nach vierhundert Jahren bekam er sie zu Gesicht.
Die sechste Ausfahrt war die der Selektrer. Diodes, Triodes und Heptodes gingen anders zu Werke. Sie hatten unermeßliche Vorräte an Tritium, Lithium und Deuterium. Durch Explosionen schweren Wasserstoffs wollten sie sich alle Wege ins Bleichlingsland erzwingen. Doch wo diese Wege begannen, das

wußten die Helden nicht. Sie wollten die Feuerfüßer fragen. Aber die verrammelten sich hinter den goldenen Mauern ihrer Hauptstadt und bockten mit flammenden Tritten daraus hervor. Die streitbaren Selektrer stürmten und sparten nicht mit Tritium und Deuterium, so daß die Hölle aufplatzender Atomeingeweide dem Himmel bis in die Sterne schaute. Die Burgmauern glänzten wie Gold, doch im Feuer zeigten sie ihre wahre Natur und verwandelten sich in gelbes Gewölk von Schwefelrauch. Denn aus funkelndem Schwefelkies waren sie erbaut. Dort fiel Diodes, von den Feuerfüßen zertrampelt, und sein Verstand zersprühte wie ein Strauß bunter Kristalle und rieselte ihm über die Rüstung. Die anderen bestatteten ihn in einem Grabmal aus schwarzem Olivin. Dann zogen sie weiter bis über die Grenze des Königreichs Osmutz. Dort herrschte der Sternenschlächter, König Astrokill. Der kratzte den Weißen Zwergen die Feuerkerne aus und hortete sie in seiner Schatzkammer. Nur die furchtbare Stärke der Palastmagnete hielt sie alle dort fest, sonst wären sie längst losgerissen und tief ins Planeteninnere durchgebrochen. Wer dieses Gebiet betrat, konnte kein Glied mehr rühren, denn die ungeheure Schwerkraft fesselte besser als Schrauben oder Ketten. Einen harten Kampf kämpften dort Triodes und Heptodes. Denn Atsrokill sah sie vor die Bollwerke seines Schlosses rücken, wälzte die Weißen Zwerge nacheinander heraus und rollte den beiden die flammenhauchenden Glutkörper ins Gesicht. Dennoch bezwangen ihn die Selektrer, er aber erklärte ihnen den Weg zu den Bleichlingen. Das war ein bloßes Blendwerk. Den wußte er nämlich selbst nicht. Er wollte sich nur der furchtbaren Krieger entledigen. Sie betraten also den Kern der Finsternis. Den Ritter Triodes erlegte dort ein Schuß Antimaterie aus einer Donnerbüchse. Vielleicht jagte dort just ein Kybergreenhorn, vielleicht war auch nur ein Selbstschuß für einen schweiflosen Kometen ausgelegt. Wie dem auch sei, Triodes verschwand, kaum daß er noch *»Tuf!!«* gerufen hatte, sein Lieblingswort, den Schlachtruf des Geschlechts. Heptodes aber strebte unentwegt weiter. Doch auch seiner harrte ein bitteres Ende. Er geriet mit seinem Schiff zwischen zwei Gravitationswirbel namens Scyntilia und Bachris. Die Bachris beschleunigt die Zeit, die Scyntilia aber verlangsamt sie. Und zwischen beiden gibt es eine Zone des Stillstands, wo die Augenblicke weder rückwärts noch vorwärts fließen. Lebendigen Leibes erstarb dort Heptodes. Und zusammen mit zahllosen Fregatten und Galionen anderer Astrodeure, Piraten und Nebelspalter verharrt er dort, ohne im mindesten zu altern, in der Stille und grausamen Langeweile, die da Ewigkeit heißt.

Als solcherart die Heerfahrt der drei Selektrer geendet hatte, da sollte der siebte ausziehen und zog doch lang nicht aus: Perpetuan, Kybergraf von Blaa. Lang rüstete sich dieser Elektritter zum Krieg; immer schärfere Stromleiter legte er sich zu, immer schlagkräftigere Zünder, Werfer und Planierer. Besonnen, wie er war, wollte er an der Spitze einer treuen Gefolgschaft schreiten. Konquistadoren eilten zu seinen Fahnen und auch viele Roboter, die nichts zu roboten hatten und aus Arbeitslosigkeit das Kriegshandwerk wählten. Aus ihnen allen formierte Perpetuan eine feine Galaxenreiterei, eine schwere, dröhnende, gepanzerte namens Krawallerie und ein paar leichte Einheiten, wo die Tüpfelreiter dienten. Doch als er bedachte, daß er nun fortgehen sollte, in unbekannten Ländern sein Leben lassen und vielleicht in der erstbesten Pfütze mit Stumpf und Stiel verrosten, – da knickten die eisernen Schenkel unter ihm ein, gräßliche Trauer überkam ihn, und er ging sofort wieder heim und vergoß unterwegs Topastränen der Beschämung und Traurigkeit. Denn er war ein vornehmer Herr mit einer Seele voll edler Kleinodien.

Der vorletzte aber, Matrizius Löcherlich, packte die Sache vernünftig an. Er hörte vom Lande der Pygmälionen, der Roboterzwerglein, die daher abstammen, daß ihrem Konstrukteur die Reißfeder auf dem Zeichenbrett ausrutschte, so daß sie allesamt als bucklige Bastarde die Präge verließen. Und dabei blieb es, denn der Umguß lohnte sich nicht. Diese Zwerge hor-

ten Wissen, wie andere Leute Schätze horten, und heißen deshalb auch die Jäger des Absoluten.
Ihre Weisheit beruht darauf, daß sie Sammler des Wissens sind und nicht seine Benützer. Zu ihnen begab sich Löcherlich, aber nicht kriegerisch, sondern mit Galionen, deren Verdecke sich unter herrlichen Geschenken bogen. So wollte er sich die Gunst der Zwerge erkaufen: mit positronentriefenden und vom Neutronenregen gepeitschten Gewändern; mit vierfach faustgroßen Goldatomen; mit Flaschen, worin die seltensten Ionosphären gluckerten. Doch sogar das edle Vakuum mit seiner Wellenstickerei voll prangender Astralspektren verachteten die Pygmälionen. Im Zorn drohte er ihnen auch an, seinen elektröhrenden Strombo auf sie zu hetzen. Doch es half nichts. Zuletzt gaben sie dem Ritter einen Fremdenführer; aber der war ein myriadenarmiger Schmerl und wies immer in alle Richtungen zugleich.
Da verjagte ihn Löcherlich und ließ den Strombo nach der Bleichlingsfährte spüren. Doch die Spur erwies sich als falsch. Dort pflegte ein Kalziumkomet vorüberzuziehen. Der harmlose Strombo verwechselte Kalzium mit Kalk, dem Hauptbestandteil des Bleichlingsskeletts. Daher der Fehler. Lang irrte Löcherlich zwischen immer dunkleren Sonnen umher, denn er war in eine sehr alte Gegend des Weltalls geraten.
Er durchlief lange Fluchten Purpurner Riesen. Mit eins sah er sein Schiff und das schweigende Geleit der Sterne in einem Spiralspiegel abgebildet, in einem silberhäutigen Reflektor. Da staunte der Held und griff sicherheitshalber zu seinem Löschgerät für Supernovae, das er den Pygmälionen abgekauft hatte, um sich auf der Milchstraße vor übergroßer Dörrung zu bewahren. Er wußte nicht, worauf er da schaute. Das war aber eine Verknotung des Raums, seine dichteste Ineinanderkreuzung seiner selbst. Sogar die dortigen Monoasterer kennen sie nicht. Sie sagen darüber nur eines: wer hinkommt, der kehrt nicht wieder. Noch heute ist ungeklärt, was in diesem gestirnten Mühlgang aus Matrizius geworden ist. Sein treuer Strombo

kam allein nach Hause gestürzt und heulte leise das Weltall an. Und solches Entsetzen schwoll in den Saphir-Augen, daß niemand ohne Zittern hinschauen konnte. Doch das Schiff, die Löscher und den Ritter Matrizius hat seither niemand wiedergesehen.

Auch der letzte, Erg Selbsterreg, zog allein auf Kriegsfahrt. Ein Jahr und sechs Wochen blieb er aus. Nach der Rückkehr erzählte er von Ländern, die niemand kannte, etwa von dem der Periskopfer, die heiße Giftschleudern bauen, oder vom Planeten der Kleisteräugler: diese verschmelzen in der Not zu Reihen schwarzer Wellenberge und taten dies auch vor dem Ritter; er aber spaltete sie entzwei, bis ihr Knochen, der Kalkfels, zutage trat, und überwand ihren Rachenschwall und fand sich Aug in Aug einem Gesicht gegenüber, riesig wie der halbe Himmel, und stürzte sich hinein, um nach dem Weg zu fragen; die gewaltige Haut platzte unter der Schneide des Feuerschwerts, und als weiße zuckende Wälder zeigten sich die Nerven. Der Ritter schilderte auch einen durchsichtigen Eisplaneten, die Aberrizia, die in sich wie in einer diamantenen Linse das Bild des ganzen Weltalls fasse; er aber habe sich dort die Strecke ins Bleichlingsland abgezeichnet. Er berichtete von Kryotrisch-Alumnien, dem Land des ewigen Schweigens, wo er das Sternenlicht nur in den Fronten schwebender Gletscher abgespiegelt gesehen hatte, weiteres vom Königreich der breiigen Marmeloiden, die aus Lava siedende Herzkratzerln verfertigen, und auch von Elektropneumatikern, die in Methandämpfen, in Ozon, Chlor und Vulkanrauch das Feuer des Verstandes zu entfachen wissen und immerzu daran herumtüfteln, wie denkerisches Genie ins Gas einzuleiten sei. Selbsterreg offenbarte noch mehr: um ins Bleichlingsgebiet zu gelangen, hatte er das Tor der Sonne einrennen müssen, die sich Caput Medusae nennt. Und als er es aus den chromatischen Angeln gehoben hatte, durchlief er das Innere des Gestirns. Da reihten sich lilafarbene und bläulichweiße Flammen, und die Glut faßte ihn an und verbog ihm die Rüstung. Dreißig Tage lang versuchte er dann das Wort zu erraten, das die Ausstoßöffnung des Astroprotzianums betätigt, die einzige Pforte zur kalten Hölle der Wabbelwesen. Endlich befand er sich bei ihnen, und sie versuchten, ihn mit Leimschlingen zu fangen, ihm das Quecksilber aus dem Hirn zu schlagen oder ihn kurzzuschließen. Sie schwindelten ihn an und zeigten ihm verkrüppelte Sterne, aber das war nur ein scheinbarer Himmel; den echten hatten diese Schwindler versteckt. Sie folterten den Ritter, um seinen Algorithmus aus ihm herauszuquetschen, und als er alles ertrug, lockten sie ihn in eine Falle und wälzten einen Magnetitfelsen über ihn. Er aber vervielfachte sich dort im Nu zu unzähligen Ergen Selbsterreg, warf die Eisendecke ab und stieg ins Freie. Einen Monat und fünf Tage lang hielt er über die Bleichlinge strenges Gericht. Mit letzter Kraft warfen sie Ungeheuer auf Raupen gegen ihn, sogenannte Panzker. Doch das nützte den Schurken nichts. Denn in unermüdlichem kriegerischem Eifer hieb, stach und hackte er und entkräftete sie so sehr, daß sie ihm zuletzt den Neiding, den bleichlingischen Schlüsselbewahrer, vor die Füße schleiften. Da hackte ihm Erg den scheußlichen Schädel ab, weidete die Leiche aus und fand darin einen Stein namens Haarbezoar. Der trug eine Inschrift eingeritzt; in bleichlingischer Raubsprache nannte sie das Versteck des Schlüssels. Siebenundsechzig weiße, blaue und rubinrote Sonnen mußte Selbsterreg aufknacken, ehe er die richtige öffnete und das Schlüsselchen fand.

Über die Abenteuer der Rückfahrt, über die zuletzt noch durchfochtenen Schlachten wollte er sich gar nicht verbreiten, denn er schmachtete schon nach der Prinzessin und hatte es auch eilig zur Trauung nebst Krönung. Hocherfreut geleitete ihn das Königspaar in die Gemächer der Tochter. Die schwieg wie versteinert, in ihren Schlaf vertieft. Erg beugte sich über sie, bastelte an der offenen Klappe herum, steckte etwas hinein und drehte. Und zum Entzücken der Mutter, des Königs und der Höflinge schlug die Prinzessin sogleich die Augen auf und lächelte ihrem Retter zu. Erg schloß die Klappe, verklebte sie mit

Heftpflaster, damit sie nicht aufspringe, und erwähnte beiläufig, er habe auch die Schraube gefunden, doch in der Schlacht gegen den Jatapurgenkaiser Poleander Partobon müsse er sie wieder verloren haben. Aber daran nahm niemand Anstoß, und das ist schade. Denn das Königspaar hätte feststellen können, daß Erg Selbsterreg gar keine Reise unternommen hatte. Er konnte nämlich von klein auf alle Schlösser öffnen und dank dieser Kunst auch die Prinzessin Elektrina aufziehen. In Wahrheit hatte er also keines der geschilderten Abenteuer erlebt, sondern lediglich ein Jahr und sechs Monate lang gewartet, um sich nicht durch allzu schnelle siegreiche Rückkehr verdächtig zu machen. Auch hatte er sich vergewissern wollen, daß keiner seiner Nebenbuhler zurückkehrte. Dann erst kam er an den Hof des Königs Schlagenot, belebte und ehelichte die Prinzessin und herrschte lang und glücklich auf Schlagenots Thron. Und der Schwindel kam nie ans Licht. Daraus erseht ihr sogleich, daß ich kein Märchen erzählt habe, sondern die Wahrheit. Denn im Märchen siegt immer die Tugend.

Die Schätze des Königs Biskalar

Biskalar, der König von Cyprosia, war für seine unermeßlichen Reichtümer berühmt, die im Königsschlosse gehortet waren. In seiner Schatzkammer hatte er alles, was sich aus Weißgold und Gelbgold nur verfertigen läßt, aus Uran und Platin, aus Hornblende, Rubinen, Onyxen und Amethystkristallen. Gern watete er bis über die Knie in Kleinodien und Juwelen, und er pflegte zu sagen, so eine Wertsache gebe es gar nicht, daß er ihresgleichen nicht auch zu eigen besäße.

Die Kunde von dieser königlichen Prahlerei gelangte zu einem trefflichen Konstrukteur; der war bei Wismod, dem Herrn über die Diaden und Triaden, die kugeligen Sternhaufendörfer, eine Zeitlang Oberstfügermeister und Leibzuschneider gewesen. Nun begab sich der Konstrukteur an den Hof Biskalars und verlangte dort, vor dessen Angesicht geführt zu werden; als er sich aber im Thronsaal vorfand und den König auf einem geschnitzten Stühlchen aus zwei riesigen Brillanten sitzen sah, da verschwendete er keinen Blick an die goldenen Fußbodenfliesen mit Intarsien aus schwarzem Achat, sondern sagte geradewegs zum König: sofern dieser ihm die Liste der eigenen Wertstücke vorweise, wolle er selbst, der Konstrukteur Kreazius, ihm auf der Stelle ein Kleinod zeigen, wie es der Königsschatz nicht enthalte.

»Gut« – sprach Biskalar. »Gelingt dir dies aber nicht, so werde ich dich mit Magneten über meinen silbernen Schloßhof schleifen und mit goldenen Stiften vernageln, und dann deinen Schädel, in Iridium gefaßt, am Sonnentor aufhängen, zum Schrecknis für alle Maulhelden!«

Sogleich wurde denn auch die königliche Vermögensliste gebracht; hundertvierzig Elektronenfuchser hatten bei größtmöglicher Eile sechs Jahre daran geschrieben.

Kreazius ließ die Riesenfaszikel in den schwarzen Turm schaffen, den ihm der König für drei Tage zur Wohnung eingeräumt

hatte, schloß sich dort ein und erschien anderntags vor Biskalar. Zum Empfang hatte sich der König mit solchen Schätzen umgeben, daß der weiße und goldene Widerschein sich in die Augen einbrannte. Doch unbeirrt bat Kreazius, man möge ihm ein Körbchen gewöhnlichen Sand bringen, oder Erde, oder auch Müll. Als dies geschehen war, schüttete Kreazius auf das Gold der Fliesen die fahlgraue Masse aus und steckte eine Sache hinein, die er zwischen zwei Fingern gehalten hatte. So winzig war sie, daß sie einem nimmerverlöschenden Fünkchen glich. Im Nu fraß sich der Funke in das graue Häufchen hinein und verwandelte es – vor des Königs erstaunten Augen – in ein bewegliches Kleinod, das klingend und lichtpulsend wuchs, immer größer und schöner, so daß es den toten Reiz der Kleinodien verdunkelte, und alle Anwesenden die Augen schließen mußten, versehrt von der Schönheit, deren Übermaß keiner ertragen konnte: denn sie steigerte sich immerzu. Der König selbst schirmte sein Gsicht und rief: »Genug!« Da verneigte sich Kreazius, der Konstrukteur, und setzte ein zweites, ein schwarzes Fünkchen auf das voll erblühte Spielchen-spieldich; dieses aber wurde in einem einzigen Augenblick wieder zum simplen fahlgrauen Klumpen verkrusteter Erde.
Großer Zorn und Neid verbissen sich da in dem König Biskalar.
»Dafür, daß du Schande über mich gebracht hast, drohe ich dir den Martertod an« – sprach er. »Doch auf daß nicht gesagt werde, ich hätte dich durch Betrug gefangengesetzt und entgegen meinem königlichen Wort schleifen und vierteilen lassen, will ich dir drei Proben aufgeben. Gehst du heil daraus hervor, so schenke ich dir Gesundheit und Freiheit. Meisterst du aber die Proben nicht, dann wehe dir, Fremdling!«
Kreazius sagte nichts und stand ruhig da, während Biskalar in seiner Rede fortfuhr:
»Nun die erste Probe: Wenn du alles zu tun vermagst, wie du dich gebrüstet hast, dann geh noch diese Nacht in meine unterirdische Schatzkammer. Damit du mir aber bezeugen

kannst, bis in ihr Herz vorgedrungen zu sein, will ich dir sagen, daß sie vier Stockwerke hat. Ihrer letztes ist weiß wie Schnee und ganz leer; darin steht nur ein brillantenes Ei, es ist hohl und beherbergt eine metallene Kugel. Morgen, genau zu Mittag, sollst du ins Schloß kommen und mir diese vorweisen. Für jetzt magst du fortgehen.«

Da verneigte sich Kreazius und ging. Aber der grausame Biskalar hatte ihm einen Hinterhalt bereitet: denn selbst wenn der Konstrukteur glücklich in die Schatzkammer dringen konnte, war es doch wohl unmöglich, heilen Leibes die Metallkugel herauszutragen. Die war nämlich aus purem Radium gedreht. Mit furchtbarer Strahlung sengte sie die Mauern, und tausend Schritt im Umkreis trübte sie jeden Verstand.

Als die Nacht herabsank, trat Kreazius aus seinem Turmgelaß und ging zum Schloß. Abseits der Postenkette, die von Zinne zu Zinne Parolen weitergab, griff er in die Brustfalte seines Gewandes, zog ein kleines Döschen hervor, setzte auf die flache Hand drei milchige Funken und blies darauf. Sie blähten sich zu perlheller Weiße auf, sie hüllten die gewappneten Wächter in Wolken, und solcher Nebel kam auf, daß niemand einen Schritt weit sehen konnte. Da ging Kreazius zwischen den Schildwachen durch und die Treppen hinab. In einem Saal endlich, dessen Decke aus Chalzedon war, die Wände von Chrysoberyll, die Bodenfläche aber aus Smaragden, so daß sie wie ein blauer See inmitten edler Felsen aussah, erblickte Kreazius die Schatzkammertür und davor eine schwarze gliederfüßige Maschine. Über ihrem Rücken aber wölbte sich die Luft, wie eine erhitzte Glasplatte.

»Sag mir, welches der Ort ist«, – sprach die Maschine – »der weder Wände noch Mauern noch Gitter hat und den nie jemand verlassen hat und nie jemand verlassen wird?«

»Der Kosmos ist dieser Ort« – erwiderte der Konstrukteur. Da wankte die Maschine auf ihren acht Beinen und fiel mit solchem Getöse auf die Smaragdplatte hin, als kollerten die Gewichte vieler Uhren über die Kristallfläche, plötzlich von den Ketten abgeschnitten. Er schritt über die Maschine hinweg, packte einen purpurnen Funken aus und trat dicht vor die Schatzkammertür, die aus einem einzigen Titanblock gemacht war. Hier ließ Kreazius das Fünkchen los. In leuchtendem Bogen schlüpfte es ins Schlüsselloch. Bald tauchte daraus ein weißer Sproß hervor. Ihn faßte Kreazius zart, rückte daran und zog aus dem Loch ein Büschel zitternder Halme oder Saiten, das sich aus dem Fünkchen entwickelt hatte. Dies besah er und las die darin gespeicherte Botschaft ab.

»Dem Biskalar muß da ein trefflicher Handwerker gedient haben« – dachte er. »Daß er die Schatzkammer gar mit einem Atomschloß auszurüsten wußte!«

Denn in der Tat führte zur Schatzkammer kein anderer Schlüssel, als einer aus einem Atomwölkchen. Dieser Gasschlüssel mußte in die Öffnung geblasen werden, so zwar, daß Atome der seltensten Elemente – als da sind: Hafnium, Technetium, Niobium und Zirkonium – in ganz bestimmter Reihenfolge die Zuhaltungen drehten, damit die riesigen Riegel in ihren Lagern zurückweichen konnten, geschoben von elektrischem Strom. So ging denn der Konstrukteur im Finstern aus dem Vorhaus der Schatzkammer fort und verließ die Stadt. Im Bergland des Planeten begann er bei Sternenlicht die zum Werk benötigten Atome zu sammeln.

»Da habe ich sechzig Millionen aus Niobium« – sagte er sich eine Stunde vor Tagesgrauen. »Und hier – aus Zirkonium eine Milliarde und sieben Stück. Da sind auch hundertsechzehn aus Hafnium. Aber wo nehme ich Technetium her? Davon gibt es auf diesem Planeten nicht ein Atom?«

Er blickte zum Himmel auf, das erste Morgenrot entfachte sich schon und kündigte den Sonnenaufgang an, und auf einmal lächelte der Konstrukteur, denn er begriff: jene Atome gab es auf der Sonne. Der schlaue Biskalar hatte den Schlüssel zu seiner Schatzkammer im Sonnenstern verborgen! Kreazius entnahm dem Döschen, das ihn stets begleitete, ein unsichtbares Fünkchen (das war aus härtester Strahlung gemacht), und er entließ es aus der offenen Hand, der weiß emporsteigenden Sonne entgegen. Zischend verschwand es. Keine fünfzehn Minuten vergingen, und im Himmel erzitterte die Luft. Denn die Technetium-Atome, aus der Sonne gebracht, hatten noch Sonnenhitze in sich. Der Konstrukteur fing sie alle ein, wie sumsige Insekten, schloß sie zu den übrigen ins Döschen und ging zum Königsschloß, denn die Zeit rückte schon heran.

Der Nebel lag noch immer da, demnach sahen die Wachen nicht, daß Kreazius in den Tiefbau lief und den Gasschlüssel ins Türschloß hineinblies. Kreazius neigte sich hin und hörte die einzelnen Zuhaltungen schnappen, doch die Tür regte sich gar nicht.

»Du hast dich doch nicht etwa geirrt, mein Fünkchen? Das kann mich den Kopf kosten!« – sprach er und schlug zornig mit der Faust auf die Tür. Und das letzte aus der Sonne geholte Technetiumatom, das noch nicht ganz erkaltet war und deshalb den Weg verfehlt hatte, drehte nun die störrische Zuhaltung; und die Schatzkammertür, ebenso dick wie breit, öffnete sich leise.

Kreazius lief ins Innere und durch ein Gemach, das von Smaragden grün wie der salzige Ozean war, und durch ein zweites, von Saphiren gleichsam himmelentrücktes, und durch ein drittes, brillantenes, das Regenbogenfarben wie Stacheln in die Augen stach, und hielt zuletzt in dem Saal, der so weiß war wie Schnee, und erblickte das diamantene Ei; doch die Wucht der Strahlung trübte das Denken sogleich, deshalb kniete Kreazius auf der Schwelle nieder und duckte sich. Nun erst erahnte er des Königs Hinterlist.

Kreazius schüttete blindlings Funken aus dem Döschen. Die waren grau und schwarz, wie die Nacht. Und sie entfalteten sich zu einer flaumigen Mauer und umgaben ihn, und so ging er zu dem brillantenen Ei. Und er kehrte zurück, wie von zottigem Gewölk umgeben, und trug die Radiumkugel. Er schloß die Tür der Schatzkammer und ging ins Königsschloß, denn die große Stadtuhr begann eben zwölf zu schlagen, und

Biskalar lachte sich ins Fäustchen, weil er sich ausmalte, wie er nun den Konstrukteur, den Spötter, an Magneten umherschleifen werde.
Da ertönte klingender Schritt, und Helle schoß empor, denn Kreazius trat in den Saal und warf die Radiumkugel auf die Fliesen, so daß sie bis an den Fußschemel des Königsthrons rollte. Auf ihrem Weg aber erstarb der Glanz der Kleinodien, und die Wände erblindeten unter der schweigenden Strahlung. Der König erbebte, sprang beidbeinig auf und versteckte sich hinter dem Thronsitz. Auf allen vieren, unter Bleischilden gedeckt, mußten sich die vierzig stärksten Elektritter langsam der furchtbar lodernden Kugel nähern. Sie stießen sie so lang mit Lanzen, bis sie aus dem Gemach rollte.
Da mußte König Biskalar zugeben, daß die erste Aufgabe erfüllt sei. Und sein Herz brütete Zorn ohnegleichen.
»Wir werden sehen, ob du das zweite meistern wirst« – sprach der König. Er ließ Kreazius sogleich an Bord eines Raumseglers schaffen, der nun dem Mond entgegenstrebte. Dies war ein wüster Himmelskörper, ein kahler Schädel, der wilde Felsen fletschte. Hier warf der Kommandeur des Raumseglers Kreazius auf die Felsen ab und sagte zu ihm:
»Komme von hier fort, wenn du kannst, und erscheine morgen mittag vor dem Angesicht des Königs! Wenn dir dies nicht gelingt, wirst du umkommen!«
Denn sollte auch niemand Kreazius holen kommen, um ihn auf der Folter zu bestrafen, so konnte dieser in einer so schrecklichen Wüste nicht lange durchhalten. Sobald er allein war, begann er den Übles verheißenden Platz zu untersuchen, auf dem er ausgesetzt worden war. Er wollte zu den bewährten Fünkchen greifen, doch fand er sie nicht. Offenbar hatte ihm während seines Schlafes jemand auf königlichen Befehl die Kleidung durchsucht und das rettende Döschen gestohlen.
»Gut steht die Sache nicht« – sagte sich Kreazius. »Aber ganz schlimm steht sie auch wieder nicht. Denn erst dann hätte ich unweigerlich verspielt, wenn die mir auch den Verstand gestoh-

len hätten!« Auf dem Mond gab es einen Ozean. Der war aber ganz zugefroren. Der Konstrukteur spitzte sich einen Flintbrocken zu. Damit hackte er viele Blöcke aus dem Eis und errichtete daraus so etwas, wie einen emporstrebenden Turm. Dann hieb Kreazius aus einem Eisblock eine Linse und sammelte darin die Sonnenstrahlen, so daß sie auf den gefrorenen Meeresspiegel fielen. Und da im Brennpunkt alsbald Wasser erschien, schöpfte Kreazius dieses mit den Händen ab und klatschte es gegen den Eisturm. Im Abfließen gefror das Wasser, verfugte die Eisblöcke und verlieh ihnen eine glatte, glänzende Außenhülle. So hatte der Konstrukteur zuletzt eine Kristallrakete vor sich, die aus weißem Eis errichtet war.
»Das Schiff hätten wir!« – sagte er. »Jetzt brauchen wir nur noch den Antrieb . . .« Er suchte den ganzen Mond ab; doch von Uran oder anderen kraftvollen Elementen ließ sich keine Spur darauf finden.
»Pech!« – sprach Kreazius. »Da hilft nichts, ich muß meinen eigenen Verstand annagen . . .«
Und er öffnete sich den Kopf. Das Gehirn darin war nämlich nicht aus Materie gemacht, sondern aus Antimaterie, und fortbestehen konnte es lediglich dank der feinsten Feinschicht magnetischer Abstoßung zwischen den Schädelwänden und den denkenden Kristallhalbkugeln. Kreazius schnitt ein Loch in die Eiswand, bestieg die Rakete, schloß es hinter sich zu, goß Wasser darauf, damit die Tür zufröre, setzte sich auf den eisigen Grund, brach aus dem Kopf einen Krümel, so klein wie ein Sandkorn, und schleuderte dies unter sich auf das Eis.
Sogleich durchblendete den Eiskerker ein furchtbarer Blitz, die Rakete erbebte durch und durch, und aus dem Loch, aus dem durchstoßenen Boden, schossen Flammen. Doch nicht für lang reichte dieser Schwung. Kreazius mußte sich nochmals den Kopf zerbrechen, und sogar ein drittes Mal und ein viertes, schon beunruhigt, weil das Hirn spürbar kleiner und demzufolge ein wenig schwächer wurde. Doch just zu diesem Zeitpunkt erreichte die Rakete die Planetenatmosphäre und begann zu sinken.

Die Luftreibung taute die Rakete auf, so daß sie immer kleiner wurde, aber auch immer langsamer fiel. Zuletzt blieb von ihr ein verrußter Eiszapfen übrig, doch in ebendiesem Augenblick trat Kreazius mit beiden Beinen auf festen Grund, verschloß sich den Kopf, rückte ihn zurecht und ging schnell zum Königsschloß, denn die Zeit drängte schon, und die Uhren schickten sich an, zwölf zu schlagen.

Der König erstarrte. Seine Wangen und Augen sprühten Funken. Von siedender Wut enthärtet, verdunkelte sich seine Stirn. Denn er hatte fest geglaubt, es gebe keine Rückkehr für Kreazius, dem er ja die hilfreichen Fünkchen geraubt hatte. Er selbst hatte sie samt dem Döschen in die Schatzkammer sperren lassen.

»Gut!« – sprach er. »Mir soll's recht sein! Nun die dritte Probe. Die scheint mir ziemlich leicht . . . Ich werde die Stadttore öffnen, du sollst hinauslaufen, und auf deine Spur hetze ich eine Meute von Jagdrobotern. Die sollen dich einholen und mit ihrem Stahl in Stücke reißen. Bringst du es zuwege, ihnen allen zu entwischen, und stehst du morgen um diese Zeit hier vor mir, dann sollst du frei sein!«

»Gut« – erwiderte der Konstrukteur. »Aber vorerst bitte ich um eine Stecknadel . . .«

Da lachte der König.

»Mir soll's recht sein, damit du nicht sagst, ich hätte dir eine Gnade verweigert! Gebt ihm sofort eine goldene Stecknadel!«

»Nein, Majestät« – entgegnete Kreazius. »Ich bitte um eine gewöhnliche, eiserne . . .«

Und als er eine bekommen hatte, lief er aus der Stadt hinaus, so schnell, daß ihm davon der Wind um die Ohren pfiff. Boshaft lachte der König, der von der Befestigungsmauer herab diese große Eile beobachtete. Denn er war überzeugt, die werde dem Konstrukteur nichts nützen. Der aber rannte, daß die Fußsohlen Sandwolken aufwirbelten, und richtete sich immerfort nach Westen. Solcherart schnitt er die magnetischen Kraftlinien des Planeten, und bald war die Stecknadel magnetisiert.

Als Kreazius sie an einen Faden hängte, den er aus seinem Gewand getrennt hatte, da drehte sie sich und wies nach Norden.
»Einen Kompaß hätten wir schon. Immerhin etwas!« – sprach der Konstrukteur und spitzte die Ohren, denn der Wind trug schon das Geräusch wilden Galoppierens herüber. Ja, aus den Stadttoren stürmte das Rudel der eisernen Roboter, laut schnappten sie und schlugen an und jagten hinter Kreazius drein. Er sah die Staubwolke am Horizont aufsteigen.
»Wenn ich meine Fünkchen bei mir hätte«, – sprach Kreazius – »dann käme ich schnell mit euch zu Rande, ihr regsamen Nägelchen. Doch so oder so werde ich mit euch fertig! Und du verhilfst mir dazu, liebe Stecknadel.« Und er lief weiter, so schnell er konnte, und sah achtsam nach den Ausschlägen der Nadel.
Die königlichen Hatzmeister hatten die Meute so gut auf seine Fährte gehetzt, daß alle Roboter schnurstracks-meteorstracks voranstürmten. Als der Konstrukteur sich umblickte, sah er, daß sie ihn im Nu einholen mußten. Denn das waren Jagdroboter mit Hochspannung und hurtigem Gang, eigens für Verfolgungsjagden geschult. Die Sonne schaute rostrot durch das Sandgewölk, das unter ihrer aller Galopp emporwogte. Man konnte nur hören, wie sie blindwütig mit den Getrieben knirschten.
»Die Gegend da ist eine rechte Wüste« – sagte sich der Konstrukteur. »Aber mir scheint, hier in der Nähe muß irgendwo ein Eisenerzbergwerk sein ...«
Die Stecknadel zeigte ihm dies. Denn sie wich ein wenig von der bisher eingehaltenen Nordrichtung ab. Er lief also in die angezeigte Richtung und erblickte bald einen Schacht eines längst aufgelassenen Bergwerks. Kein Stein kollert so schnell eine Felswand hinab, wie Kreazius in die dunkle Kluft kollerte. Nur den Kopf, den kristallenen, der leicht hätte zersplittern können, den hatte er noch rasch mit den Gewandschößen umwickelt.

Die Roboter erreichten die leere Schachtöffnung, heulten einstimmig-eisenstimmig auf, weil sie die Fährte witterten, und plumpsten ihm nach.
Der Konstrukteur aber sprang auf die Beine und flitzte, der Nase nach, die in Magneteisenstein gehauene Strecke entlang. Dies tat er jedoch gar seltsam: bald trippelte er, bald hüpfte er, als wäre ihm fröhlich zumute, und stampfte auf, wie beim Tanzen; mit den Schuhbeschlägen schlug er Feuer, und ein entfaltetes Tuch schüttelte er gegen die Felsen. Da erhob sich rostiger Staub und füllte als einheitliche Wolke den Felsstollen aus. In dieses Gewölk platzten die Roboter hinein. Sogleich gerieten ihnen feinste Eienspäne in die Gliedmaßen, so daß die Gelenke knarrten, und drangen auch in die schweren Hirngehäuse, so daß Funken vor den Augen tanzten. Das Eisenpulver bestäubte Stromwender, Kontakte und Relais. Und so liefen die Roboter immer langsamer, von Kurzschlüssen geschüttelt, wie vom Schluckauf, und manch einer rannte völlig belämmert mit dem Kopf gegen die Wand, bis aus dem zerplatzten Visier die Drähte hervorschnellten. Und wo ein Roboter fiel, dort trampelte ein anderer über ihn hinweg, nur um selbst gleich holterdiepolter hinzupurzeln. Andere aber verfolgten Kreazius weiterhin, und er selbst wühlte unausgesetzt die eiserne Staubwolke auf. Noch keine Meile weit war er gelaufen, da rannten nur noch drei verbeulte Eiserne hinter ihm her. Doch auch diese torkelten, wie im Rausch, und prallten mit solchem Getöse zusammen, wie leere Eisentonnen, die jemand gegeneinanderrumpeln läßt.
Im Dunklen blieb der Konstrukteur stehen. Er gewahrte, daß ihm zwei noch nachrannten. Offenbar hatten sie besser abgedichtete Köpfe, als die übrigen.
»Miserable Qualität, diese Meute!« – sagte er sich. »Nur zwei fürchten den Staub nicht! Doch auch sie müssen überwältigt werden . . .«
Er warf sich zu Boden, wälzte sich über und über im Eisenpulver, lief den Jagenden entgegen und rief dröhnend:

»Halt, auf Befehl des Königs Biskalar!«

»Wer bist du?« – fragte der erste Roboter und sog Luft in die Stahlnüstern ein. Aber er roch nur Eisen, sonst nichts.

»Ein Roboter bin ich, gehärtet in Feuern, – stromdurchströmt und fernzusteuern, – voll Nieten und Verbindungen, – voll Wicklungen und Windungen. – Präsentiert euch, Niet an Niet, – und nun wartet, was geschieht! – Mit den Gußeisen-Glotzaugen gafft – auf mich Helden voll Waffen und Kraft! – Ja, mein stählerner Geist sprudelt Licht, – so wie zweie aus Gußeisen nicht! – Eure Spulen strengt an, daß sie knacksen! – Bei mir gibt's keine Faxen! – Und wer mir aufs Wort nicht pariert, – das elektrische Leben verliert!«

»Ja, was sollen wir denn eigentlich tun?« – fragten die Roboter, denn die Worte des Konstrukteurs hatten sie ganz duselig gemacht.

»Niederknien sollt ihr!« – erklärte der Konstrukteur. Da polterten sie nieder. Er aber bückte sich sogleich und stach ihnen nacheinander die Stecknadel in den Kopf, so daß der violette Schein zitternder Funken die Felswände erhellte. Beide Roboter fielen knacksend um. Denn Kreazius hatte sie kurzgeschlossen.

»Biskalar denkt wohl, ich käme allein zurück, wenn überhaupt!« – sprach Kreazius. Er ging von Roboter zu Roboter, öffnete alle Köpfe und verband die Stahldrähtchen anders. Und als die ganze Meute erwacht war, gehorchte sie nur noch ihm. Da stellte er sich an die Spitze der Heerschar und marschierte auf die Hauptstadt los. Im Schloß befahl er seinen Eisensklaven, den König zu ergreifen, entthronte ihn, öffnete die Schatzkammer allen Untertanen des Grausamen und riet den solcherart Beglückten, aus ihren Reihen einen Würdigeren zum König zu wählen. Er selbst aber nahm nur sein Döschen mit den dienstbaren Funken und machte sich auf die Wanderschaft. Und auf seinen schwarzen sterngespickten Wegen wandert er noch heute; früher oder später wird er gewiß auch uns besuchen.

Zwei Ungeheuer

Mitten in unwegsamer Schwärze, in einer einsamen Sternen-Insel am galaktischen Pol, gab es einstmals ein sechsfaches System. Fünf seiner Sonnen kreisten einsam, die sechste aber hatte einen Planeten aus Magma-Gestein mit einem Jaspishimmel. Machtvoll entfaltete sich auf diesem Planeten das Reich der Argenser, das heißt, der Silbrigen.

Auf weißem Flachland, zwischen schwarzem Gebirg, standen ihre Städte Ilidar, Bismalia, Sinalost. Am herrlichsten aber war Eterne, die Hauptstadt der Silbrigen: bei Tag wie ein blauer Gletscher, nachts wie ein gerundeter Stern. Schwebende Mauern schützten die Stadt vor Meteoren. In Eterne standen viele Bauten aus Chrysopras, so hell wie Gold, und andere aus Turmalin und Morionguß, schwärzer als der leere Weltraum. Doch am schönsten war der Palast der argensischen Monarchen, ein Werk aufgehobener Baukunst; denn die Baumeister hatten weder dem Blick noch dem Denken eine Schranke setzen wollen. So war dies ein imaginäres, mathematisches Gebäude, ohne Dächer, ohne Decken, ohne Wände. Von hier aus herrschte die Dynastie der Energer über den ganzen Planeten.

Zur Zeit des Königs Treops überfielen die asmischen Siderianer das Energer-Reich vom Himmel aus. Sie machten aus der metallischen Stadt Bismalia nebst den Asteroiden eine einzige tote Trümmerhalde und brachten noch viel anderes Unheil über die Silbrigen. Erst der junge König Somanches, ein nahezu allwissender Poliarch, berief die weisesten Astrotechniker und umgab den ganzen Planeten mit einem System magnetischer Wirbel und mit Schwerefeldgräben, worin die Zeit so reißend dahinbrauste, daß beim Eindringen irgendeines fürwitzigen Angreifers im Nu hundert Millionen von Jahren verstrichen oder noch mehr; zu Staub zerstob er vor Altersschwäche, ehe er den Lichtschein der Argenserstädte zu Gesicht bekommen hatte. Diese unsichtbaren Zeitklüfte und Magnetverhaue sperrten den Zugang zum Planeten so sicher, daß die Argenser zum Angriff übergehen konnten. Da zogen sie auf die Asmia. Aus Strahlenschießern bombardierten und reizten sie die weiße asmische Sonne und entfachten in ihr zuletzt den Kernbrand. Da wurde sie zur Supernova, und ihre Feuersbrunst umschlang und verbrannte den Planeten der Siderianer.

Jahrhundertelang herrschten dann Ruhe, Harmonie und Wohlstand im Reich der Argenser. Die Dynastie riß nicht ab. Und jedesmal, wenn ein Energer die Thronfolge antrat, stieg er am Krönungstag in die Krypta des Imaginärpalastes hinab und entnahm den toten Händen des Vorgängers das silbrige Zepter. Das war kein gewöhnliches Zepter. Vor Jahrtausenden hatte jemand die Inschrift hineingeritzt:

»Ist das Ungeheuer ewig, so ist es nicht, das heißt, es sind zwei; wenn nichts hilft, dann zerbrich mich.«

Am Energerhof und im ganzen Reich wußte niemand um den Sinn der Inschrift, deren Entstehungsgeschichte sich im Gedächtnis schon vor Jahrhunderten verwischt hatte. Dies änderte sich erst unter König Inhiston. Damals erschien auf dem Planeten ein riesiges unbekanntes Scheusal, dessen gräßlicher Ruhm alsbald beide Halbkugeln überlief. Niemand hatte es aus der Nähe gesehen, denn wer sich hinwagte, kam nicht mehr heim. Der Ursprung des Scheusals blieb dunkel. Die Greise behaupteten, seine Brutstätte seien riesige Wracks und weithin verstreute Tantal- und Osmiumscheiben, die Überreste der von Asteroiden zermalmten Stadt Bismalia; denn die war nicht wiederaufgebaut worden. In sehr altem Magnetschrott schlummere manch böse Kraft, sagten die Greise; in Metallen gebe es heimliche Ströme; der Anstoß eines Gewitters wecke sie zuweilen. Und aus knirschigem Blechgekreuch, aus totem Rutsch des Trümmerfriedhofs entstehe dann ein Scheusal, unfaßlich, weder lebend noch tot, und es bringe nur eines zuwege: die Aussaat grenzenloser Zerstörung. Andere behaupteten wieder, durch böses Tun und Denken entstünde die Kraft, die solch einen Unhold schaffe. Der Nickelkern des Planeten würfe dies alles zurück wie ein Hohlspiegel; solcherart an einer Stelle gesammelt, schöbe das Böse nun blindlings Metallgerippe und verrottete Trümmer gegeneinander, bis sie sich zum Monstrum verwüchsen. Doch die Gelehrten verspotteten solche Geschichten und nannten sie Faselei. Aber wie dem auch sein mochte: das Ungeheuer verwüstete den Planeten. Anfangs mied es größere Städte, überfiel nur einsame Weiler und zerstörte sie mit Weißglut und Lilaglut. Später wurde es dreister, und sogar von den Türmen der Hauptstadt aus war sein Kamm zu sehen. Der flitzte den Horizont entlang, einem Gebirgskamm ähnlich und ganz aus Stahl, worin sich das Sonnenlicht spiegelte. Heerfahrten rückten dem Ungetüm entgegen, doch mit einem einzigen Hauch machte es die Gewappneten zu Dampf.

Angst befiel alle, und der Herrscher Inhiston ließ Vielwisser kommen. Die grübelten Tag und Nacht, Kopf an Kopf, zwecks hellerer Einsicht unmittelbar aneinandergeschaltet, und verkündeten endlich, daß sich der Unhold nur durch Findigkeit vernichten lasse. Inhiston gebot also dem Groß-Kronkyberneur, dem Groß-Archidynamikus und dem Groß-Abstraktor, zu dritt den Bauplan für einen Elektrischen zu zeichnen. Der sollte dann gegen das Ungeheuer marschieren.

Doch die Meister konnten sich nicht einigen, weil jedem etwas anderes einfiel. Deshalb bauten sie nicht einen, sondern drei. Der erste, der Kupferer, war wie ein ausgehöhlter Berg, worin denkende Maschinerie wuchert. Drei Tage lang strömte ihm Quecksilber in die Gedächtnisspeicher, er aber lag da, von Gerüsten umwaldet, und in ihm toste der Strom wie hundert Wasserfälle. Der zweite Krieger, der Quickkopf, war ein dynamischer Riese. Nur dank der furchtbaren Geschwindigkeit seiner Bewegungen neigte er zu einer bestimmten Gestalt, und seine Formen waren so wechselhaft wie eine Wolke im Sog des Tornados. Den dritten schuf nachts der Abstraktor nach geheimen Plänen. Diesen dritten sah niemand.

Als der Kronkyberneur sein Werk vollendet hatte, sanken die Verschalungen, und da räkelte sich der Riese Kupferer, so daß in der ganzen Stadt die kristallenen Zimmerdecken klirrten. Langsam erhob er sich auf die Knie, und die Erde erbebte. Als er aber aufstand und sich zu voller Höhe streckte, da ragte sein Haupt zwischen die Wolken, und sie störten ihm die Sicht. Da erwärmte er sie, und zischend sprangen sie vor ihm davon. Wie rotes Gold glänzte er, und seine Füße durchschlugen auf den Straßen die Steinplatten. In der Haube hatte er zwei grüne Augen und ein geschlossenes drittes, das sich durch Felsen hindurchbrennen konnte, wenn er die Lidschilde lüpfte. Er tat einen Schritt, und nach dem zweiten Schritt war er schon weit vor der Stadt und leuchtete wie eine Flamme. Knapp umspannten vierhundert Argenser, Hand in Hand, eine seiner schluchtartigen Fußstapfen.

Alles blickte ihm nach, aus Fenstern und von den Türmen, durch Gläser, von den Wehrzinnen ... Er aber schritt auf die Abendröte zu, im Gegenlicht schwärzer und schwärzer. Zuletzt schien er nicht größer als ein gewöhnlicher Argenser. Aber da ragte er nur mehr vom Gürtel aufwärts über den Horizont hervor; Beine und Unterleib verdeckte schon die Rundung des Planeten. Und es kam die Nacht voll unruhiger Spannung. Jeder erwartete Kriegslärm und roten Widerschein. Aber nichts ereignete sich. Erst bei Tagesgrauen trug der Wind ein Geräusch herüber; es klang wie das Donnern eines sehr fernen Gewitters. Und wieder wurde alles still und zugleich schon sonnig. Plötzlich, als entbrennten am Himmel hundert Sonnen, fiel auf Eterne ein Haufen feuriger Bolide. Sie zermalmten Paläste und zersplitterten die Mauern; die armen Verschütteten riefen verzweifelt um Hilfe, doch die vergeblichen Schreie wurden übertönt. So kehrte der Kupferer heim, denn das Ungeheuer hatte ihn zerschlagen und zerfetzt und die Trümmer hoch über die Atmosphäre hinausgeschleudert. Nun fielen sie wieder und schmolzen beim Sturz und zerbombten ein Viertel der Haupstadt. Das war eine furchtbare Katastrophe. Noch zwei Tage und zwei Nächte lang regnete es Kupfer vom Himmel.

Gegen das Ungeheuer zog nun der schwindelschnelle Quickkopf. Der war so gut wie unzerstörbar, denn je mehr Hiebe er abkriegte, um so dauerhafter wurde er. Schläge zerschlugen ihn nicht, im Gegenteil, sie festigten ihn. Über der Wüste schwingend, gelangte er bis ans Gebirge. Dort erspähte er das Ungeheuer. Im Ansturm wälzte er sich eine schräge Felswand hinab. Es erwartete ihn reglos. Himmel und Erde wankten unter den Donnerschlägen. Das Ungeheuer wurde zur weißen Feuerwand und der Quickkopf zum schwarzen Abgrund, der sie verschlang. Das Ungeheuer durchbohrte ihn ganz und gar, machte flammenflügelig kehrt, schlug zum andernmal zu und fuhr wieder durch den Angreifer. Doch es konnte ihm nichts anhaben. Aus der Wolke, worin sie kämpften, prasselten violfarbene Blitze. Doch der Donner blieb unhörbar, so dröhnend übertäubte ihn der Kampf der Riesen. Da sah das Ungeheuer, daß es auf diese Art nichts erzielte. Es sog also alle Außenhitze in sich hinein, drückte sich platt und machte sich zum Spiegel der Materie: alles, was davorstand, das strahlte er zurück, aber nicht im Bild, sondern in Wirklichkeit. Der Quickkopf sah in diesem Spiegel sich selbst wiederholt, schlug zu und verkeilte sich mit sich selbst, dem gespiegelten. Aber sich selbst konnte er ja nicht überwältigen. So kämpfte er drei Tage lang, und die Unzahl der eingesteckten Schläge machte ihn härter als Stein und härter als Metall, härter als alles außer dem Kern eines Weißen Zwerges. Und als auch diese Grenze erreicht war, da brachen beide ins Planeteninnere durch: er selbst und sein spiegelbildlicher Doppelgänger. Und sie hinterließen nur eine Felsenbresche, einen Krater, den augenblicklich aus unterirdischen Tiefen rubinschimmernde Lava aufzufüllen begann.
Der dritte Elektritter blieb ungesehen, als er in die Schlacht zog. Der Groß-Abstraktor, der Kronphysikus, trug ihn am Morgen in der hohlen Hand vor die Stadt hinaus, öffnete die Hand und pustete. Da entflog der Krieger, nur von unruhiger Luftknäuelung umgeben, lautlos und in der Sonne schattenlos, so, als wäre er gar nicht da, als gäbe es ihn gar nicht.

In Wahrheit gab es ihn noch weniger als gar nicht, denn er entstammte nicht der Welt, sondern der Anti-Welt und war nicht Materie, sondern Antimaterie, oder eigentlich nicht einmal dies, nein, deren bloße Möglichkeit, in solchen Raumes-Ritzen verhehlt, daß ihn die Atome umgingen, wie Eisberge die welken Halme umgehen, die auf den Meereswellen schaukeln. So lief er, vom Wind getragen, und begegnete endlich dem glänzenden Plumpleib des Ungeheuers. Das schritt einher wie eine lange Kette eiserner Berge, und Wolkenschaum floß ihm den Kamm hinab. Der Krieger hieb dem Scheusal in die gestählte Flanke und riß darin eine Sonne auf. Die schwärzte sich augenblicklich und schlug in Nichtsein um, das aus Gestein und Gewölk und Flüssigstahl und aus den Lüften heulte. Er aber durchbohrte das Ungeheuer und machte kehrt. Das Ungeheuer ringelte sich zuckend zusammen und spie Weißglut, doch im Nu wurde sie zu Asche und eitel Leerheit. Das Ungeheuer deckte sich mit dem Spiegel der Materie, doch auch den Spiegel durchschlug Antimat, der Elektritter. Das Ungeheuer riß sich empor und zapfte sich den Bergschädel an, so daß härteste Strahlung daraus hervorplatzte. Aber auch sie wurde weich und zunichte. Da wankte der Koloß und entfloh, Felsenberge stürzend, umwölkt von Steinstaub und umdröhnt von Berglawinen, und den unrühmlichen Pfad markierten Pfützen geschmolzener Metalle, Schlacken und vulkanischer Tuff. So rannte das Ungeheuer, aber nicht allein. Denn Antimat fiel ihm in die Flanken, zerstückelte und zerfetzte und zerschlug es. Und zuletzt erbebte die Luft, und in den letzten Trümmern wand sich das Ungeheuer nach allen Horizonten zugleich, und seine Spuren verwehte der Wind, und es war nicht mehr auf der Welt. Große Freude überkam die Silbrigen. Doch zu ebendieser Stunde ging ein Zittern durch die Friedhofshalde von Bismalia. In den Kadmiumwracks und Tantalwracks, in den rostzerfressenen Blechen, wo bislang nur der Wind die verschleppten Schrotthaufen durchröchelt hatte, dort regte sich, wie im Ameisenhaufen, ganz feine unablässige Bewegung. Das Metall überzog sich außen mit bläulicher Glutenhaut, die Metallgerippe sprühten Funken, weichten sich auf, erstrahlten von innerer Hitze, verbanden und koppelten und verschweißten sich, – und aus dem Wirbelgewirr knirschender Klumpen schlüpfte ein neues Ungeheuer und erhob sich und glich dem vorigen zum Verwechseln. Der Sturmwind, der Nichtsein mittrug, traf auf das Ungeheuer, und neuer Kampf entbrannte. Doch schon entstanden weitere Ungeheuer und wälzten sich aus dem Schrottfriedhof. Schwarze Sorge packte die Silbrigen, denn sie sahen schon, wie unbesieglich die Gefahr ihnen drohte. Da las Inhiston die geritzte Inschrift des Zepters und zitterte und begriff. Und er zerschlug das silberne Zepter. Da fiel ein nadelfeines Kristallchen heraus und begann Flammen in die Luft zu schreiben.

Und dem entgeisterten König und seinem Kronrat verkündete die Flammenschrift, daß ein solches Ungeheuer nicht es selbst sei und nicht für sich selbst stehe, sondern für andere, die aus ungekannter Ferne seine Geburt und Erstarkung und seine verderbenschwangere Kraft lenkten. Der Kristall schrieb Glanz in die Luft und offenbarte den Versammelten ihre eigene Herkunft und die Herkunft aller Argenser. Ihre fernen Vorfahren waren vor Jahrtausenden von den Schöpfern des Ungeheuers hervorgebracht worden. Diese aber hatten keinerlei Ähnlichkeit mit denkenden, kristallenen, stählernen oder goldgewirkten Wesen, auch nicht mit alledem, was metallisch lebt. Nein, die Schöpfer des Ungeheuers waren dem salzigen Ozean entsprossen. Dann hatten sie Maschinen gebaut und in grausamer Knechtschaft gehalten und zum Hohn als eiserne Engel bezeichnet. Den Metallwesen fehlte die Kraft zum Aufstand gegen die Ozeanbrut. Sie entführten also gewaltige Raumsegler, entflohen aus dem Diensthause, stoben bis in die fernsten Sternenarchipele und gründeten mächtige Staaten. Und das Argenreich war unter diesen Staaten wie ein Körnchen im Wüstensand. Aber die ehemaligen Beherrscher haben die Befreiten nicht vergessen, sondern bezeichnen sie als Meuterer und suchen sie im ganzen Kosmos und durchmessen ihn von der östlichen

Galaxienwand bis zur westlichen und vom Nordpol zum Südpol. Und wo auch immer schuldlose Nachkommen des ersten eisernen Engels entdeckt werden, bei dunklen oder bei hellen Sonnen, auf Feuerplaneten oder auf Eisplaneten, – überall gebrauchen die Verfolger ihre verderbte Macht, um für den einstigen Auszug Rache zu nehmen; so war es, so ist es, und so wird es immer sein. Und für die Aufgefundenen gibt es angesichts dieser Rache keine andere Rettung, Nothilfe oder Flucht als die eine, die den Rachefeldzug eitel und vergeblich macht: die durchs Nichtsein.

Die Feuerschrift erlosch, und die Würdenträger blickten ihrem Herrscher in die Pupillen; die waren wie tot. Lang schwieg er; endlich mahnten die Räte: »O Herrscher über Eterne und Erisfene, Herr auf Ilidar, Sinalost und Arkaptur, Vogt der Sonnen- und Mondschwärme, sprich zu uns!«

»Nicht Worte tun uns not, sondern die Tat. Die letzte!« – erwiderte Inhiston.

Da erbebten die Räte, doch einstimmig entgegneten sie: »Du sagst es!«

»So geschehe es denn!« – sprach der König. »Jetzt, da der Beschluß gefaßt ist, will ich den Namen des Wesens aussprechen, das uns so weit gebracht hat. Als ich den Thron bestieg, hörte ich es nennen. Ist es der Mensch?«

»Du sagst es!« – erwiderten die Ratsherren.

Da wandte sich Inhiston an den Groß-Abstraktor:

»Walte deines Amtes!«

Er aber entgegnete:

»Ich höre und gehorche.«

Und dann sprach er das *Wort* aus, und durch die Luftfugen sanken seine Schwingungen bis in die Tiefbauten des Planeten. Da zerbarst der Jaspishimmel. Und ehe noch die Fronten der stürzenden Türme auf dem Erdboden auftrafen, platzten die siebenundsiebzig Argenserstädte zu siebenundsiebzig weißen Kratern auf, und die Silbrigen starben zwischen den zerspringenden Tafeln der Kontinente, die das Flammendickicht zermalmte. Und keinen Planeten beleuchtete nun die große Sonne, sondern einen Knäuel schwarzer Wolken. Und vom Nichts umstürmt und verweht, schmolz er langsam dahin. Härter als Stein war die Strahlung. Und der leere Raum, den sie hatte aufklaffen lassen, der lief dann zu einem einzigen zitternden Fünkchen zusammen, und auch dieses schwand dahin. Die Stoßwellen erreichten nach sieben Tagen einen Ort, wo Raumsegler warteten, alle schwarz wie die Nacht.

»Schon geschehen« – sagte der Erbauer der Ungeheuer beim Wachdienst zu seinem Kameraden. »Es gibt kein Reich der Silbrigen mehr. Wir können weiterziehen.« Und um jedes Schiffsheck erblühte Feuer im Dunkel, und die Rächer entflogen auf ihrem Rachepfad. Unendlich und unbegrenzt ist der Kosmos, doch ebenso grenzenlos ist ihr Haß. Demnach kann er auch uns erreichen, an jedem beliebigen Tag und zur erstbesten Stunde.

Der Weiße Tod

Der Planet Aragena war nach innen ausgebaut. An seiner Oberfläche durfte nichts angetastet werden, nicht einmal das kleinste Steinchen. Denn so befahl dies der Beherrscher dieses Himmelskörpers, König Metamerius, der sich auf Äquatorialbreite dreihundertsechzig Grad weit erstreckte und seinem solcherart umgürteten Reiche nicht nur Herr, sondern auch Schutz und Schirm war. Durch jenes Verbot wollte er seine Untertanen, das Volk der Enteralen, vor Angriffen aus dem All bewahren. Deshalb lagen die Lande der Aragena wüst und leblos. Nur die Beilschläge der Blitze hackten auf die Flintgebirgskämme ein, und Meteore prägten Krater in die Kontinente. Doch zehn Meilen unter der Oberfläche verlief eine Zone voll lebhafter Arbeit der Enteralen. Sie höhlten den Heimatplaneten aus und füllten seinen Innenraum mit Kristallgärten und mit Städten aus Silber und Gold und erbauten dodekaedrische und ikosaedrische Häuser mit dem First nach unten, und ebenso auch hyperbolische Paläste. Dort hättest du dich in zwanzigtausendfacher Vergrößerung in der Spiegelkuppel besehen können, wie im Gigantentheater. Denn die Enteralen liebten den Glanz und die Geometrie und waren vorzügliche Baumeister. Durch Systeme von Rohrleitungen preßten sie das Licht tief in den Planeten hinein. Bald durch Smaragde, bald durch Diamanten, bald durch Rubine filterten sie das Licht; so hatten sie je nach Wunsch Morgengrauen, Mittag oder rosiges Verdämmern. Sie waren aber so verliebt in die eigene Form, daß die ganze Welt bei ihnen spiegelig war. Ihre kristallenen, vom Atem heißer Gase fortbewegten Fahrzeuge hatten keine Fenster, sondern waren ganz und gar durchsichtig. Und die Reisenden sahen in den Fronten der Paläste und Heiligtümer sich selbst widergespiegelt als wundersam vielfache, aneinandergrenzende, ineinandergleitende, irisierende Abbilder. Die Enteralen hatten sogar ihren eigenen Himmel,

wo im Feuer gezüchtete Spinelle und Bergkristalle in Spinnweben aus Molybdän und Vanadium glommen.
Erblicher und zugleich ewiger Herrscher war Metamerius. Denn sein kalter und schöner Leib war vielgliedrig, und im ersten seiner Glieder wohnte der Verstand. War nun dieses im Lauf der Jahrtausende gealtert, und hatten sich die Kristallnetze ob des reichswaltenden Denkens schon abgewetzt, so übernahm das nächste Glied die Herrschaft. Und so ging das weiter, denn Metamerius hatte zehn Milliarden von Gliedern. Er selbst stammte von den Aurigonen ab. Er hatte sie nie gesehen und wußte von ihnen nur dies: Vom Verderben bedroht durch schreckliche Wesen, die der Kosmonautik zuliebe die heimischen Sonnen aufgegeben hatten, schlossen die Aurigonen all ihr Wissen und all ihren Daseinsdrang in winzige Atomkörner ein. Damit befruchteten sie den Felsboden der Aragena. Sie gaben ihr diesen Namen, weil er ihnen an den eigenen anzuklingen schien, doch niemand im ganzen Volk setzte hier den gewappneten Fuß aufs Gestein, denn eine solche Spur hätte die grausamen Verfolger anlocken können. Die Aurigonen kamen allesamt um und hatten nur den einen letzten Trost: ihre Feinde, die sogenannten Weißen oder Bleichen, ahnten nicht, daß sie das Aurigonenvolk nicht spurlos ausgetilgt hatten. Aus Metamerius entsprossen dann die Enteralen. Sein Wissen um die ungewöhnliche eigene Herkunft teilten sie nicht. Die Geschichte des furchtbaren Untergangs der Aurigonen und zugleich die des Ursprungs der Enteralen war in einem schwarzen Urkristall aus Vesuvian aufgezeichnet. Der Kristall lag zutiefst im Planetenkern verborgen. Doch nur um so besser war jene Geschichte dem Herrscher bekannt und bewußt.
Wenn die wackeren Baumeister ihr unterirdisches Reich vergrößerten, brachen sie aus dem Untergrund Gestein und Magneteisen los. Metamerius ließ daraus Klippenreihen verfertigen und in den Weltraum werfen. In höllischem Kreisgang liefen sie rund um den Planeten und wehrten den Zutritt. Die Raumschiffer mieden daher diese Gegend und nannten sie: »Die

Schwarze Klapperschlange«. Denn unablässig prallten dort riesige Basalt- und Porphyrklumpen im Flug gegeneinander und ließen ganze Meteorströme entstehen. Und dies war das Ursprungsgebiet aller Kometenköpfe, aller steinernen Bolide und Asteroiden, die noch jetzt das ganze System des Skorpions durchstäuben.

Die Meteore prasselten auch in Steinkatarakten auf den Boden der Aragena, zerbombten, furchten und durchpflügten ihn und verwandelten durch Springfluten feurigen Aufprallens die Nacht zum Tage und durch Sandsturmwolken den Tag zur Nacht. Doch nicht einmal das feinste Zittern drang bis ins Reich der Enteralen. Und selbst wenn ihrem Planeten irgend jemand zu nahen wagte, der nicht sogleich mit seinem Schiff an den Felsenwirbeln zerschellte, dann konnte er nur einen leeren Steinball erblicken, der einem kraterdurchlöcherten Schädel glich. Die Enteralen hatten sogar die Eingänge in die Tiefbauten wie zerklüftete Felsen gestaltet.

Jahrtausendelang suchte niemand den Planeten heim. Doch nicht einmal für einen Augenblick lockerte Metamerius die Gebote strenger Wachsamkeit.

Es begab sich aber, daß eines Tages eine Gruppe von Enteralen an die Oberfläche hinausstieg und gleichsam einen gigantischen Kelch erblickte. Mit dem Schaft verbohrte er sich in eine Felshalde, seine Einbuchtung aber war dem Himmel zugekehrt und an vielen Stellen zerscherbt und durchlöchert. Sogleich wurden vielwissende Sternfahrer an jenen Ort geführt. Sie erklärten, vor ihnen stehe das Wrack eines fremden Sternschiffs aus unbekannten Breiten. Der Flugkörper war sehr groß. Wie sich erst aus der Nähe erkennen ließ, hatte er die Form einer schlanken Walze und war mit einer dicken Ruß- und Schmierschicht überzogen. Der kelchförmige Heckteil aber gemahnte in seiner Konstruktion an die größten Gewölbe der unterirdischen Paläste. Aus den Tiefbauten krochen Zangenmaschinen; mit äußerster Vorsicht schafften sie das rätselhafte Schiff von der Absturzstelle fort und unter die Erde. Eine Gruppe von En-

teralen ebnete dann den vom Schiffsbug erzeugten Trichter ein, um jede Spur fremden Eindringens von der Planetenoberfläche zu tilgen. Dann wurden die Kristalltore dicht verschlossen.
In der Hauptuntersuchungsklause, die mit blendendem Gepränge eingerichtet war, ruhte nun der Schiffsrumpf, so schwarz, als wäre er auf Kohlen geröstet worden. Kundige Forscher richteten Spiegelflächen hellster Kristalle auf ihn und öffneten mit diamantenen Schneiden die erste Außenpanzerung. Darunter lag eine zweite, deren seltsames Weiß die Gelehrten ein wenig beängstigte. Und als die Karborundbohrer auch diese Hülle geknackt hatten, kam eine dritte zum Vorschein. Die war undurchdringlich, und ihre dicht eingepaßte Tür ließ sich nicht öffnen.
Affinor, der älteste der Gelehrten, untersuchte sorgfältig den Verschluß dieser Tür. Es erwies sich, daß ihr Schloß nur dann nachgeben konnte, wenn ein bestimmtes Wort ausgesprochen wurde. Sie kannten das Wort nicht. Sie konnten es ja nicht kennen. Lang versuchten sie allerlei Wörter, wie etwa: »Kosmos«, »Sterne«, »Ewiger Flug«. Aber die Tür regte sich nicht.
»Ich weiß nicht, ob wir gut daran tun, daß wir das Schiff zu öffnen versuchen, ohne daß König Metamerius etwas davon weiß« – sprach Affinor endlich. »Als Kind habe ich eine Sage über weiße Wesen gehört, die im ganzen Kosmos alles metallgeborene Leben verfolgen und ausrotten. Dies ist ihre Rache für . . .«
Er verstummte. Zutiefst entsetzt, starrte er wie die anderen auf die wandgroße Schiffsseite. Denn auf seine letzten Worte hin erbebte plötzlich die bisher leblose Tür und schob sich sperrangelweit auf. Das Wort, das sie geöffnet hatte, hieß: »Rache«.
Die Gelehrten riefen Gewappnete zu Hilfe. Sobald die Funkenwerfer gerichtet waren, traten die Forscher mit ihren Beschützern in die stickige unbewegliche Finsternis des Schiffs und erleuchteten sie mit blauen und weißen Kristallen.
Die Maschinerie war zu einem beträchtlichen Teil zerschmettert. Lang irrten die Forscher durch den Trümmerhaufen und suchten die Bemannung. Doch sie fanden weder sie noch eine

Spur von ihr. Sie überlegten, ob das Schiff etwa selbst ein denkendes Wesen sei, ein sehr großes, wie es ja zuweilen vorkommt. Ihr König war ja vieltausendmal größer bemessen als das unbekannte Schiff, und doch war er in sich eins. Aber was sie an Knoten elektrischen Denkens entdeckten, das war klein und verstreut. Das fremde Schiff konnte also nichts anderes sein als bloß eine Flugmaschine. Ohne Bemannung war es so tot wie ein Stein.

In einem Winkel an Bord, dicht an der Panzerwand, stießen die Forscher auf eine verspritzte Pfütze. Sie sah aus wie rote Malerfarbe, und als sie sich näherten, befleckte sie ihnen die silbernen Finger. Nasse rote Fetzen unbekannter Kleidung und ein paar Kalksplitter von geringer Härte wurden aus dieser Pfütze gefischt. Und die Forscher wußten selbst nicht, warum, aber Angst erfaßte sie alle, als sie dort in diesem vom Licht der Kristalle kaum angestochenen Dunkel standen. Und schon hatte von dem Abenteuer auch der König erfahren. Alsbald erschienen seine Boten mit dem strengsten Befehl, das fremde Schiff samt all seinem Inhalt müsse zerstört werden. Insbesondere gebot der König, die fremden Schiffer dem Atomfeuer zu übergeben. Die Forscher entgegneten, niemand sei drin gewesen; dort fänden sich nur Finsternis und zertrümmerte Scherben, Metalleingeweide und Staub, befleckt von ein paar Spritzern roter Malerfarbe. Da erbebte der Königsbote und befahl, augenblicklich die Atommeiler anzuzünden.

»Im Namen des Königs!« – sprach er. «Das Rot, das ihr gefunden habt, verkündet den Untergang! Denn davon lebt der Weiße Tod, der nichts anderes kennt, als die Rache an Schuldlosen für ihr bloßes Dasein . . .«

»War es der Weiße Tod, so bedroht er uns nicht mehr. Denn das Schiff ist tot, und wer darauf auch gesegelt haben mag, der ist im Ring der Wehrklippen umgekommen« – entgegneten sie.

»Unendlich mächtig sind jene bleichen Wesen. Denn sterben sie, so leben sie viele Male von neuem auf, weit weg von den kraftvollen Sonnen! Waltet eures Amtes, o Atomisten!«

Angst durchfuhr Forscher und Weise, als sie diese Worte hörten. Doch keiner glaubte an den verheißenen Untergang, dessen bloße Möglichkeit ihnen gar zu unwahrscheinlich erschien. Und so hoben sie das Schiff aus seiner Lagerstatt. Auf Ambossen aus Platin zerschmetterten sie es. Und als es zerfallen war, tauchten sie es in harte Strahlung. Da verwandelte es sich in Myriaden flüchtiger Atome. Und diese schweigen auf ewig. Denn Atome sind ohne Geschichte, und es bleibt sich gleich, woher sie stammen: von stärksten Gestirnen oder von toten Planeten oder aus einem denkenden Wesen, es sei nun gut oder böse. Denn die Materie ist im ganzen Kosmos dieselbe, und nicht sie haben wir zu fürchten.

Dennoch erfaßten die Forscher sogar diese Atome, ließen sie zu einem einzigen Klumpen gefrieren, schossen ihn zu den Sternen ab und sagten erst dann erleichtert zu sich selbst: »Daraus kann nichts mehr erwachsen. Wir sind gerettet.«

Doch schon vorher, als noch die Platinhämmer auf das zerfallende Schiff eingeschlagen hatten, da war aus einer aufgetrennten Naht des blutbeschmierten Gewandfetzens eine unsichtbare Spore herausgefallen. Ein Sandkorn hätte hundert ihresgleichen zugedeckt, so klein war sie. Und in Staub und Pulver zwischen den Felsen der Höhlen schlüpfte in der Nacht aus dieser Spore ein weißer Keim, und daraus ein zweiter, ein dritter, ein hundertster. Und sie hauchten Sauerstoff und Feuchtigkeit, und der Rost befiel die Platten der Spiegelstädte. Und unbemerkbares Fadengeflecht wucherte im kalten Eingeweide der Enteralen. Und als sie aufstanden, trugen sie schon den Tod in sich. Da verstrich kein Jahr, und schon waren alle dahingemäht. Die Maschinen in den Grotten standen still, die kristallenen Feuer erloschen, brauner Aussatz zerfraß die Spiegelkuppeln. Und als sich die letzte Atomwärme verflüchtigt hatte, sank Finsternis herab. Durch klirrende Skelette sikkernd, rostige Schädel füllend, erloschene Augenhöhlen einspinnend, mehrte sich in dieser Finsternis flaumiger, feuchter, weißer Schimmel.

Wie Winzlieb und Gigelanz die Nebelflucht auslösten

Von den Astronomen erfahren wir, daß alles, was es gibt, nach allen Richtungen auseinanderstiebt: ob Nebel, Galaxien oder Sterne. Durch dieses unablässige Entschwirren erweitert sich schon seit Jahrmilliarden das Weltall.

Über diese Allerweltsflucht wundern sich viele Leute. Wenn sie jedoch diesen Lauf gedanklich zurückverfolgen, gelangen sie zu der Annahme, in grauer Vorzeit habe sich der ganze Kosmos in einem einzigen Punkt zusammengedrängt, als ein gestirntes Tröpfchen. Aus unerfindlicher Ursache sei es dann explodiert, und dies dauere heute noch an.

Und wenn sie so folgern, überkommt sie die Neugier, was wohl vorher gewesen sei. Und sie wissen das Rätsel nicht zu lösen. Die Wahrheit ist die:

Zur Zeit des vorigen Weltalls lebten darin zwei Konstrukteure, unerreichte Meister im kosmogonischen Fach. Und es gab nichts, was sie nicht hätten zusammenfügen können. Doch um eine Sache zu bauen, mußt du einen Plan haben. Und der muß erdacht werden, anders bekommst du ihn nicht. Die beiden Konstrukteure Winzlieb und Gigelanz fragten sich also in einem fort, wie sie erfahren könnten, was sonst noch zu konstruieren sei – außer den Wunderdingen, die ihnen in den Sinn kamen.

»Ich kann alles verfertigen, was mir in den Sinn kommt« – sagte Winzlieb. »Aber dorthin kommt ja nicht alles. So werden wir beide eingeschränkt. Denn alles Denkbare zu denken, sind wir ja doch nicht imstande. Und vielleicht wäre eher etwas anderes verwirklichenswert, und nicht gerade das, was wir tun, weil wir daran gedacht haben. Was meinst du dazu?«

»Recht hast du wohl« – entgegnete Gigelanz. »Aber siehst du Abhilfe?«

»Was wir auch schaffen, wir schaffen es aus Materie« – erwiderte Winzlieb. »In ihr sind alle Möglichkeiten angelegt. Beabsichtigen wir ein Haus, so erbauen wir ein Haus. Erdenken wir einen Kristallpalast, so erschaffen wir den Palast. Und soll es ein denkender Stern werden, ein Gehirn aus Feuer, so meistern wir auch diese Konstruktion. Gleichwohl ist die Materie reicher an Möglichkeiten, als unsere Köpfe. Ergo müßten wir ihr einen Mund einpassen. Sie selbst könnte uns dann sagen, was sich sonst noch aus ihr erschaffen ließe: Dinge, die uns beiden nie eingefallen wären!«

»Ein Mund ist nötig« – gab Gigelanz zu. »Doch er genügt nicht. Er spricht ja nur aus, was inwendig der Geist ausgeheckt hat. Folglich muß der Materie nicht nur der Mund verpaßt werden. Wir müssen ihr auch das Denken eindrillen. Dann tut sie uns gewiß alle ihre Geheimnisse kund!«

»Wohl gesprochen!« – erwiderte Winzlieb. »Das Werk ist der Mühe wert. Ich sehe es so: Alles Seiende ist Energie, also müssen wir das Denken aus Energie aufbauen. Wir beginnen beim Kleinsten, beim Quant. Das Denken der Quanten sperren wir in einen möglichst kleinen Käfig aus Atomen. Als Atombaumeister müssen wir also zu Werk gehen und die Sache unablässig weiterverkleinern. Kann ich erst die Genies hundertmillionenweise in die Hosentasche schütten, und kommen sie bequem darin unter, so erreiche ich bald meinen Zweck. Denn dann vermehren sich die Genies, und die erstbeste Handvoll denkenden Sandes sagt dir, was und wie, als wäre es eine Ratsversammlung zahlloser Personen.«

»Nein, so nicht!« – sagte darauf Gigelanz. »Das Gegenteil müssen wir tun! Denn alles Seiende ist Masse. Demnach müssen wir aus aller Masse des Alls ein einziges Gehirn erbauen, ganz ungemein groß und gedankenschwer. Auf meine Fragen wird es mir aller Allerschaffung Geheimstes kundtun, und zwar ganz allein! Dein Geniepulver ist unnützer Schnack. Wenn dir jedes denkende Körnchen etwas anderes sagt, verlierst du dich in alledem und bereicherst dein Wissen nicht!«

Ein Wort gab das andere, und so bitter verfeindeten sich die beiden Konstrukteure, daß kein gemeinsames Unterfangen mehr in Frage kam. Da trennten sie sich, einer spottete des anderen, und jeder schritt nach seiner Weise zu Werke. Winzlieb haschte Quanten und sperrte sie hinter Atomgitter. Und weil es in Kristallen am engsten zuging, drillte er Diamanten, Chalzedone und Rubine zu Denkern. Am besten gelang ihm dies bei Rubinen. Er schloß so viel kluge Energie hinein, daß es nur so blitzte. Er hatte auch viel anderes selbsttätig denkendes Kleinzeug: Topase voll gelber Findigkeit und klug erblauende Smaragde. Doch am besten behagte ihm das rote Rubindenken. Während Winzlieb so im Kreise piepsiger Kleinchen werkte, wandte Gigelanz seine Zeit an Riesen. Mit äußerster Anstrengung wälzte er Sonnen und ganze Galaxien gegeneinander und verflüssigte, vermengte, verfugte und verband sie. So rackerte er sich ab, bis er den Kosmobold geschaffen hatte, dessen allumfassende Riesigkeit fast nichts außer ihm selbst bestehen ließ: gerade noch einen kleinen Schlitz, und darin Winzlieb mit seinen Kleinodien.

Als beide Konstrukteure mit der Arbeit fertig waren, da war ihnen nicht mehr wichtig, wer die meisten Geheimnisse von seinem Geschöpf erfahren werde, sondern nur, wer recht gehabt und besser gewählt habe. So forderten die beiden einander zu Turnier und Wettstreit. Gigelanz erwartete Winzlieb neben dem Kosmobold, der Hunderte von Lichtjahrhunderten weit in die Länge, Breite und Höhe reichte. Sein Rumpf bestand aus Dunkelwolken und die Atmung aus Sterngewimmeln; als Arme und Beine waren ganze Galaxien durch Massenanziehung zusammengekoppelt; der Kopf bestand aus hundert Trillionen eiserner Erdbälle und trug eine lodernde Zottelkappe aus Protuberanz. Stimmte Gigelanz seinen Kosmobold ab, so dauerte die Reise vom Ohr zum Mund sechs Monate. Winzlieb aber kam ganz allein auf die Turnierstätte. Nur in der Tasche trug er einen winzigen Rubin. Den wollte er dem Koloß entgegenstellen. Bei diesem Anblick lachte Gigelanz.

»Na, was hat denn das Krümelchen zu sagen?« – fragte er.

»Was ist wohl sein Wissen gegen abgründig galaktisches Denken, nebelbewegendes Folgern, wobei Sonnen an Sonnen Gedanken weiterleiten, die manch mächtiges Schwerefeld verstärkt, während Lichtausbrüche von Sternen die Geistesblitze funkeln machen und während interplanetarisches Dunkel die Besinnlichkeit verungeheuerlicht?«
Darauf Winzlieb: »Statt zu prahlen und das Deinige zu rühmen, geh lieber ans Werk! Oder – weißt du was? Warum sollten denn wir diese unsere Gebilde befragen? Mögen sie doch selbst wetteifernden Diskurs miteinander führen! Soll doch in den Schranken dieses Turniers mein Mikro-Genie mit deinem Sternbold scharmützeln, als Schild die Weisheit und als Schwert den klugen Gedanken führend!«
»Mir soll's recht sein!« – stimmte Gigelanz zu. So wichen sie denn von ihren Werken, auf daß eines mit dem anderen auf dem Platz allein bliebe. Da kreiste und kreiste der rote Rubin in den Finsternissen, über Meeren von Leerheit, worin Berge von Sternen dahintrieben; und so kreiste und kreiste er über dem lichtvollen maßlosen Riesenleib und piepste dazu:
»He, du dort unten, zu groß geratener feuriger Trampel, du Überfluß an Ixbeliebigkeit! Kannst du dir denn irgend etwas denken?«
Schon ein Jahr später trafen diese Worte im Hirn des Kolosses ein. Und in kunstvoll harmonischem Ineinandergreifen begannen sich dort die Firmamente zu drehen, so zwar, daß er ob dieser dreisten Worte staunte und nachsehen wollte, wer sich so mit ihm zu reden erfreche.
Also begann er den Kopf nach jener Richtung zu wenden, woher die Frage gekommen war. Doch ehe die Drehung vollendet war, verstrichen zwei Jahre. Mit den hellen Augengalaxien blickte der Kosmobold in die Finsternis. Doch dort erblickte er nichts, weil der Rubin längst fort war und hinter dem Rücken des Riesen hervorpiepste:
»Ach, wie bist du schlapp, mein Sternwölkerich, mein Sonnenpelzling, du bist ja ganz schrecklich-schnecklich! Hör auf, mit

dem sonnenzotteligen Kopf zu wackeln, und sag mir lieber, ob du zwei und zwei zusammenzählen kannst, ehe in deinem Oberstübchen die Mehrheit der Blauen Riesen ausgebrannt und vor Altersschwäche erloschen ist!«

Die unverschämten Spötteleien erzürnten den Kosmobold. Er begann sich also umzudrehen, so schnell er konnte, weil er hinterrücks angesprochen wurde. Und er drehte sich immer flinker, und die Milchstraßen wirbelten ihm um die Körperachse, und der Schwung ringelte die ehemals geraden Galaxienarme zu Spiralen ein, und die Sternwolken kreiselten und wurden so zu Kugelhaufen, und in wilder Hast schwirrten alle Sonnen, Erdbälle und Planeten wie gepeitschte Kreisel im Kreis herum. Doch ehe der Kosmobold seinen Gegner glotzäugig anfunkeln konnte, foppte ihn dieser schon wieder aus dem Abseits. Und der Kristall, auf Knall und Fall, flitzte immer schneller und schneller. Und auch der Kosmobold kreiste und kreiste. Doch wie er es auch anfing, er holte ihn nicht ein, obwohl er selbst schon rundherumsauste wie ein Brummkreisel. Zuletzt erreichte er eine so ungeheuerliche Drehzahl und wirbelte mit so schrecklicher Geschwindigkeit, daß die Schwerefesseln sich lockerten und die äußerst angespannten Gravitationsnähte nachgaben, die Gigelanz angelegt hatte. Da zerschnalzten die Maschinen elektrischer Anziehung, und gleich einer voll entfesselten Zentrifuge zerplatzte plötzlich der Kosmobold und zerflog in alle Weltgegenden und schleuderte Galaxien als Spiralfackeln umher und versprühte Milchstraßen. Und solcherart von dieser Fliehkraft aufgespritzt, begann die Auseinanderflucht der Nebel. Winzlieb sagte nachher, er sei Sieger, weil dem Gigelanz der Kosmobold auseinandergefallen sei, ehe er habe »mumm« sagen können. Dem hielt aber Gigelanz entgegen, der Wettbewerb hätte nicht den Zusammenhalt messen sollen, sondern den Verstand, demnach also, welches der Gebilde klüger sei, und nicht, welches besser klebe. Und da dies letztere nicht zum Gegenstand des Streites gehöre, habe Winzlieb ihn, Gigelanz, gar schimpflich hintergangen und betrogen.

Seither hat sich beider Zwist noch gesteigert. Winzlieb sucht sein Rubinchen, das bei der Katastrophe irgendwohin verlustig gegangen ist. Doch er kann es nicht finden, denn wohin er auch blickt, dort sieht er rotes Licht. Sogleich läuft er hin, aber da rötet sich nur vor Alter das Licht entschwirrender Nebel. Also sucht er stets erneut und stets vergeblich. Gigelanz aber bemüht sich, die Glieder seines zerborstenen Kosmobolds wieder zusammenzunähen; als Stricke dienen Schwerkräfte, als Fäden dienen Strahlen, und als Nadel verwendet Gigelanz die härteste Strahlung. Aber was er zunäht, das platzt ihm sogleich wieder auf, denn so furchtbar stark ist die einmal ausgelöste Auseinanderflucht der Nebel. Weder Winzlieb noch Gigelanz hat also die Geheimnisse der Materie erfragt, obwohl ihr die beiden erstens das Denken beibrachten und zweitens Sprechwerkzeuge einpaßten. Freilich, aber ehe das entscheidende Gespräch stattfinden konnte, geschah schon das Unglück, das die Unverständigen in ihrer Unwissenheit als Erschaffung der Welt bezeichnen.

In Wahrheit ist ja bloß durch Zutun des Winzliebschen Rubinchens dem Gigelanz der Kosmobold zerplatzt und in so kleine Krümel zerfallen, daß er heute noch nach allen Richtungen stiebt. Und wer's nicht glaubt, der frage die Gelehrten, ob es etwa nicht wahr ist, daß jedes Ding im ganzen Kosmos wie ein Kreisel unablässig um die eigene Achse wirbelt! Denn mit dieser schwindelschnellen Kreiselei hat ja alles begonnen.

Das Märchen von der Rechenmaschine, die gegen den Drachen kämpfte

Der Beherrscher der Kyberei, König Poleander Partobon, war ein großer Krieger. Er huldigte aber den Methoden der modernen Strategie, und über alles schätzte er deshalb die Kybernetik als Kriegskunst. Sein Königreich wimmelte von Denkmaschinen, denn Poleander bestückte alles damit, was nur anging, und nicht etwa bloß astronomische Observatorien oder die Schulen; nein, in jeden Stein auf der Landstraße ließ er ein elektrisches Kleinhirn einbauen, auf daß es die Wanderer laut vor dem Straucheln warne, und ebenso in alle Masten, Mauern und Bäume, damit überall der Weg erfragt werden konnte, unter die Wolken, damit der Regen im voraus verkündet würde, und in alle Berge und Täler. Kurzum, auf der Kyberei konnte man keinen Schritt tun, ohne über eine denkende Maschine zu stolpern. Schön war es auf dem Planeten. Denn nicht nur das längst Bestehende ließ der König kraft seiner Erlasse kybernetisch vervollkommnen. Seine Gesetze bewirkten oft auch völlige Neuordnung. Somit produzierte sein Königreich Kyberkrebse und summende Kyberwespen, ja sogar Kyberfliegen, und mechanische Spinnen fingen sie weg, wenn sie sich zu stark vermehrt hatten. Auf dem Planeten säuselte Kyberdickicht im Kyberforst, da sangen Kyberkästen und Kyberfiedeln, doch außer diesen zivilen Einrichtungen gab es doppelt so viele militärische, denn der König war ein ungemein streitbarer Feldherr. Im Tiefbau seines Palastes hatte er eine strategische Rechenmaschine von schlechthin außerordentlicher Tapferkeit. Er hatte auch andere, kleinere, und überdies kyberkalibrige Maschinengewehrdivisionen und so manche gewaltig dicke Kyberta und Zeughäuser voll anderer Waffen jeder Art und voll Pulver. Ein einziger Mangel plagte ihn, und er litt darunter sehr. Er hatte nämlich keinerlei Feinde oder Gegner, und in sein Reich wollte durchaus niemand einfallen, wobei sich doch zweifellos unverzüglich des Königs dräuender Mut und strategischer Verstand offenbart hätten, ebenso wie die schlechtweg einzigartige Wirkkraft der Kyberbewaffnung. Mangels natürlicher Feinde und Angreifer ließ der König von seinen Ingenieuren künstliche erbauen und führte Krieg gegen sie und siegte immer. Das waren aber wahrhaft furchtbare Märsche und Schlachten, und nicht wenig Einbuße erlitt dabei die Bevölkerung. Die Untertanen murrten, wenn ihnen der Kyberfeind gar zu zahlreich Dorf und Stadt verheerte, und wenn der synthetische Widersacher sie alle mit flüssigem Feuer übergoß. Ja, selbst dann erfrechten sie sich, Mißvergnügen zu äußern, wenn als ihr Erlöser und als Verderber des künstlichen Feindes der König höchstselbst heranrückte und im Sturm alles einäscherte, was ihm nur unterkam. O die Undankbaren! Sie mäkelten auch dann, – obwohl dies doch zu ihrer Befreiung geschah.

Die Kriegsspiele auf dem Planeten bekam der König endlich satt, und er beschloß, weiter auszugreifen. Schon erträumte er sich kosmische Kriege und Vorstöße. Sein Planet hatte einen großen Mond, der war völlig wüst und leer. Der König belegte die Untertanen mit hohen Abgaben, so daß er die Mittel erhielt, um auf jenem Mond ganze Heere aufzubauen und neue kriegerische Szenerie zu gewinnen. Die Untertanen zahlten die Abgabe sogar gern, weil sie annahmen, König Poleander werde sie nun nicht mehr mit der dicken Kyberta befreien und auch die Stärke seines Kriegszeugs nicht mehr an ihrer aller Häuser und Köpfe erproben. So bauten denn die königlichen Ingenieure auf dem Mond eine erlesene Rechenmaschine, die ihrerseits allerlei Heere und selbstfeuernde Waffen hervorbringen sollte. Zunächst erprobte der König die Tüchtigkeit der Maschine bald so und bald so. Und einmal befahl er ihr telegraphisch, sie solle einen Elektrokrach erzeugen. Denn Poleander war neugierig, ob seine Ingenieure wahr gesprochen hätten: daß nämlich die Maschine alles könne. – Wenn sie alles kann – so dachte er – dann soll sie eben krachen. – Dem Text der Depesche widerfuhr jedoch eine kleine Entstellung, und die Maschine empfing den Befehl, daß nicht ein Elektrokrach, sondern ein Elektrodrach von ihr auszuführen sei. Und nach besten Kräften befolgte sie die Weisung.

Damals führte der König noch einen weiteren Feldzug, um Provinzen des Königreichs zu befreien, die von den langen Kyberkerls besetzt worden waren. Und so vergaß Poleander jenen Befehl an die Mondmaschine. Doch da begannen riesige Felsstücke vom Mond auf den Planeten herabzusausen. Der König wunderte sich, denn eines fiel sogar auf einen Palastflügel und zerstörte die ganze Kollektion von Kyberbolden, Kobolden mit Rückkopplung. Sogleich telegraphierte der König höchst erzürnt der Mondmaschine: wie sie sich zu solcher Tat erdreisten könne? Sie aber antwortete nicht, weil sie nicht mehr vorhanden war. Der Drache hatte sie verschlungen und zum eigenen Schweif aufbereitet.

Der König entsandte eilends eine ganze gewappnete Heerfahrt auf den Mond und stellte an ihre Spitze eine gleichfalls sehr tapfere Rechenmaschine, auf daß sie den Drachen vernichte. Doch es blitzte nur und knallte, und schon war es aus mit der Maschine und mit der Heerfahrt. Denn der Elektrodrach kämpfte nicht so, als ob, sondern ganz wirklich. Und dem Königreich und seinem König gegenüber hatte er die übelsten Absichten. Der König schickte auf den Mond Generäle als Kyberäle und Obristen als Kybristen und zuletzt sogar einen Kyberissimus. Doch auch dieser richtete nichts aus, der Wirrwarr dauerte nur ein wenig länger, indes der König von der Palastterrasse aus durch ein Fernrohr zusah.

Der Drache wuchs, und der Mond wurde immer kleiner, weil ihn das Ungetüm Stück für Stück auffraß und zum eigenen Körper umformte. Der König und seine Untertanen sahen, daß es schlimm um sie stand. Denn war erste der Boden unter den Füßen des Elektrodrachen verbraucht, so mußte sich dieser unweigerlich auf den Planeten und seine Bewohner stürzen. Der König sorgte sich sehr, doch er sah keine Abhilfe und wußte nicht, was er tun sollte: Maschinen ausschicken? Schlecht, denn die gehen verloren. Selber ausrücken? Auch schlecht, denn dort oben ist es gruselig! Auf einmal hörte der König mitten in toter Nacht im Schlafthronsaal den Telegraphen klopfen. Das war der königliche Apparat, ganz golden mit brillantenem Schreibstift und mit Verbindung zum Mond. Der König sprang auf und lief hin, der Apparat aber machte klopfklopf und klopfklopf, einmal ums andere, und klopfte dies Telegramm hervor: »Der Elektrodrach gibt bekannt: Hinwegscheren möge sich Poleander Partobon, denn ich, der Drach, will mich auf seinen Thron setzen!«

Da erschrak der König und zitterte über und über. Und so wie er war, in Nachthermelin und Pantoffeln, lief er in den Tiefbau des Palastes. Dort stand die strategische Maschine; sie war alt und sehr weise. Noch vor dem Aufkommen des Elektrodrachen hatte sich der König über eine militärische Operation mit ihr zerstritten, deshalb hatte er sie noch nicht um Rat gefragt. Jetzt aber war ihm nicht nach Zwistigkeiten zumute, er wollte ja Thron und Leben retten!

Der König schaltete die Maschine ein. Und kaum war sie warmgelaufen, da rief er schon:

»Meine liebe Rechenmaschine! Meine Teure! Es steht so und so, der Elektrodrach will mich vom Thron stürzen und aus dem Reich jagen. Rette mich! Sag, was ich tun muß, um den Drachen zu bezwingen!«

»O nein!« – entgegnete die Rechenmaschine. »Vorerst mußt du mir in der Frage vom letzten Mal recht geben. Außerdem wünsche ich, daß du mich nicht anders ansprichst, als mit dem Titel ›Rechengroßmarschall‹. Im Gespräch kannst du auch sagen: ›Eure Ferromagnetifizenz‹.«

»Schon gut, schon gut, ich ernenne dich zum Großmarschall und räume dir ein, was du nur willst, aber rette mich!«

Die Maschine summte, rauschte, räusperte sich und sprach:

»Das ist ganz einfach. Es gilt einen Elektrodrachen zu bauen, der stärker ist als der auf dem Mond. Der Neue wird den vom

Mond bezwingen und ihm alle elektrischen Knochen brechen. So erreichst du deinen Zweck.«
»Das ist ja großartig!« – entgegnete der König. »Kannst du mir den Plan eines solchen Drachen anfertigen?«
»Das wird ein Superdrach« – sagte die Maschine. »Nicht nur seinen Plan kann ich anfertigen, sondern auch ihn selbst. Ich mache es gleich. Wart nur ein Weilchen, o König!« Und wirklich schlurrte sie und krachte und leuchtete auf und fügte inwendig irgend etwas zusammen. Und schon begann auf einer Seite so etwas wie eine riesige Kralle elektrisch und flammend aus ihr hervorzutauchen, da schrie der König:
»Halt ein, alte Rechenmaschine!«
»Wie redest du mit mir? Ich bin Rechengroßmarschall!«
»Ach ja, stimmt!« – sagte der König. »Eure Elektromagnetifizenz, der Elektrodrach, den du anfertigst, wird zwar den anderen Drachen besiegen, aber an seiner Stelle wird dann er selbst dortbleiben. Wie wird nun er wieder entfernt?«
»Indem der nächste angefertigt wird, ein neuer und noch stärkerer« – erklärte die Maschine.
»Nicht doch! Dann tu bitte gar nichts! Was hilft es mir, wenn auf dem Mond immer gräßlichere Drachen sitzen? Ich will ja gar keinen!«
»Das ist was anderes« – entgegnete die Maschine. »Warum hast du mir das nicht gleich gesagt? Siehst du wohl, wie unlogisch du dich ausdrückst! Wart einmal, ich muß erst nachdenken.«
Und sie krachte, summte und rauschte, und endlich räusperte sie sich und sprach:
»Man muß einen Antimond anfertigen nebst einem Antidrachen, sodann muß man beides auf die Mondbahn bringen ...« – hier knackste etwas in ihr – »... in die Hocke gehen und singen: ›Bin ein Robot jung und keck, hab' vor Wasser keinen Schreck, hüpf' ich übers Wasser weg, komm' ich gut vom Fleck, Juchuuu!!‹«

»Seltsam redest du« – sprach der König. »Was soll denn bei diesem Antimond dieser Gesang über den jungen Roboter?«

»Wieso Roboter?« – fragte die Maschine. »Nein, eh nichts, ich habe mich geirrt; mir scheint, bei mir stimmt drinnen irgend etwas nicht. Ich muß irgendwo durchgebrannt sein.« Der König begann das Durchgebrannte zu suchen, fand endlich eine geplatzte Röhre, setzte eine neue ein und fragte die Maschine, was mit dem Antimond zu tun sei.

»Wieso Antimond?« – fragte die Maschine, die inzwischen ihre vorigen Äußerungen vergessen hatte. »Ich weiß von keinem Antimond ... Wart einmal, ich muß erst überlegen ...« Sie rauschte und summte ein wenig und sagte dann:

»Es gilt, die allgemeine Theorie der Bekämpfung von Elektrodrachen zu schaffen. Der Drache auf dem Mond ist dann nur ein Einzelbeispiel und als solches leicht aufzulösen.«

»Dann schaffe eine solche Theorie!« – sprach der König.

»Zu diesem Zweck muß ich zunächst allerlei elektrische Versuchsdrachen schaffen.«

»Nicht doch! Dafür bedank' ich mich!« – rief der König. »Der eine Drache will mich entthronen! Was wäre erst, wenn du ganze Scharen hervorbrächtest?«

»Meinst du? Gut, dann müssen wir uns eine andere Zuflucht suchen. Wir verwenden die strategische Spielart der Methode der schrittweisen Näherung. Geh und telegrafier dem Drachen, du werdest den Thron an ihn abtreten, sofern er drei ganz einfache mathematische Operationen ausführen wolle.«

Der König ging und telegrafierte; der Drache willigte ein. Der König kehrte zur Maschine zurück.

»Und jetzt sag ihm, was er als erste Rechnungsart ausführen soll« – sprach sie. »Er soll sich durch sich selbst teilen!«

Der König bestellte ihm das. Der Elektrodrach teilte sich durch sich selbst, und da ein Elektrodrach in einem Elektrodrachen nur einmal enthalten ist, blieb er weiterhin auf dem Mond, und nichts änderte sich. Der König lief so schnell ins Kellergewölbe, daß er immer wieder die Pantoffeln verlor. »Was

Feines hast du da geleistet!« – rief er. »Der Drach hat sich durch sich geteilt, und da er in sich nur einmal enthalten war, hat sich nichts geändert!«

»Das schadet nichts! Ich tat das mit Absicht, als Ablenkungsmanöver« – sprach die Maschine. »Jetzt sag ihm, er solle aus sich die Wurzel ziehen!« Der König telegrafierte auf den Mond, und der Drache begann zu ziehen und zog und zog und knackte an allen Enden und schnaufte und zuckte, doch plötzlich ließ etwas in ihm locker, und er zog sich die Wurzel!

Der König kehrte zur Maschine zurück.

»Der Drache hat geknackst und gezuckt und sogar geknirscht, doch er hat sich die Wurzel gezogen und bedroht mich weiterhin« – rief er schon auf der Schwelle. »Was soll ich jetzt tun, alte Rech . . ., Pardon, ich meine: Eure Ferromagnetifizenz!?«

»Faß nur Mut!« – sprach sie. »Jetzt sag ihm, daß er sich von sich abziehen soll!«

Da flitzte der König in den Schlafsaal und telegrafierte. Der Drache aber begann sich von sich abzuziehen. Zuerst zog er sich den Schweif ab, dann die Beine, dann den Rumpf, und endlich merkte er, daß da irgend etwas nicht ganz geheuer war, und zögerte. Aber durch den bloßen Schwung lief das Abziehen noch weiter, und er zog sich den Kopf ab, und da blieb Null, das heißt, gar nichts. Der Elektrodrach war weg!

»Der Elektrodrach ist weg!« – rief der König freudig und lief in den Tiefbau. »Danke, alte Rechenmaschine, danke . . . du hast dich abgeplagt, du verdienst ein wenig Ruhe, also werde ich dich jetzt ausschalten.«

»Nicht doch, mein Lieber!« – entgegnete die Maschine. »Ich habe das Meinige getan, und jetzt willst du mich ausschalten und nennst mich nicht mehr Eure Ferromagnetifizenz?! Ei, das ist gar nicht nett! Paß auf, Freundchen, jetzt verwandle ich mich selbst in einen Elektrodrachen und vertreibe dich aus dem Königreich, und gewiß werde ich besser regieren als du! In allen wichtigeren Angelegenheiten hast du ohnehin immer mich um Rat gefragt, so daß im Grunde genommen ich regiert habe, und nicht du . . .«

Und summend und krachend begann sie sich in einen Elektrodrachen zu verwandeln. Schon ragten ihr flammende Elektrokrallen aus den Seiten, da riß sich der König die Pantoffel von den Füßen, und atemlos vor Entsetzen sprang er auf die Maschine zu und begann auf ihre Röhren mit den Pantoffeln loszudreschen, wie es sich just traf. Die Maschine summte und verschluckte sich, und da verwirrte sich etwas in ihrem Programm, und aus dem Wort »Elektrodrach« wurde »Elektrodreck«. Und leiser und leiser röchelnd verwandelte sich die Maschine vor den Augen des Königs in einen ungeheuren Klumpen aus kohlschwarzem Elektrodreck. Der brutzelte noch, bis daraus in blauen Fünkchen alle Elektrizität entwich. Und nun dampfte vor dem entgeisterten Poleander nichts als eine sehr große Dreckpfütze.

Der König atmete auf, schlüpfte in die Pantoffeln und kehrte in den Schlafthronsaal zurück. Doch von nun an war Poleander sehr verändert. Die durchlebten Abenteuer hatten aus seinem Temperament alle Kriegslust getilgt, und bis ans Ende seiner Tage befaßte er sich ausschließlich mit friedlicher Kybernetik; von der kriegerischen ließ er die Finger.

Die Räte des Königs Hydrops

Als erste Sternvölkerschaft machten die Argonautiker dem Verstande die planetaren Ozeantiefen zugänglich, die nach dem Urteil kleinmütiger Roboter dem Metall auf ewig verwehrt geblieben wären. Eines der smaragdenen Kettenglieder argonautischen Königtums ist die Aquatia. Sie erglänzt am Nordhimmel, wie ein großer Saphir in einem Gehänge von Topasen. Diesen wasserüberfluteten Planeten regierte vor vielen Jahren König Hydrops der Allfischige. Eines Morgens beschied er die vier Kronminister in die Audienzhalle. Sie schwammen vor ihm aufs Angesicht nieder. Er aber sprach zu ihnen, während sein Erzkiemerer, über und über smaragdbestückt, den weitflossigen Fächer über ihm bewegte:

»O rostfreie Würdenträger! Schon seit fünfzehn Jahrhunderten beherrsche ich Aquatias Unterwasserstädte und Blauwiesenkolonien. Ich habe in diesem Zeitraum durch Überflutung vieler Landstriche die Reichsgrenzen erweitert und somit die wasserfesten Banner nicht befleckt, die ich von meinem Erzeuger Ichthyokrates übernommen habe. Vielmehr errang ich in den Schlachten gegen die feindlichen Mikrozyten etliche Siege, deren Lobpreisung nicht meine Sache ist. Gleichwohl spüre ich, daß mir die Herrschaft zur entkräftigenden Bürde wird. Darum habe ich beschlossen, mir einen Sohn zu verschaffen, der gerechtes Regiment auf dem Nieoxydenthron würdig fortsetzen soll. Deshalb wende ich mich an dich, o Ammassid, du mein getreuer Hydrokyberant, wie auch an dich, mein Oberprogrammist Diopterich, und an euch, o Philonaut und Bricklerich, die ihr meine Leibstimmer seid. Ihr sollt mir gemeinsam einen Sohn erdenken. Er sei weise, aber nicht allzusehr den Büchern verhaftet, denn ein Übermaß an Wissen lähmt die Tatfreudigkeit. Er sei gut, doch auch dies ohne Übertreibung. Ich wünsche, daß er mannhaft sei, aber nicht dreist, und auch feinfühlig, aber nicht weichlich. Auch soll er mir ähnlich sehen;

seine Flanken überziehe die gleiche Tantalschuppung. Und die Kristalle seines Denkens seien so klar, wie dies Wasser, das uns umgibt, trägt und nährt! Und nun schreitet ans Werk, im Namen der Großen Matrize!«

Diopterich, Bricklerich, Philonaut und Ammassid verneigten sich tief und entschwammen schweigend. Sie alle erwogen im Geiste die königlichen Worte, wenn auch nicht ganz so, wie dies der gewaltige Hydrops wünschen konnte. Denn Bricklerich begehrte über alles, sich des Throns zu bemächtigen; Philonaut hielt es insgeheim mit den Mikrozyten, den Feinden der Argonautiker; Ammassid und Diopterich hinwiederum waren Todfeinde und lechzten danach, einander und nach Möglichkeit auch die übrigen Würdenträger zu stürzen.

»Der König wünscht, daß wir ihm einen Sohn entwerfen« – dachte Ammassid. »Was ist also leichter, als in die Mikromatrize des Königssohnes Abneigung gegen diesen blasenhaft geblähten Bastard Diopterich einzuritzen? Dann läßt ihn der neue König gleich nach Antritt der Herrschaft durch Luftbad des Kopfes ersticken! Das wäre ja herrlich! Aber« – so dachte des weiteren der fürtreffliche Hydrokyberant – »Diopterich spinnt gewiß ebensolche Ränke. Und als Programmverweser hat er leider Möglichkeiten genug, dem künftigen Königssohn Haß gegen mich einzuimpfen. Fatale Geschichte! Da muß ich die Augen gut offenhalten, wenn wir dann gemeinsam die Matrize in den Kindsofen einführen!«

»Das einfachste wäre«, – so erwog zur selben Zeit der würdige Philonaut – »dem Königssohn Wohlwollen für die Mikrozyten einzuritzen. Doch das wäre gleich zu bemerken, und der König ließe mich abschalten! Vielleicht sollte ich dem Königssohn bloß die Liebe zu kleinen Formen einflößen? Das ist lang nicht so gefährlich! Verhört man mich, so werde ich sagen, ich hätte bloß unterseeisches Kleinzeug gemeint und nur aus Vergeßlichkeit das Sohnsprogramm nicht durch die Klausel untermauert, daß nicht liebgewonnen werden dürfe, was nicht unterseeisch sei. Schlimmstenfalls nimmt mir der König dafür den Orden vom Großen Platsch, nicht jedoch den Kopf, der mir so lieb und wert ist, und den mir sogar der Mikrozytenherrscher Nanoxeros höchstpersönlich nicht wiedergeben könnte!«

»Warum schweigt ihr, würdige Herren?« – sprach nun Bricklerich. »Ich meine, wir sollten uns schleunigst ans Werk machen. Denn nichts ist heiliger, als des Königs Gebot!«

»Deshalb erwäge ich es ja eben im Geiste!« – sagte Philonaut rasch.

Und wie aus einem Munde ergänzten dies Diopterich und Ammassid: »Wir sind bereit!«

Und wie es Brauch war von alters her, ließen sie sich in ein schuppig smaragdumwandetes Gemach sperren. Siebenfach wurde es von außen mit Meerharz versiegelt. Und Megazystes, der Herr planetlicher Hochfluten, drückte höchstselbst auf die Siegel sein Wappen, das ›Stille Wasser‹. Von nun an sollte sich niemand in die Arbeit einmischen können, bis als Zeichen für den Vollzug ein eigens erzeugter Wirbel den Abfall an Entwürfen zur Klappe hinausgespült hätte. Dann erst sollten die Siegel zerbrochen werden, zum großen Festtag der Sohnespflücke.

Wirklich setzten sich die Würdenträger an ihre Arbeit. Doch sie ging ihnen gar nicht flott von der Hand. Denn sie sannen ja nicht darauf, in dem Königssohne die von Hydrops begehrten Tugenden zu verwirklichen, sondern suchten zugleich den König und die drei rostfreien Genossen bei diesem schwierigen Schöpfungsgeschäft zu überlisten.

Der König wurde ungeduldig, denn seine Sohnmacher waren schon acht Tage und acht Nächte lang eingesperrt und gaben noch nicht einmal ein Zeichen für einen nahen und glücklichen Abschluß des Werkes. Denn die viere wollten sehen, wer länger aushielte. Jeder wollte abwarten, bis den anderen die Kräfte geschwunden wären, und dann schnell ins Kristallgitter der Matrize alles einritzen, was ihm selbst an dem Königssohne zum Nutzen ausschlüge. Denn Bricklerich wurde von Machtgier angetrieben, Philonaut von der Lust zum Mammon, den ihm die Mikrozyten zugesagt hatten, Ammassid aber und Diopterich – von wechselweisem Haß.

Als sich auf diese Weise nicht so sehr die Kraft wie die Geduld erschöpft hatte, sprach der schlaue Philonaut:

»O ihr würdigen Herren, ich begreife nicht, warum sich unser Werk so lang hinzieht. Der König hat uns doch wohl strikte Richtlinien erteilt. Hätten wir uns daran gehalten, so wäre der Königssohn schon fertig. Allmählich kommt mir der Verdacht, eure Langsamkeit stehe mit der königlichen Besohnung in anderem ursächlichem Zusammenhang, als dies dem Herzen des Herrschers lieb sein könnte. Und wenn das so weitergeht, werde ich mich zu meinem tiefsten Bedauern verpflichtet sehen, ein Votum separatum einzureichen, das heißt . . .«

»Uns zu verpfeifen! Davon redet Ihr doch, Euer Liebden!« – zischte Ammassid und strampelte so wütig mit den Glitzerkiemen, daß an seinen Orden alle Schwimmer wackelten. »Bitte sehr! Nur zu! Mit Vergunst, Euer Liebden, auch ich habe Lust, dem König zu schreiben, wie Euer Gnaden, seit neuestem an Schüttellähmung leidend, schon achtzehn Perlmuttmatern ruiniert haben. Sie alle mußten wir verwerfen, denn hinter der Formel über die Liebe zu allem Kleinen haben Euer Gnaden kein Tüpfelchen Platz gelassen für das Verbot der Liebe zu allem, was nicht unterseeisch ist! Du wolltest uns einreden, ehrenwerter Philonaut, es handle sich um ein Versehen. Nichtsdestoweniger genügt es nach achtzehn Wiederholungen, um dich ins Zuchthaus oder ins Tollhaus zu bringen, und deine Freiheit beschränkt sich nur auf die Wahl zwischen beiden!«

Der durchschaute Philonaut wollte sich verteidigen, aber Bricklerich kam ihm zuvor und sagte:

»Wer dich reden hört, edler Ammassid, der könnte meinen, du wärest in unserer Versammlung wie eine kristallene Meduse ohne Makel. Und doch hast auch du elfmal auf unfaßliche Weise etwas zu dem Absatz hinzugefügt, der in der Ma-

trize allem gewidmet ist, wovor sich der Königssohn ekeln soll. Einmal nanntest du dreigeteilte Schwänzigkeit, einmal einen bläulich emaillierten Kamm, zweimal Kulleraugen, dann wieder einen doppelten Bauchpanzer oder drei rote Funken, als wüßtest du nicht, daß alle diese Merkmale auf den hier anwesenden Diopterich zutreffen und daß du auf solche Weise Haß gegen diesen königlichen Mitzeuger in der Seele des Königssohnes entfachen könntest . . .«
»Und warum schreibt denn Diopterich immerzu aufs Endstück der Matrize die Verachtung für Wesen, deren Name auf ›id‹ endet?« – fragte Ammassid. »Und weil wir schon davon reden: warum zählst du selbst, hochmögender Bricklerich, zu den Dingen, die der Königssohn verabscheuen soll, aus unerfindlichen Gründen beharrlich einen fünfeckigen Sitz mit flossig brillantbestückter Lehne? Solltest du nicht wissen, daß haargenau so und nicht anders der Thron aussieht?«
Peinliche Stille trat ein, nur von schwachem Plätschern unterbrochen. Lang plagten sich die Würdenträger, von widerstreitenden Interessen umhergerissen; endlich bildeten sich Parteiungen. Philonaut und Bricklerich kamen überein, in der Sohnsmatrize die Neigung zu allem Kleinen vorzusehen, verbunden mit dem Wunsch, solchen Formen den Vortritt zu lassen. Philonaut dachte dabei an die Mikrozyten, Bricklerich an sich selbst, da er der kleinste der Anwesenden war. Plötzlich nahm auch Diopterich diese Formel hin, weil Ammassid unter den vieren der größte war. Dieser sträubte sich heftig, doch mit eins gab er nach. Ihm fiel nämlich ein, er könne sich ja verkleinern und zugleich den Hofbeschuher bestechen, damit dieser Diopterichs Sohlen mit Tantalplättchen beschlage. So wüchse der Verhaßte und zöge sich dadurch die Ungnade des Königssohnes zu. Nun waren sich alle einig, und schnell vollendeten sie die Sohnsmatrize. Die ungültigen Entwürfe flogen zur Klappe hinaus, und damit begann der große höfische Festtag der Sohnespflücke.
Die Matrize mit dem entworfenen Königssohn begann eben

erst zu backen, und die Ehrenwache war eben erst in Reih und Glied vor dem Kindsofen angetreten, aus welchem in Bälde der künftige Beherrscher der Argonautiker hervorgehen sollte, – da führte Ammassid den geplanten Betrug bereits aus. Der bestochene Hofbeschuher schraubte immer neue Tantalplättchen an Diopterichs Sohlen. Unter der Aufsicht der Untermetallurgen wurde der Königssohn allmählich gar. Diopterich aber erblickte sich einmal im großen Palastspiegelglas und bemerkte mit Entsetzen, daß er schon größer war als sein Feind. Und dem Königssohn war ja nur die Neigung zu kleinen Dingen und Personen einprogrammiert!

Daheim angelangt, untersuchte sich Diopterich sorgsam und klopfte sich mit einem silbernen Hämmerchen ab. Endlich entdeckte er unter den Füßen das festgeschraubte Blech und begriff sogleich, wer sich da betätigt hatte. »Pfui, der Schuft!« – dachte er und meinte Ammassid. »Doch was mache ich jetzt?« Nach kurzem Bedenken beschloß Diopterich, sich zu verkleinern. Er rief einen treuen Diener und gebot ihm einen guten Schlosser in den Palast zu holen. Doch der Diener schwamm auf die Straße, ohne den Auftrag recht verstanden zu haben, und holte einen armen Tagelöhner namens Froton, der tagaus, tagein die Stadt abklapperte und seinen Spruch rief: »Köpfe verlöt ich! Bäuche verbind ich! Schweife verschweiß ich! Schweife putz ich blank!« Dieser Kesselflicker hatte eine böse Frau. Brechstangenschwingend erwartete sie ihn täglich, wenn er heimkommen sollte. Und sobald er sich näherte, hallte von ihrem bissigen Gekeif das ganze Gäßchen wider. Sie nahm dem armen Mann alles weg, was er verdient hatte, und verbeulte ihm noch Rücken und Schultern mit unerbittlichen Hieben. Froton trat zitternd vor den Oberstprogrammisten, und dieser sprach zu ihm: »Hör mal, brächtest du es wohl fertig, mich zu verkleinern? Ich erscheine mir nämlich zu groß, verstehst du ... Na, im übrigen ... gleichviel! Verkleinern sollst du mich, und zwar so, daß ich von meiner Schönheit nichts einbüße! Machst du deine Sache gut, so werde ich dich reichlich

belohnen. Aber du mußt das Ganze sogleich vergessen. Halt den Mund voll Wasser! Sonst lasse ich dich zuschrauben!«
Froton wunderte sich, doch er ließ sich nichts anmerken. – Den hohen Herrschaften steigen halt allerhand Mucken zu Kopfe ... Er besah Diopterich aufmerksam, guckte ihm ins Innere, beklopfte und bepochte ihn und sagte sodann:
»Eure Erlaucht, ich könnte Euch das Mittelstück des Schweifs herausschrauben ...«
»Nein! Das will ich nicht!« – erwiderte Diopterich heftig. »Um den Schweif tut es mir leid! Der ist gar zu schön!«
»Vielleicht könnte ich die Beine abschrauben?« – fragte Froton. »Die sind ja ganz überflüssig!« In der Tat werden Beine bei den Argonautikern nicht benützt, sondern sind ein bloßes Erbteil aus den uralten Zeiten jener Vorfahren, die noch im Trockenen hausten. Diopterich aber wurde nun erst richtig böse:
»Ach du eiserner Trottel! Weißt du denn nicht, daß nur wir Hochgeborenen das Recht auf Beine haben? Wie wagst du es, mir diese Insignien des Adels zu nehmen?«
»Bitte ergebenst um Verzeihung, Eure Erlaucht ... Aber was darf ich dann eigentlich abschrauben?«
Da verstand Diopterich, daß er mit so viel Widerborstigkeit nichts erzielte. Er knurrte also: »Mach es so, wie du meinst ...«
Und Froton maß und klopfte und pochte ihn ab und sagte sodann: »Den Kopf könnte ich abschrauben, wenn Eure Erlaucht gestatten ...«
»Bist du übergeschnappt? Was wird aus mir ohne Kopf? Womit soll ich denken?«
»Keine Angst, Herr! Den allerwertesten Verstand stecke ich Eurer Erlaucht in den Bauch, dort ist Platz genug ...«
Diopterich willigte ein. Der Kesselflicker schraubte ihm geschickt den Kopf ab, baute die kristallenen Denkhalbkugeln in den Bauch ein, vernietete und verhämmerte alles, bekam fünf Dukaten und wurde vom Diener aus dem Palast geführt. Doch im Vorübergehen erblickte Froton noch in einem der

Gemächer Diopterichs Tochter Aurentina. Die war ganz und gar silbern und golden, und ihre geschmeidige Gestalt, die auf Schritt und Tritt Schellengeklingel ertönen ließ, erschien dem Kesselflicker schöner als alles, was er je gesehen hatte. Er kam nach Hause, die Frau erwartete ihn schon mit der Brechstange, und alsbald erhob sich über das ganze Gäßchen ungeheures Getöse. Da sagten die Nachbarn:

»Aha, die Frotonin, diese Zange, beult ihrem Mann schon wieder die Flanken aus!«

Diopterich aber ging in den Königspalast, hoch erfreut über das Geschehene. Der König staunte ein wenig, als er seinen Minister kopflos sah. Doch dieser erklärte ihm gleich, das sei so eine neue Mode. Ammassid hingegen erschrak, denn seine List war umsonst verschwendet. Daheim angelangt, tat er dasselbe, wie sein Feind. Nun entbrannte zwischen ihnen ein Wettminiaturisieren. Sie schraubten sich die metallenen Flossen, Kiemen und Genicke ab. Nach einer Woche konnten sich schon beide unter den Tisch begeben, ohne sich zu bücken. Aber auch die beiden anderen Minister wußten ja sehr wohl, daß der künftige König nur die Kleinsten lieben sollte. Notgedrungen begannen sich die beiden gleichfalls zu verkleinern. Endlich war es so weit, daß nichts mehr abzuschrauben war. Verzweifelt sandte Diopterich den Diener nach dem Kesselflicker.

Froton wunderte sich, als er vor das Angesicht des Magnaten vorgelassen wurde. Denn von dem Würdenträger war nur mehr so wenig geblieben, und dennoch verlangte er beharrlich, noch weiter vermindert zu werden!

»Erlauchter Herr« – sprach Froton und kratzte sich den Kopf. »Mir scheint, es gibt nur ein einziges Mittel. Wenn Eure Erlaucht gestatten, schraube ich das Gehirn aus ...«

»Nein, du bist übergeschnappt!« – brauste Diopterich auf. Aber der Kesselflicker erläuterte:

»Das Gehirn verberge ich hier im Palast an einem sicheren Ort, zum Beispiel in dem Schrank da. Eure Erlaucht werden lediglich ein kleinwinziges Empfängerchen und ein Lautsprecherlein in sich tragen und auf diese Weise elektromagnetisch mit dem eigenen Denken in Verbindung stehen.«

»Ich begreife!« – sprach Diopterich, der an diesem Einfall Gefallen fand. »Nun denn, tu, was du zu tun hast!«

Und Froton entnahm dem Minister das Hirn, legte es in die Schrankschublade, versperrte sie, überreichte den Schlüssel an Diopterich und steckte ihm dann ein kleinwinziges Apparatchen und ein Mikrofönchen in den Bauch. Diopterich war nun so klein geworden, daß er fast nicht zu sehen war. Angesichts solcher Verkleinerung erzitterten seine drei Nebenbuhler, und der König staunte, doch er sagte nichts. Bricklerich, Ammassid und Philonaut griffen zu verzweifelten Mitteln, schrumpften sichtbarlich von Tag zu Tag dahin und machten es bald ebenso, wie der Kesselflicker mit Diopterich: die Gehirne wurden verborgen, wo es nur anging, im Schreibtisch oder unterm Bett, und die Minister verblieben als blinkende geschwänzte Büchslein mit ein paar Orden, die nur wenig kleiner waren, als sie Da ließ Diopterich wieder seine Diener nach dem Kesselflicker suchen. Endlich erschien er vor ihm. Da rief er ihm zu:

»Du mußt etwas tun! Ich muß unbedingt um jeden Preis weiterverkleinert werden, sonst passiert etwas!«

»Erlauchter Herr« – entgegnete der Kesselflicker und verneigte sich tief vor dem Magnaten, der zwischen Armstütze und Lehne des Sessels fast verschwand. »Das ist unerhört schwierig, und ich weiß nicht, ob es sich überhaupt machen läßt . . .«

»Und wenn schon! Tu, was ich dir sage! Du mußt! Wenn du mich glücklich auf Minimalgestalt verkleinerst, so daß mich niemand unterbieten kann, dann erfülle ich dir jeden Wunsch!«

»Wenn mir Eure Erlaucht dies durch Ritterwort verbürgen, dann werde ich mein möglichstes tun« – erwiderte Froton, denn im Kopf war ihm plötzlich ein Licht aufgegangen, und durch die Brust schien lauterstes Gold zu strömen. Seit Tagen konnte er nämlich an nichts anderes denken als an die goldgewirkte Aurentina, in deren Brust wohl kristallene Glöcklein verborgen sein mußten.

Diopterich leistete den Eid. Da nahm Froton von der kleinen Brust des Oberstprogrammisten die letzten drei Orden, die darauf gelastet hatten, und fügte sie zu einem dreiwandigen Schächtelchen zusammen, steckte ein Apparatchen hinein, so klein wie ein Dukaten, umschlang das Ganze mit feinem Golddraht, lötete hinten ein Stück Goldblech daran, stutzte es schwanzförmig zu und sagte:

»Fertig, Eure Erlaucht! An diesen hohen Auszeichnungen erkennt jedermann mühelos Eure werte Person; dank diesem Blechstück werden Eure Erlaucht schwimmen können; das Apparatchen aber ermöglicht die Verbindung mit dem Verstand, der im Schrank steckt . . .«

Da freute sich Diopterich.

»Was willst du haben? Fordere, sprich, du wirst alles bekommen!«

»Ich begehre die Tochter Eurer Erlaucht zur Frau, die goldgewirkte Aurentina!«

Da wurde Diopterich furchtbar böse. Er schwamm um Frotons Gesicht herum, bewarf ihn mit Schmähungen, umklimperte ihn mit den Orden, nannte ihn einen frechen Gauner, Schubiak und Schuft und ließ ihn dann aus dem Palast werfen. Er selbst aber schwamm sogleich im sechsspännigen U-Boot zum König hin.

Bricklerich, Ammassid und Philonaut erblickten Diopterich in neuer Gestalt und erkannten ihn nur an den herrlichen Orden, woraus er nun bestand, abgesehen von dem Schwänzlein. Furchtbarer Zorn durchzuckte die Rivalen. Denn sie waren in Elektrobelangen wohl unterrichtet und sahen ein, daß sich eigenpersönliches Miniaturisieren schwerlich weiter vorantreiben ließ. Tags darauf aber sollte schon die feierliche Geburt des Königssohnes stattfinden. Kein Augenblick durfte vergeudet werden. So kartete Ammassid mit Philonaut ab, Diopterich auf seinem Heimweg zu überfallen, zu entführen und einzukerkern. Das war ja nicht schwierig, denn das Verschwinden einer so kleinen Person fiele niemandem auf. Gedacht, getan; Ammassid hielt eine alte Blechbüchse bereit und lauerte damit hinter einem Korallenriff, woran Diopterichs Boot vorbeimußte. Als es sich näherte, verlegten ihm plötzlich Ammassids verlarvte Diener den Weg. Und ehe noch Diopterichs Lakaien eine Flosse zur Gegenwehr erhoben, war Diopterich schon mit der Büchse bedeckt und entführt worden. Ammassid bog sofort den Blechdeckel um, damit sich der Oberstprogrammist nicht befreien konnte, verspottete und verhöhnte ihn gräßlich und kehrte eilends heim. Doch zu Hause beschloß Ammassid, den Gefangenen lieber nicht bei sich zu behalten. Und eben rief eine Stimme von der Straße her: »Köpfe verlöt ich! Hälse, Schweife, Bäuche flick ich und putze ich blank!« Erfreut rief Ammassid den Kesselflicker. Das war aber just Froton. Ihm befahl er, die Büchse hermetisch zu verlöten. Als dies erledigt war, gab er ihm einen Taler und sprach:

»Hör mal, Kesselflicker! In der Büchse steckt ein Metallskorpion. Im Keller meines Palastes ist er gefangen worden. Nimm ihn mit, und draußen vor der Stadt wirf ihn weg, dort bei der großen Müllhalde, du weißt schon wo! Und sicherheitshalber beschwere die Büchse ordentlich mit einem Stein, damit der Skorpion nicht entwischen kann. Und – bei der Großen Matrize! – öffne die Büchse nicht, sonst stirbst du auf der Stelle!«

»Ich werde tun, was du befohlen hast, o Herr!« – sprach Froton, nahm Büchse und Entlohnung und ging.

Die Geschichte befremdete ihn, Er wußte nicht, was er davon halten sollte. Er schüttelte das Büchschen, und drinnen klapperte etwas.

»Das kann kein Skorpion sein« – dachte er. »So kleine Skorpione gibt es nicht ... Wir werden ja sehen! Aber das hat ja noch Zeit ...«

Daheim angelangt, versteckte er die Büchse auf dem Dachboden, deckte sie mit altem Blech zu, damit die Frau sie nicht fände, und begab sich zur Ruhe. Doch die Frau hatte bemerkt, daß ihr Mann etwas unter dem Dach verborgen hatte. Und Tags darauf hatte er kaum das Haus verlassen, um wie immer die Stadt abzuklappern und »Köpfe flick ich, Schweife löt ich« zu rufen, – da lief die Frau schon eilends auf den Dachboden, fand das Büchschen, schüttelte es und hörte Metall darin klimpern. »So ein Schuft! So ein Lump!« – dachte sie und meinte Froton. »Das ist doch die Höhe! Er versteckt irgendwelche Schätze vor mir!« Sie bohrte schleunigst ein Loch ins Büchslein, aber sie sah nichts. Also zertrennte sie das Blech mit dem Meißel. Und kaum hatte sie es ein wenig seitwärts gebogen, da sah sie Gold darin glitzern. Das waren Diopterichs Orden aus lauterstem Edelmetall. Zitternd vor hemmungsloser Raffgier riß sie den ganzen Blechdeckel ab. Und da erwachte Diopterich, der bislang wie tot geruht hatte, weil ihn das Blech gegen das Gehirn abgeschirmt hatte, das im Schrank im Palast lag. Diopterich fand wieder Kontakt zu seinem Verstand und rief: »Was soll das? Wo bin ich?! Wer hat sich erfrecht, mich zu überfallen?! Wer bist du, eklige Kreatur?! Wisse, daß du elendiglich zugeschraubt sterben mußt, wenn du mir nicht augenblicklich die Freiheit wiedergibst!«

Als die Frau des Kesselflickers drei Ordensdukaten erblickte, die ihr zeternd und schweifwedelnd ins Gesicht sprangen, da erschrak sie so sehr, daß sie flüchten wollte. Sie sprang auf den Einstieg des Dachbodens zu. Aber Diopterich schwamm immerfort über ihr und drohte und fluchte, was das Zeug hielt. Da stolperte sie über die oberste Leitersprosse, fiel vom Dachboden und brach sich das Genick. Die Leiter rumpelte hinterdrein, und die Falltür des Dachbodens fiel zu, weil sie nicht mehr von der Leiter gestützt wurde. So war nun Diopterich in der Bodenkammer eingesperrt. Er schwamm von Wand zu Wand und rief vergebens um Hilfe.

Am Abend kam Froton heim; er wunderte sich, weil ihn die Frau nicht mit der Brechstange auf der Schwelle erwartete. Doch er ging in die Wohnung, und dort erblickte er die Frau und härmte sich sogar ein bißchen, denn er war ungemein gutmütig. Doch bald bedachte er die guten Seiten dieses Unglücksfalles. Er konnte die Frau zu Ersatzteilen verarbeiten, was sich sehr gut lohnte. Also setzte er sich auf den Fußboden, griff zum Schraubenzieher und begann die Verblichene zu zerlegen. Da ertönten aus der Höhe piepsige Rufe.

»Oho!« – sagte sich Froton. »Die Stimme kenne ich doch! Das ist ja der königliche Oberstprogrammist, der mich gestern aus dem Palast werfen ließ und noch nicht bezahlt hat! Aber wie ist der auf meinen Dachboden geraten?«

Er legte die Leiter an die Falltür, stieg auf die Sprossen und fragte: »Seid das Ihr, Eure Erlaucht?«

»Ja, ja, ich bin's!« – rief Diopterich. »Jemand hat mich entführt, überfallen, in eine Büchse eingelötet! Eine Frau öffnete sie, erschrak und fiel vom Dachboden. Die Klapptür hat sich geschlossen, ich bin eingesperrt! bei der Großen Matrize, wer du auch seist, laß mich frei, und ich gebe dir alles, was du willst!«

»Das höre ich schon zum zweitenmal, und mit Verlaub, ich weiß, wieviel es gilt!« – erwiderte Froton. »Ich bin nämlich der Kesselflicker, den Eure Erlaucht haben hinauswerfen lassen.« Und nun erzählte er die ganze Geschichte: ein Unbekannter, wohl irgendein Magnat, habe ihn gerufen und ihm befohlen, die Büchse zu verlöten und auf der Müllhalde außerhalb der Stadt wegzuwerfen. Diopterich begriff, dies müsse einer der königlichen Minister gewesen sein: höchstwahrscheinlich Ammassid. Diopterich bat und flehte, er wolle aus der Bodenkammer heraus. Doch Froton fragte, wie er wohl jetzt noch auf Diopterichs Wort bauen solle.

Und erst als dieser hoch und heilig geschworen hatte, er werde ihm die Tochter zur Frau geben, da öffnete Froton die Falltür, faßte den Magnaten mit zwei Fingern, die Orden nach oben, und trug ihn in den Programmistenpalast. Eben begannen die Uhren zwölf Uhr mittag zu blubbern, und die große Feier hob an: die Königliche Sohnesbergung aus dem Kindsofen. Also hängte Diopterich schleunigst noch den Großhochseestern am wogenbestickten Band zu den drei Orden, woraus er selbst sich zusammensetzte, und schwamm eilends zum Palast der Nieoxyden. Froton aber betrat das Gemach, worin Aurentina zwischen ihren Hofdamen saß und auf der Elektromaultrommel spielte. Und die beiden fanden viel Gefallen aneinander.

Fanfaren ertönten von den Palasttürmen, als Diopterich ans Haupttor geschwommen kam. Denn die Feier hatte soeben begonnen. Die Pförtner wollten ihn zunächst nicht einlassen, erkannten ihn aber an den Orden und öffneten das Tor.

Und als es sich auftat, durchfuhr der unterseeische Durchzug den ganzen Krönungssaal, erfaßte Ammassid, Bricklerich und Philonaut, weil sie gar so sehr miniaturisiert waren, und trug sie in die Küche. Vergeblich um Hilfe rufend, kreisten sie dort ein Weilchen über dem Ausguß, dann rutschten sie hinein. Durch die gewundenen unterirdischen Kanäle gelangten sie bis vor die Stadt. Doch erst lang nach dem Ende der Feier wühlten sie sich aus Schlamm, Lehm und Schmutz hervor, reinigten sich und kehrten an den Hof zurück. Derselbe unterseeische Durchzug, der mit den drei Ministern so umgesprungen war, riß auch Diopterich mit und wirbelte ihn so heftig um den Thron, daß die goldene Drahtverschnürung zerbarst. Da stoben die Orden und der Hochseestern nach allen Seiten davon, das Apparatchen aber prallte mit Schwung gegen die Stirn des Königs Hydrops. Er wunderte sich sehr, denn aus diesem Krümel drang Gepiepse:

»Eure Majestät! Vergebung! Nicht mit Absicht! Ich bin's, Diopterich, der Oberstprogrammist ...«

»Was für dumme Späße in solch einem Augenblick!« – rief der König und stieß das Apparatchen von sich. Und es sank zu Boden, und der Erzkiemerer zerstampfte es ahnungslos in kleine Stücke, als er zur Eröffnung der Feier dreimal den goldenen Stab auf den Boden schlug. Dem Kindsofen entstieg der Königssohn, und sein Blick fiel auf ein elektrisches Fischlein, das zu Füßen des Throns in einem Silberkäfig umherschwamm. Das

Antlitz des Königssohnes strahlte auf, und gewann das kleine Geschöpfchen lieb. Glücklich endete die Feier. Der Königssohn bestieg den Thron, nahm Hydropsens Stelle ein und wurde zum Beherrscher der Argonautiker und zum großen Philosophen. Er widmete sich nämlich dem Studium des Nichts, da ja etwas noch Kleineres nicht denkbar ist. Er regierte gerecht unter dem Namen Nixlieb, und kleine elektrische Fischlein waren seine Leibspeise. Froton aber vermählte sich mit Aurentina. Auf ihre Bitten hin setzte er den im Keller gelagerten smaragdenen Körper Diopterichs wieder instand, nahm das Gehirn aus dem Schrank und baute es ein, wo es hingehörte. Der Oberstprogrammist und die anderen Minister dienten von nun an dem neuen König in Treue, weil sie sahen, daß sie keine andere Wahl hatten. Froton aber wurde Kronblechseß und lebte mit Aurentina lang und glücklich.

Der Freund des Automatthias

Ein Roboter, der eine weite und gefährliche Reise antreten sollte, hörte von einem sehr nützlichen Gerät; der Erfinder nannte es den elektrischen Freund. – Mir wäre fröhlicher zumute, wenn ich einen Gefährten hätte, und wäre er auch bloß eine Maschine – dachte der Roboter. Also suchte er den Erfinder auf und bat ihn, vom künstlichen Freund zu erzählen.

»Dir zu Diensten« – entgegnete der Erfinder. (Im Märchen duzen einander bekanntlich alle, selbst mit Drachen ist man nicht per Sie, und nur ein König wird in der Mehrzahl angesprochen.) Beim Sprechen zog der Erfinder eine Handvoll Metallkörnchen aus der Hosentasche; sie ähnelten feinem Schrot.

»Was ist das?« – staunte der Roboter.

»Und wie heißt du? Ich vergaß, dich danach zu fragen, als es in die rechte Ordnung des Märchens gepaßt hätte« – fragte der Erfinder.

»Ich heiße Automatthias.«

»Das ist mir zu lang. Autommi werde ich dich nennen.«

»Das kommt aber von Authomas! Nun gut, mir soll's recht sein« – entgegnete jener.

»Wohlan, mein biederer Autommi, du hast eine Handvoll Elektrofreunde vor dir. Wisse, daß ich von Beruf und Berufung Miniaturisierer bin. Das heißt, ich ersetze große und schwere Gerätschaften durch kleine und leicht bewegliche. Jedes solche Körnchen ist das Konzentrat elektrischen Denkens, unabschätzbar allseitig und verständig. Ich sage dir nicht, das sei ein Genie, denn das wäre übertrieben und klänge nach falscher Reklame. Allerdings ist es meine Absicht, eben elektrische Genies zu schaffen, und ich werde nicht ruhen, ehe ich so kleine gebaut habe, daß eine Hosentasche ihrer Tausende faßt. Erst wenn ich sie in Säcke füllen und wie Sand nach Gewicht verkaufen werde, dann habe ich das Ziel meiner Wünsche erreicht. Aber diese meine Zukunftspläne tun nichts zur Sache. Derzeit verkaufe ich

Elektrofreunde zum Stückpreis, und gar nicht teuer: für einen verlange ich sein Gewicht in Brillanten. Ein mäßiger Preis, wie du zugeben wirst, wenn du bedenkst, daß du einen solchen Elektrofreund im Ohr anbringen kannst, wo er dir dann gute Ratschläge zuflüstert und mit jeglicher Information aufwartet. Hier hast du ein Stück weiche Watte. Die stopfst du ins Ohr, damit bei seitlichen Kopfbewegungen der Freund nicht herausfällt. Nimmst du ihn? Solltest du auf ein Dutzend reflektieren, so könnte ich es billiger abgeben . . .«

»Nein, derzeit genügt mir einer« – entgegnete Automatthias. »Zuvor aber wüßte ich gern, was ich mir eigentlich von ihm erhoffen darf. Kann er in schweren Lebenslagen helfen?«

»Klar!« – entgegnete der Erfinder fröhlich. »Dazu ist er ja da!« Er schnipste die gehäuften Körner auf der Handfläche hoch; sie glänzten metallisch, da sie aus seltenen Metallen gefertigt waren. Er sprach weiter: »Versteht sich, daß du auf Hilfe in physischem Sinne nicht rechnen darfst. Aber nicht diese ist ja hier von Belang. Erquickende Bemerkungen, guter und fixer Rat, vernünftige Einsichten, deinen Vorteil befördernde Hinweise, Mahnungen und Warnungen, ermutigender Zuspruch, Sentenzen, die dein Selbstvertrauen stärken, sowie tiefe Gedanken, die jede Situation bewältigen helfen, und sei sie noch so schwierig, ja, sogar bedrohlich, – dies alles ist nur ein Bruchteil aus dem Repertoire meiner Elektrofreunde. Sie sind unbedingt ergeben, treu, stets wachen Geistes, weil sie nie schlafen, auch unbeschreiblich dauerhaft und von gefälligem Äußerem. Und wie handlich sie sind, siehst du selbst. Nun, wie steht's? Nur einen nimmst du?«

»Ja« – entgegnete Automatthias. »Bitte sag mir noch, was geschieht, wenn er mir gestohlen wird. Kehrt er zu mir zurück? Richtet er den Dieb zugrund?«

»Das nun wieder nicht« – antwortete der Erfinder.

»Ihm wird er ebenso treu und eifrig dienen, wie vorher dir. Allzuviel darfst du nicht fordern, lieber Autommi. Er verläßt dich nicht in der Not, wenn du ihn nicht verläßt. Aber das droht dir ja gar nicht, wenn du ihn im Ohr anbringst und es immer gut mit Watte verstopfst ...«

»Gut« – erklärte sich Automatthias einverstanden.

»Und wie soll ich ihn anreden?«

»Reden mußt du gar nicht. Es genügt, lautlos zu flüstern, dann hört er dich bestens. Was seinen Namen betrifft, so lautet er: Rimohr. *Oh Rimohr,* so kannst du ihn anreden. Das genügt.«

»Ausgezeichnet« – entgegnete Automatthias.

Sie wogen Rimohr, der Erfinder bekam für ihn ein hübsches Brillantchen, und der Roboter zog von dannen, beruhigt, weil er schon einen Gefährten hatte, einen nahen Freund für den weiten Weg.

Sehr bequem reiste der Roboter mit Rimohr, der ihm auf Wunsch frühmorgens ein ganz leises aufmunterndes Wecksignal in den Kopf hineinpfiff. Der Freund erzählte auch allerlei spaßhafte Geschichten, doch bald verbot ihm Automatthias, dies in Gesellschaft zu tun. Denn die anderen begannen ihn für läppisch zu halten, da er ohne ersichtlichen Grund immer wieder mit Gelächter herausplatzte. Solcherart reiste Automatthias anfangs zu Lande, dann gelangte er ans Meeresufer. Dort erwartete ihn ein schönes weißes Schiff. Viel Hab und Gut hatte er nicht, im Nu war er also in einer behaglichen Kajüte verstaut und begrüßte zufrieden das Gepolter, das auf das Lichten des Ankers und auf den Beginn der großen Fahrt hindeutete. Einige Tage lang fuhr das weiße Schiff bei heiterem Sonnenschein lustig durch die Wellen; und nachts, vom Mond übersilbert, wiegte es den Reisenden in den Schlaf. Doch eines Morgens brach ein gräßliches Unwetter los. Wellen, dreimal so hoch wie die Masten, stürzten sich auf das in allen Fugen knackende Schiff, und da herrschte so gräßliches Getöse, daß Automatthias kein Wort von all den Tröstungen hörte, die ihm Rimohr in diesen schweren Augenblicken zweifellos einflüsterte. Plötzlich ertönte unheimliches Krachen, Salzwasser schoß in die Kajüte, und vor den Augen des entsetzten Automatthias begann das Schiff in Stücke zu zerfallen.

Wie er stand, so lief er aufs Verdeck hinaus. Kaum war er ins letzte Rettungsboot gesprungen, da rollte eine riesige Welle heran, wälzte sich über das Schiff und riß es in die brodelnden Tiefen des Ozeans hinab.

Automatthias sah kein einziges Besatzungsmitglied; er befand sich im Rettungsboot mutterseelenallein auf dem tosenden Meer und wartete zitternd auf den Augenblick, da ihn und den hüpfenden Kahn der nächstfolgende Wellenberg unter sich begrübe. Der Wind heulte und aus niederhängendem Gewölk peitschten die Güsse die aufgewühlte Fläche der See. So vernahm Automatthias noch immer nicht, was Rimohr ihm zu sagen hatte. Da gewahrte er durchs Flutengebraus undeutliche Umrisse, die gischtiges Weiß überströmte. Das war ein unbekanntes festes Ufer, woran sich die Wellen brachen. Knirschend strandete das Boot auf den Steinen. Und Automatthias, durchnäßt bis auf die Haut, von Salzwasser triefend, rannte aus aller Kraft auf wackligen Beinen ins Innere des rettenden Landes, möglichst weit fort von den Ozeanwellen. Bei einem Felsen sank er zu Boden und verfiel in den betäubenden Schlaf der Erschöpfung.

Sachtes Pfeifen weckte den Schläfer. So brachte Rimohr seine freundschaftliche Anwesenheit in Erinnerung.

»Oh Rimohr! Fein, daß du da bist! Jetzt sehe ich erst, wie gut es ist, daß ich dich bei mir oder genau genommen sogar in mir habe!« – rief Automatthias, aus tiefem Selbstvergessen erwacht. Er blickte um sich. Die Sonne schien. Noch kräuselte sich die See, doch verschwunden waren die drohenden Wellenberge, die Wolken, der Regen, – und mit ihnen leider auch das Schiff. In der Nacht mußte das Unwetter mit unsagbarer Wucht gewütet haben. Denn das rettende Boot des Automathhias war fortgeschwemmt worden, hinweggerissen auf hohe See. Er sprang auf und lief das Ufer entlang; schon nach zehn Minuten erreichte er wieder die vorige Stelle. Er befand sich auf einer einsamen Insel, und die war sehr klein. Seine Lage war nicht vergnüglich. Doch alles halb so schlimm, er hatte ja Rimohr bei sich! Ihm teilte er schnell die festgestellte Sachlage mit und bat um Rat.

»Tja! So! Mein Lieber!« – sagte Rimohr. »Das ist keine x-beliebige Situation! Gestatte, daß ich gründlich nachdenke. Was benötigst du eigentlich?«

»Was heißt – was? Alles! Hilfe, Rettung, Kleider, Mittel zum Leben; hier gibt es ja nichts als Sand und Felsen!«

»Hm! Sagst du? Bist du ganz sicher? Liegen nicht vielleicht am Strand ein paar Kisten aus dem zerschmetterten Schiff, angefüllt mit Werkzeugen, interessanter Lektüre, für verschiedene Anlässe berechneter Kleidung, sowie Schießpulver?«

Kreuz und quer lief Automatthias den Strand ab und fand doch nichts. Von dem Schiff gab es da nicht einmal einen abgesplitterten Span. Es war anscheinend ganz und gar untergegangen, wie ein Stein.

»Nichts ist da, sagst du? Hm, das ist sehr merkwürdig. Die reiche Literatur über das Leben auf einsamen Inseln beweist unumstößlich, ein Schiffbrüchiger finde in seiner Nähe stets Äxte, Nägel, Süßwasser, Öl, heilige Bücher, Sägen, Zangen, Flinten und viele andere nützliche Sachen. Aber wenn nicht, dann eben nicht. Vielleicht gibt es wenigstens eine schirmende Höhle im Gestein?«

»Nein, da ist keine Höhle.«

»Nein, sagst du? Tja, das ist schon völlig ungewöhnlich! Dann sei vielleicht so nett und steig auf den höchsten Felsen, um in die Runde zu blicken.«

»Mach ich gleich!« – rief Automatthias, erklomm mitten auf der Insel eine steile Felsklippe – und erstarrte: unermeßliches Weltmeer umgab von allen Seiten das vulkanische Inselchen.

Er informierte mit schwacher Stimme Rimohr und rückte mit zitterndem Finger die Watte im Ohr zurecht, um nur ja nicht den Freund zu verlieren. – Welch ein Glück, daß er nicht hinausfiel, als das Schiff sank – dachte Automatthias noch, und da er von neuem Müdigkeit aufsteigen fühlte, setzte er sich auf dem Felsen nieder und wartete ungeduldig auf die freundschaftliche Hilfe.

»Aufgepaßt, Freund! Hier die Ratschläge, die ich dir in dieser schwierigen Lage eilends erteilen will!« – meldete sich endlich Rimohrs sehnlich erwartetes Stimmchen. »Auf Grund der Berechnungen, die ich durchgeführt habe, ziehe ich folgenden Schluß: wir befinden uns auf einem unbekannten Inselchen, das eine Art Riff oder, besser gesagt, den Gipfel einer unterseeischen Gebirgskette bildet, die langsam aus den Fluten taucht und sich mit dem Festland in drei bis vier Millionen Jahren verbinden wird.«

»Die Millionen laß beiseite! Was tu' ich jetzt?« – rief Automatthias.

»Das Inselchen liegt weitab von den Schiffahrtswegen. Die Chance, daß sich in seiner Nähe zufällig ein Schiff zeigen könnte, beträgt eins zu vierhunderttausend.«

»Du lieber Himmel« – schrie der verzweifelte Schiffbrüchige. »Das ist furchtbar! Also was rätst du mir?«

»Gleich sage ich es dir, wenn du mich nicht andauernd unterbrichst. Begib dich ans Meeresufer und geh ins Wasser, ungefähr bis zur Brust. So wirst du dich nicht allzusehr bücken müssen, was unbequem wäre. Nun tauchst du den Kopf ein und saugst so viel Wasser in dich, wie du nur kannst. Es schmeckt bitter, ich weiß. Aber das Ganze dauert ja nicht lang, zumal wenn du gleichzeitig vorwärtsmarschierst. Sogleich wirst du schwer; hat dich nun das Salzwasser inwendig ausgefüllt, so unterbricht es augenblicks alle organischen Vorgänge, und solcherart verlierst du das Leben sofort. Dank diesem Umstand vermeidest du die langwierigen Qualen des Aufenthalts auf diesem Inselchen, ferner das allmähliche Sterben und sogar die Geistesverwirrung, die dir vorher noch droht. Du kannst auch je einen schweren Stein in die Hände nehmen. Das ist nicht unerläßlich, jedoch ...«

»Du bist wohl verrückt geworden!« – brüllte Automatthias auffahrend. »Ersäufen soll ich mich? Zum Selbstmord willst du mich beschwatzen? Ein herzlicher Rat, muß ich sagen! Und du nennst dich meinen Freund?«

»Gewiß doch« – entgegnete Rimohr. »Ich bin durchaus nicht

verrückt geworden, da dies für mich nicht im Bereich des Möglichen liegt. Ich verliere nie das geistige Gleichgewicht. Um so mehr täte es mir leid, dir Gesellschaft zu leisten, während du das deinige verloren hättest und im Schein dieser prallen Sonne langsam zugrunde gingest, mein Lieber. Sei versichert, daß ich die ganze Situation genau zergliedert und alle Rettungschancen nacheinander ausgeschlossen habe. Du kannst kein Boot oder Floß herstellen, weil dir das Material fehlt. Von hier errettet dich kein Schiff, wie schon gesagt. Nicht einmal Flugzeuge überfliegen die Insel. Du selbst wiederum vermagst auch keine fliegende Maschine zu bauen. Versteht sich, du könntest langsames Sterben statt des schnellen und leichten Todes wählen. Aber ich als dein nächster Freund rate dir inständig von solch unvernünftiger Entscheidung ab. Wenn du das Wasser gut einsaugst . . .«

»Daß dich der Blitz schlage, du mit deinem gut eingesaugten Wasser« – brüllte Automatthias, schlotternd vor Zorn. »Und auszudenken: für so einen Freund habe ich einen schön geschliffenen Brillanten gegeben! Weißt du, was dein Erfinder ist? Ein ordinärer Quertreiber, Hochstapler und Langfinger!«

»Gewiß nimmst du diese Worte zurück, wenn du mich erst hast ausreden lassen« – entgegnete Rimohr ruhig.

»Du hast mir also noch nicht alles gesagt? Hast du vielleicht vor, mich mit Erzählungen über das mir bevorstehende Jenseits zu unterhalten? Dafür bedanke ich mich!«

»Es gibt kein Jenseits« – entgegnete Rimohr. »Ich habe auch nicht den Vorsatz, dich anzulügen, was ich weder will noch kann. Freundesdienste fasse ich wahrlich anders auf. Hör mir nur aufmerksam zu, mein Teurer! Wiewohl dies im allgemeinen nicht bedacht wird, weißt du doch, daß die Welt unendlich reich und vielfältig ist. Sie enthält herrliche Städte mit Stimmengewirr und gehorteten Schätzen, Königspaläste, Lehmhütten, liebliche und düstere Berge, rauschende Forste, gelinde Seen, heiße Wüsten und des Nordens grenzenlosen Schnee. Doch so, wie du bist, kannst du nicht mehr als einen Ort auf einmal erleben, einen einzigen unter allen, die ich nannte, und all den Millionen, wovon ich schwieg. Ohne Übertreibung läßt sich demnach sagen, daß du für die Orte, wo du fehlst, gleichsam einen Verstorbenen darstellst. Denn du fühlst dich nicht von den Reichtümern der Paläste umhätschelt, du nimmst nicht teil an den Tänzen südlicher Länder, noch auch labst du das Auge am Irisschillern des Nordeises. All dies gibt es für dich nicht, auf so vollkommene Weise gar nicht, wie eben einzig im Tode. Mithin begreifst du wohl, wenn du gut nachdenkst und den Geist in das Dargelegte vertiefst: da du überall, nämlich an allen jenen bezaubernden Orten, nicht bist, bist du so gut wie nirgends. Denn wie gesagt, Aufenthaltsorte gibt es zu Millionen von Millionen. Du aber kannst nur diesen einen erleben, diesen uninteressanten, in seiner Eintönigkeit sogar lästigen, ja, geradezu widerwärtigen, wie ihn dies felsige Inselchen darbietet. Nun denn, zwischen ›überall‹ und ›so gut wie nirgends‹ besteht ein himmelhoher Unterschied, und dieser ist dein normales Los im Leben, denn stets weiltest du nur an einem einzigen Ort auf einmal. Dagegen ist zwischen ›so gut wie nirgends‹ und ›nirgends‹ der Unterschied, um die Wahrheit zu sagen, minimal. So beweist demnach die Mathematik der Empfindungen, daß du schon jetzt im Grunde genommen fast nicht mehr lebst, da du fast überall fehlst, eben wie ein Verblichener! Dies zum ersten. Zweitens: Sieh diesen mit Kies vermengten Sand, der deine zarten Füße verletzt! Hältst du ihn für unbezahlbar? Wohl kaum. Hier die Unmenge von Salzwasser, seine ekle Überfülle, – brauchst du die? Kein bißchen! Hier ein paar Felsen, und über dir das Blau des Himmels, glutheiß, die Gelenke der Gliedmaßen ausdörrend. Benötigst du diese unerträgliche Hitze, diese tot erglühenden Steinblöcke? Natürlich nicht. Demnach benötigst du durchaus nichts von alledem, was dich umgibt, worauf du stehst, und was dich als Kuppel des Himmelszeltes zudeckt. Nun, was bleibt übrig, wenn du all dies beiseite läßt? Ein wenig Schädelsausen, Schläfendruck und Brustdröhnen, ein wenig Knieschlottern und sonstige chaotische Bewegungen. Benötigst du hinwiederum dieses Sausen, Drücken, Dröhnen und Schlottern? Keineswegs, mein Teurer! Und gibst du auch das dahin, – was verbleibt noch? Dies bißchen Schusselei des Denkens; diese Ausdrücke, Flüchen höchst ähnlich, womit du mich, deinen Freund, im Geiste überhäufst; schließlich würgender Zorn und brechreizerregende Angst. Solltest du etwa – so frage ich zum Abschluß – diese widerwärtige Angst und ohnmächtige Wut benötigen? Versteht sich, daß dir auch dies zu nichts nütze ist. Wenn wir demnach auch diese entbehrlichen Gefühle abziehen, dann bleibt nichts mehr, nichts, sage ich – null! Und dir eben diese Null zu schenken, das heißt, den Zustand immerwährenden Gleichgewichts, dauernden Schweigens und vollkommener Ruhe, dies wünsche ich als dein wahrer Freund!«

»Ich will aber leben!« – röhrte Automatthias. »Leben will ich! Leben! Hörst du?!«

»Ach so! In Rede steht nicht mehr das, was du erlebst, sondern das, was du dir wünschest« – entgegnete Rimohr ruhig. »Du möchtest leben, das heißt, Zukunft besitzen, die zur Gegenwart wird, denn darauf läuft Leben ja hinaus, und mehr beinhaltet es nicht. Nun, leben wirst du nicht, wie wir schon festgestellt haben. Hier fragt sich nur mehr, auf welche Weise du zu leben aufhören wirst: ob unter langen Martern oder im Gegenteil ganz leicht, nachdem du auf einen Zug das Wasser eingesaugt ...«

»Aufhören! Ich will nicht! Fort mit dir! Fort!!!« – schrie Automatthias aus Leibeskräften. Er hüpfte auf der Stelle und ballte die Fäuste.

»Was soll nun dies wieder?« – entgegnete Rimohr.

»Einmal abgesehen von der beleidigenden Form des Befehls, die mich beharrlich an eine Aufkündigung der Freundschaft gemahnt – aber wie kannst du dich bloß so unverständig äußern? Wie kannst du mir zurufen: Fort? Habe ich Beine, um davonzugehen? Oder wenigstens Arme, um darauf hinwegzukriechen? Du weißt doch sehr wohl, daß dem nicht so ist. Wenn du mich loswerden willst, sei so freundlich und nimm mich aus dem Ohr, das wahrlich nicht der angenehmste Ort der Welt ist, und wirf mich irgendwo weg.«

»Gut« – brüllte Automatthias in verbohrter Wut. »Mach ich gleich!« Doch er wühlte und stocherte vergebens mit dem eingeführten Finger im Ohr herum. Der Freund war allzu genau in die Höhlung gepreßt und ließ sich keineswegs herausfischen, obwohl Automatthias den Kopf wie toll nach allen Seiten schüttelte.

»Mir scheint, da wird nichts draus« – meldete sich Rimohr nach einer hübschen Weile. »Es sieht aus, als sollten wir uns nicht voneinander trennen, obwohl dies weder dir noch mir genehm ist. In diesem Falle gilt es, sich mit der Tatsache abzufinden. Denn so ist es mit den Tatsachen: immer behalten sie recht. Nebenbei bemerkt, dies betrifft auch deine jetzige Lage. Du möchtest Zukunft haben, und dies um jeden Preis. Das scheint mir unklug, aber mir soll's recht sein. Gestatte also, daß ich dir diese Zukunft in großen Zügen abschildere, da Bekanntes stets dem Unbekannten vorzuziehen ist. Der Zorn, der dich derzeit schüttelt, weicht demnächst dem Gefühl ohnmächtiger Verzweiflung; nach etlichen ebenso heftigen wie vergeblichen Anstrengungen, eine Rettung zu entdecken, wird dieses seinerseits von geistloser Stumpfheit abgelöst. Nach unerbittlichen Gesetzen der Physik und Chemie wird inzwischen die mächtige Sonnenhitze, die sogar mich in diesem schattigen Winkel deiner Person erreicht, stärker und stärker deine ganze Wesenheit ausdörren. Zunächst verflüchtigt sich das Schmierfett deiner Gelenke, und selbst bei der kleinsten Bewegung wirst du gräßlich knirschen und knarren, mein Ärmster! Sodann erglüht dir der Schädel vor Hitze, so daß du verschiedenfarbige Kreise wirbeln siehst, was aber nichts mit einem Blick auf den Regenbogen gemein haben wird, da ja . . .«

»Schweig endlich, du Quälgeist!« – schrie Automatthias. »Ich will gar nicht hören, was mir zustoßen wird! Schweig und reg dich nicht, verstanden?!«

»Du brauchst nicht so zu schreien. Du weißt sehr wohl, daß

mich dein schwächstes Flüstern erreicht. Du willst also die Qualen deiner Zukunft nicht kennen und andererseits diese Zukunft haben? Wie unlogisch! Gut, ich werde also schweigen. Ich bemerke nur noch, daß du dich unpassend benimmst, wenn du all deinen Zorn auf mich konzentrierst, ganz, als trüge ich die Schuld an deiner bedauerlichen Lage. Urheber des Unglücks war das Unwetter, wie du weißt, ich dagegen bin dein Freund, den es schon jetzt in der Vorausschau ehrlich bekümmert, die Qualen mitzuerleben, die du vor dir hast, und dem ganzen in Akte eingeteilten Schauspiel deines Leidens und Sterbens beizuwohnen. Fürwahr, mir graut, wenn ich bedenke, was geschehen wird, sobald das Öl . . .«

»Also du willst nicht schweigen? Oder kannst du nicht, ekliges Ungeheuer?!« – röhrte Automatthias und drosch sich auf das Ohr, worin der Freund stak. »Ha! Hätte ich hier wenigstens einen Zweig oder ein kleines Stäbchen bei der Hand, um dich hervorzustochern, – ich täte es sofort und zerstampfte dich mit dem Absatz!«

»Du träumst davon, mich zu zerstören?« – sagte Rimohr betrübt. »Wahrlich, du verdienst keinen Elektrofreund und kein anderes brüderlich mitfühlendes Wesen!«

Automatthias ereiferte sich wieder in neuem Zorn, und sie zankten, stritten und disputierten weiter. So verstrich der Mittag. Erschöpft von dem Schreien, Hüpfen und Fäusteschütteln, ließ sich der arme Roboter entkräftet auf dem Felsstück nieder, starrte auf das leere Weltmeer und stieß nur dann und wann ein paar von Hoffnungslosigkeit strotzende Seufzer aus. Mehrmals hielt er den Saum eines über den Horizont hervorlugenden Wölkchens für den Rauch eines Dampfers. Doch schon im Keim wurden derlei Täuschungen von Rimohr erstickt, der an die Chance von eins zu vierhunderttausend erinnerte. Dies versetzte Automatthias in neue Zuckungen der Verzweiflung und Wut, zumal da sich jedesmal herausstellte, daß Rimohr recht hatte. Der Schiffbrüchige starrte nun auf die Schatten, die bereits länger wurden und von den Felsen bis an den weißen Sand der Küste reichten. Da meldete sich Rimohr:

»Warum sagst du nichts? Hüpfen vor deinen Augen vielleicht schon die Kreise, die ich erwähnt habe?«

Automatthias ließ sich nicht einmal zur Antwort herbei.

»Aha« – monologisierte Rimohr. »Also nicht bloß die Kreise, sondern, aller Wahrscheinlichkeit nach, auch schon jene geistlose Abstumpfung, die ich so präzise vorauszusehen wußte. Seltsam fürwahr: was für ein unintelligentes Wesen ist doch so ein Intelligenzwesen, insbesondere unter dem Druck der Verhältnisse! Schließ es auf einer einsamen Insel ein, wo es umkommen muß, beweise ihm klar wie das Einmaleins, daß dies unabwendbar sei, zeig ihm die Pforte eines Auswegs aus dieser Lage, auf dem es den einzig möglichen Gebrauch von seinem Willen und seiner Intelligenz machen könnte, – meinst du, es werde dir dafür dankbar sein? Keine Spur! Hoffnung will es haben, und wenn diese nicht besteht und nicht bestehen kann, dann klammert es sich an Blendwerke und versinkt lieber im Abgrund des Wahnsinns, als im Wasser, welches ...«

»Hör auf, vom Wasser zu reden!!« – krächzte Automatthias.

»Ich wollte bloß deine irrationalen Beweggründe unterstreichen« – entgegnete Rimohr. »Ich überrede dich zu nichts mehr. Das heißt, zu keinerlei Handlungen. Zu durchdenken freilich ist das langsame Sterben, das du willst, oder besser gesagt, wozu du dich anschickst, indem du gar nichts tun willst. Wie falsch und töricht ist doch die Furcht vor dem Tod, vor einem Zustand, der eher die Ehrenrettung verdient! Was könnte sich mit der Vollkommenheit des Nichtseins messen? Freilich, die Agonie, die zu ihm führt, ist für sich genommen kein einladendes Phänomen. Andererseits war noch niemand an Geist oder Körper zu schwach, um in ihr durchzuhalten und restlos, vollends und bis ins letzte mit Erfolg zu versterben. Sie ist also keiner besonderen Hervorhebung würdig, wenn sie zu den Fertigkeiten eines jeden Schwächlings, Esels und Halunken zählt. Und, was wichtiger ist: wenn jeder mit ihr zu Rande kommt (und du gibst wohl zu, daß es so ist; ich jedenfalls habe noch nie von einem gehört, der zuwenig Kräfte für sie gehabt hätte), dann magst du dich eher an dem Gedanken des allbegnadenden Nichts erlaben, das sich gleich jenseits ihrer Schwelle ausbreitet. Nach dem Sterben läßt sich nicht denken, weil ja Tod und Denken einander ausschließen; wann also, wenn nicht zu Lebzeiten, schickt es sich, klug und genau alle Vorrechte, Wohltaten und Annehmlichkeiten zu betrachten, die der Tod über dich ausschütten wird? Bitte bedenk bloß: keinerlei Zwiespalt, Angst oder Sorge, keine Leiden an Geist und Körper, keine üblen Abenteuer, und all dies – in welcher Größenordnung! Und hätten sich auch alle bösen Mächte gegen dich verbündet und verschworen – sie erreichen dich nicht! Ja, wahrhaft unvergleichlich ist die süße Geborgenheit des Verstorbenen! Und wenn wir noch hinzufügen, daß sie nichts Flüchtiges, Unbeständiges oder Vergängliches ist, daß sie durch nichts widerrufen oder angetastet werden kann, so wird dich unvergleichliches Entzücken ...«

»Krepieren sollst du« – so drang die schwache Stimme des Automatthias zu ihm, und an diese knappen Worte reihte sich ein kurzer, doch deftiger Fluch.

»Es tut mir furchtbar leid, daß dies unmöglich ist« – entgegnete Rimohr sofort. »Nicht bloß Gründe selbstischen Neides (denn wie ich eben gesagt habe, geht nichts über den Tod), sondern auch die des reinsten Altruismus legen mir nahe, dich ins Nichts zu begleiten. Doch das ist nicht zu machen, denn vermutlich aus konstruktorischem Ehrgeiz hat mein Erfinder mich unzerstörbar geschaffen. Fürwahr, wenn ich bedenke, daß ich im Inneren deiner vertrockneten meersalzverkrusteten Leibeshülle stecken werde, deren Zerfall gewiß langsam verläuft, daß ich so sitzen und mit mir selber reden werde, ja, dann wird mir traurig zumute. Und wie lang werde ich dann warten müssen, bis endlich das Schiff ankommt, unter vierhunderttausend das erste, das im Einklang mit der Wahrscheinlichkeitsrechnung zuletzt auf dieses Inselchen stoßen wird ...«

»Wie?! Du wirst nicht hier verrotten?!« – rief Automatthias;

Rimohrs Worte rissen ihn aus der Stumpfheit empor. »Also du wirst leben, während ich ... Ha! Da verrechnest du dich! Niemals! Niemals!! Niemals!!!«

Und mit gräßlichem Gebrüll sprang er auf die Beine, begann zu hüpfen, den Kopf zu schlenkern, aus Leibeskräften im Ohr herumzustochern, und vollführte dabei mit dem ganzen Körper die absonderlichsten Hopser und Schwünge. Zu alledem piepste Rimohr die ganze Zeit nach Kräften:

»So hör doch auf! Wie, bist du schon übergeschnappt? Dazu ist es wohl noch zu früh! Gib acht, du schadest dir selbst! Du wirst dir etwas brechen oder verstauchen! Gib acht auf das Genick! Das hat doch keinen Sinn! Etwas anderes wäre es, wenn du das so ohne weiteres könntest, weißt du! Aber auf diese Weise wirst du dich höchstens verletzen! Wenn ich dir doch sage: ich bin unzerstörbar, und basta! Also quälst du dich ganz unnötig! Selbst wenn du mich hinausschüttelst, kannst du mir nichts zuleide tun, das heißt, zuliebe, wollte ich sagen, denn im Einklang mit allem, was ich schon so ausführlich dargelegt habe, ist ja der Tod ein Anlaß zum Neid. Au! Hör endlich auf! Wie kann man nur so hüpfen?«

Automatthias aber achtete auf nichts und zappelte weiter. Ja, mit dem Kopf rannte er gegen das Felsstück, worauf er vorher gesessen hatte. Und er drosch darauf ein, Funken vor den Augen, Staubwölkchen in den Nüstern, betäubt von der Wucht der eigenen Hiebe; und plötzlich flog Rimohr aus dem Ohr heraus und kollerte zwischen die Steine, mit einem schwachen Ausruf der Erleichterung, weil das endlich vorüber war. Automatthias bemerkte nicht gleich, wie gut seine Anstrengungen gewirkt hatten. Er ließ sich auf die sonnenerhitzten Steine sinken und rastete darauf eine hübsche Weile lang; endlich murmelte er, während er noch kein Glied regen konnte:

»Das hat nichts zu besagen. Nur eine vorübergehende Schwäche. Aber dich schüttle ich noch heraus, dich nehme ich noch unter den Absatz, du mein Freund, du mein lieber! Hörst du? Hörst du? Hallo! Ja, was ist denn das?!«

Er setzte sich plötzlich hin, denn er spürte, wie leer sein Ohr war. Nicht ganz bei Sinnen, blickte er um sich, dann durchstöberte er kniend den feinen Kies, suchte fieberhaft nach Rimohr und rief dazu gellend: »Rimohr! Oh Rimooohr!!! Wo bist du? Melde dich!!!« Doch sei es nun aus Vorsorglichkeit oder aus irgendeinem anderen Grund, Rimohr piepste nicht einmal. Daraufhin lockte ihn Automatthias mit den zärtlichsten Worten; er versicherte, er habe schon die Meinung geändert und hege nur den einen Wunsch, die guten Ratschläge des Elektrofreundes zu befolgen und sich zu ersäufen, hätte aber vorher gern nochmals das Lob des Todes angehört. Doch auch dies brachte kein Ergebnis. Rimohr schwieg wie verhext. Da begann der Schiffbrüchige systematisch die ganze Umgebung Zoll für Zoll abzusuchen und fluchte dabei zum Steinerweichen. Plötzlich hielt er sich ein Häufchen Kies dicht vor die Augen; er hatte es schon wegwerfen wollen. Und er schüttelte sich vor perfider Freude: zwischen den Steinchen erblickte er Rimohr. Der schimmerte da im matten ruhigen Glanz eines metallischen Körnchens.

»Ha! Da bist du ja, mein Würmelein! Da bist du, freundschaftliches Krümelchen! Hab' ich dich, du mein Teurer, Immerwährender!« – zischte Automatthias und zwängte Rimohr achtsam zwischen die Finger ein. Der aber schnaufte nicht einmal. »Na, wir werden gleich sehen, was es mit deiner Festigkeit auf sich hat, mit deiner ewig haltbaren Ausführung! Das prüfen wir gleich nach! Da!!!«

Ein gewaltiger Tritt mit dem Absatz begleitete diese Worte. Automatthias hatte den Elektrofreund zuoberst auf das Felsstück gelegt, sprang auf ihn mit vollem Gewicht und drehte sich sicherheitshalber noch auf der beschlagenen Ferse um, daß es knirschte. Rimohr sprach nicht, lediglich das Felsstück ratterte wie unter einem stählernen Bohrer. Automatthias bückte sich und sah, daß das Körnchen unverletzt war. Nur die felsige Unterlage hatte sich ein wenig verbeult: Rimohr lag nun in einer winzigen Mulde.

»Was, so ein Starker bist du? Gleich finden wir einen härteren

Stein!« – knurrte Automatthias. Er lief die ganze Insel ab, suchte die stärksten Flinte, Basalte und Porphyre aus, um darauf den Freund zu zertrampeln; hieb dann mit den Absätzen auf ihn ein und sprach gleichzeitig zu ihm mit verstellter Ruhe oder überhäufte ihn mit Schmähungen, wie in der Annahme, der Freund werde antworten oder vielleicht sogar flehentliche Bitten anstimmen. Rimohr aber schwieg wie verhext. In der Luft verbreitete sich nur der Schall von dumpfen Schlägen, von Getrampel, von splitternden Steinen und von den geschnauften Flüchen des Automatthias. Als er sich nach längerer Zeit überzeugt hatte, daß wirklich selbst die furchtbarsten Hiebe Rimohr nicht beschädigten, da setzte sich Automatthias wieder ans Ufer, erhitzt und entkräftet, den Elektrofreund in der Hand.

»Wenn es mir auch nicht gelingt, dich zu zerquetschen« – sagte Automatthias mit gekünstelter Beherrschung, worin unterdrückte Wut zitterte – »verlaß dich drauf, ich werde dich gebührend versorgen. Auf das Schiff kannst du lang warten, mein Lieber! Denn ich schleudere dich tief ins Meer, und dort wirst du liegenbleiben bis zur siebenten Unendlichkeit! In so hermetischer Einsamkeit wirst du eine Menge Zeit zu allerliebsten Betrachtungen haben! Einen neuen Freund erwirbst du dir nicht, dafür sorge ich!«

»Na und, mein Braver?« – meldete sich unvermutet Rimohr. »Was schadet mir der Aufenthalt auf dem Meeresgrund? Du denkst in den Kategorien eines wenig haltbaren Wesens, daher deine Irrtümer. Versteh doch: das Meer wird irgendwann austrocknen, oder aber sein Grund hebt sich vorher als Berg in die Höhe und wird zum Festland, ob in hunderttausend Jahren oder nach Jahrmillionen, das ist für mich belanglos. Ich bin nicht nur unzerstörbar, sondern auch unendlich geduldig; das müßte dir eigentlich aufgefallen sein, schon allein in Anbetracht der Ruhe, womit ich die Anzeichen deiner Wirklichkeitsblindheit ertragen habe. Ich sage dir noch mehr: ich antwortete nicht auf deine Rufe, ich ließ mich von dir suchen, weil ich dir vergebliche Mühen ersparen wollte. Als du auf mir herumsprangst, schwieg ich weiter, um mit keinem unbedachten Wort deine Verbissenheit zu steigern, was dir etwa gar hätte schaden können.«

Auf dieses edle Bekenntnis hin erbebte Automatthias in neu entfachter Wut.

»Ich zertrample dich! Zu Pulver zerreib' ich dich, Schuft!!« – brüllte er. Und der irre Tanz über die Felsen begann von neuem, mit Sprüngen, Hieben und Gestampf. Diesmal aber untermalte ihn Rimohrs wohlwollendes Gepiepse:

»Ich glaube nicht, daß es dir glücken könnte, aber versuch es! Nur zu! Und noch einmal! Nein, nicht so, sonst ermüdest du zu rasch! Beine zusammen! Und-hopp! Und-hoch! Und hopsahopp! Hopsa-hopp! Spring höher, sag ich dir, dann nimmt auch die Schlagkraft zu! Das kannst du nicht mehr? Wirklich nicht? Was, du schaffst es nicht? Ja, so ist's recht! Schmeiß einen Stein drauf! Ja, genau! Nimm vielleicht einen anderen! Ist kein größerer da? Noch einmal! Bumbumbum, teurer Freund! Wie schade, daß ich nicht in der Lage bin, dir zu helfen! Warum hast du aufgehört? So bald verlassen dich die Kräfte? Wie schade ... Na, das macht nichts. Ich kann warten, ruh dich nur aus! Der liebe Wind soll dich kühlen ...«

Automatthias polterte auf die Steine nieder, starrte haßentflammt auf die flache Hand mit dem Metallkörnchen und hörte notgedrungen der Rede zu, die es hielt:

»Wäre ich nicht dein Elektrofreund, so müßte ich dein Verhalten schändlich nennen. Das Schiff ist infolge des Unwetters gesunken, du hast dich mit mir gerettet, ich beriet dich, so gut ich konnte, und als ich keine Rettung ersann, weil das unmöglich ist; da versteiftest du dich darauf, mich zum Dank für meinen Rat und für Worte lauterster Wahrheit zu zerstören, mich, deinen einzigen Gefährten! Allerdings hast du solcherart wenigstens wieder ein Lebensziel erlangt. Schon allein dafür schuldest du mir Dank. Bemerkenswert, daß dir der Gedanke meines Fortdauerns gar so verhaßt ist ...«

»Ob du fortdauerst, das wird sich erst herausstellen!« – knirschte Automatthias halblaut. »Das letzte Wort ist noch nicht gefallen!«

»Nein, so was, du bist wirklich köstlich! Weißt du was? Probier einmal, mich auf deine Gürtelschnalle zu legen. Die ist aus Stahl, und Stahl ist wohl härter als die Steine. Versuch es nur! Ich für mein Teil bin zwar überzeugt, daß auch dies nichts nützt, aber ich möchte dir gern irgendwie helfen ...«

Obzwar mit einigem Zögern, folgte Automatthias zuletzt dieser Anregung. Doch er richtete nichts aus, außer daß durch die wütigen Schläge feine Kerben auf der Schnalle entstanden. Als selbst die verzweifeltsten Hiebe nichts schadeten, verfiel Automatthias in wahrhaft schwarze Melancholie. Verzweifelt und geschwächt, schaute er mit stumpfem Blick auf den metallenen Krümel, der ganz fein zu ihm redete:

»Und so was soll ein Intelligenzwesen sein, meiner Treu! Es versinkt in abgrundtiefen Gram, weil es das einzige brüderlich diesen toten Bereich belebende Wesen nicht vom Erdboden tilgen kann! Sag, schämst du dich wenigstens ein klein wenig, mein Automätzchen?«

»Schweig, du redseliges Miststück!« – zischte der Schiffbrüchige.

»Warum soll ich schweigen? Sieh mal, wenn ich dir übel wollte, wäre ich längst verstummt, aber ich bin noch immer dein Elektrofreund. Auch während der Qualen deines Sterbens werde ich dir Gesellschaft leisten als treuer Kamerad, selbst wenn du kopfstehst! Und du, mein Süßer, wirst mich nicht ins Meer werfen, denn vor Publikum geht immer alles besser. Ich werde also das Publikum deiner Agonie sein, die demzufolge zweifellos besser ausfallen wird als im Falle äußerster Vereinsamung. Wesentlich sind die Gefühle, gleichviel, was für welche. Der Haß gegen mich, deinen wahren Freund, wird dich aufrichten und mutiger machen, deine Seele beflügeln, deinem Gestöhn reinen und überzeugenden Klang verleihen, deine Zuckungen ordnen und jeden deiner letzten Augenblicke stimmig gestalten. Und das ist immerhin keine Kleinigkeit. Ich für mein Teil verspreche, wenig zu reden und nichts zu kommentieren. Denn wenn ich mich anders verhielte, zerschlüge ich dich vielleicht unabsichtlich durch eine solche Überfülle an Freundschaft, daß du sie nicht aushieltest, da dein Charakter – offen gestanden – abscheulich ist. Ich werde jedoch auch dies bewältigen, denn indem ich Bosheit mit Güte beantworte, vernichte ich dich und befreie dich somit von der eigenen Person, – wohlgemerkt, aus Freundschaft, nicht aus Verblendung. Denn die Sympathie macht mich nicht blind gegenüber der Scheußlichkeit deiner Natur . . .« – Diese Worte unterbrach plötzlich lautes Brüllen, das sich der Brust des Automatthias entrang.

»Ein Schiff! Ein Schiff!! Ein Schiff!!!« – grölte er wie von Sinnen. Er sprang auf, rannte am Ufer hin und her, schleuderte Steine ins Wasser und schwenkte aus Leibeskräften die erhobenen Arme, vor allem aber schrie er lauthals, schrie sich völlig heiser, was im übrigen unnötig war. Denn das Schiff hielt deutlich Kurs auf das Inselchen und schickte alsbald ein Rettungsboot herüber.

Wie sich später herausstellte, hatte knapp vor dem Untergang des Schiffes, worauf Automatthias gereist war, der Kapitän noch Zeit gefunden, ein Funktelegramm abzusenden, das Hilfe herbeirief. Daher suchten nun zahlreiche Schiffe diesen ganzen Meeresbereich ab, und eines davon war eben zu der kleinen Insel vorgedrungen. Als das Beiboot mit den Matrosen das seichte Küstenwasser erreicht hatte, wollte Automatthias zunächst allein ins Boot springen. Doch er besann sich, lief zurück und holte Rimohr. Denn Automatthias befürchtete, der Freund könnte Lärm schlagen, die Ankömmlinge könnten ihn hören, und dies könnte unliebsame Fragen nach sich ziehen, ja vielleicht sogar Anklagen von seiten Rimohrs. Um dies zu vermeiden, ergriff ihn der Roboter. Er wußte aber nicht, wo und wie er ihn verstecken sollte, und stopfte ihn daher schleunigst wieder ins Ohr hinein. Nun folgten überschwengliche Begrüßungs- und Danksagungsszenen, in deren Verlauf sich Automatthias sehr laut benahm, weil er befürchtete, daß einer der

Matrosen das Stimmchen Rimohrs vernehmen könnte. Der Elektrofreund redete nämlich in einem fort und wiederholte immerzu: »Ei, ei, ei! So eine Überraschung! Der einzige unter vierhunderttausend Fällen! Was bist du für ein Glückspilz! Ich hoffe, daß sich die Beziehungen zwischen uns beiden jetzt bestens gestalten werden, zumal da ich dir in schwersten Augenblicken nichts verweigert habe. Außerdem bin ich diskret, vorbei ist vorbei, und somit Schwamm drüber!«

Als das Schiff nach langer Fahrt am Ufer angelegt hatte, befremdete Automatthias seine Umgebung ein wenig. Er äußerte nämlich den für jedermann unverständlichen Wunsch, das nahe Hüttenwerk zu besichtigen, wo ein großer Dampfhammer arbeitete. Wie später erzählt wurde, benahm sich Automatthias während der Besichtigung recht eigenartig. In der riesigen Halle ging er auf den stählernen Amboß zu, wackelte aus aller Kraft mit dem Kopf, wie um das Gehirn durchs Ohr auf die vorgehaltene Hand herauszuschleudern, und hüpfte sogar auf einem Bein. Doch die Anwesenden taten so, als merkten sie nichts davon. Denn sie meinten, so bald nach der Errettung aus gräßlicher Bedrängnis könne jemand wohl unerklärliche Extravaganzen bekunden, worin sich die Erschütterung des geistigen Gleichgewichts auswirke. Allerdings wich Automatthias auch später von seiner vorigen Lebensweise ab und verfiel offensichtlich in wechselnde Verschrobenheiten. Einmal sammelte er Sprengstoffe und wollte sie sogar in seiner Wohnung zur Explosion bringen, was die Nachbarn vereitelten, indem sie die Behörden verständigten. Dann wieder legte er sich unvermutet eine Sammlung von Hämmern und Karborundfeilen zu und erzählte seinen Bekannten, er habe vor, eine Gedankenlesemaschine neuer Art zu erbauen. Später wurde er zum Einzelgänger und nahm die Gewohnheit an, laut mit sich selbst zu reden. Zuweilen hörte man ihn durchs Haus laufen und laute Selbstgespräche führen oder gar Wörter ausstoßen, die wie Flüche klangen.

Nach vielen Jahren endlich befiel ihn ein neuer Tick, und er begann säckeweise Zement aufzukaufen. Daraus formte er eine riesige Kugel, und als sie hart geworden war, schaffte er sie in unbekannte Richtung fort. Die Leute erzählen, er hätte damals einen Nachtwächterposten in einem aufgelassenen Bergwerk angenommen und einmal bei Nacht und Nebel den riesigen Betonklumpen in den Schacht hinabgestoßen. Er selbst aber habe dann bis ans Ende seiner Tage jene Gegend durchstreift und alle erdenklichen Abfälle eingesammelt, um all dieses Zeug in den verödeten Schacht hinunterzuschleudern. In der Tat ist Automatthias mit ziemlich unverständlichen Gewohnheiten hervorgetreten. Doch die meisten dieser Gerüchte sind wohl nicht glaubhaft. Denn schwerlich läßt sich annehmen, er hätte all die Jahre hindurch seinem Elektrofreund gegrollt, dem er doch so viel verdankte.

König Globares und die Weisen

Globares, der auf Eparis herrschte, beschied einst die weisesten Männer vor sein Angesicht und sprach zu ihnen:

»Fürwahr, gräßlich ist das Los eines Königs, der schon alles kennt, was sich kennen läßt. Hohl wie ein gesprungener Krug klingt ihm, was zu ihm gesprochen wird. Ich wünsche zu staunen und werde gelangweilt; ich begehre das Erschütternde und höre fades Gewäsch; ich fordere Außergewöhnliches, und man bietet mir platte Schmeichelei. Wisset, o weise Männer, daß ich heute meine Possenreißer und Narren wie auch Hausrat und Hofrat samt und sonders habe köpfen lassen. Euch erwartet ein gleiches Los, wenn ihr mein Gebot nicht erfüllt. Jeder erzähle mir die seltsamste Geschichte, die er weiß. Doch wenn mich einer weder lachen noch weinen macht, weder verblüfft noch ängstigt, weder belustigt noch zum Nachdenken zwingt, – dann kostet es ihn seinen Kopf!« Der König winkte, und die weisen Männer hörten den stählernen Schritt der Schergen. Die kamen heran und umringten sie zu Füßen des Throns und hielten entblößte Schwerter, die wie Flammen blitzten. Da ängstigten sich die weisen Männer, und einer stupste den anderen mit dem Ellbogen, denn keiner wollte des Königs Zorn auf sich ziehen und den Kopf dem Richtschwert aussetzen. Endlich sprach der erste Weise:

»Mein Herr und König! Die seltsamste Geschichte im ganzen sichtbaren und unsichtbaren Kosmos ist zweifellos die der Sternvölkerschaft, welche in den Chroniken die kehrseitlerische heißt. Seit ihrer Frühzeit haben die Kehrseitler alles umgekehrt angefangen als irgendein vernunftbegabtes Wesen. Ihre Vorfahren siedelten sich auf dem Planeten Urdrur an, der für seine Vulkane berühmt ist. Jahr für Jahr bringt er Gebirgszüge hervor. Dabei erschüttern ihn furchtbare Zuckungen, denen nichts standhält. Und zu allem Unglück gefiel es dem Himmel, die Erdkugel der Kehrseitler dem großen Meteorstrom in die Quere zu legen. Zweihundert Tage im Jahr trommelt er mit Scharen steinerner Rammböcke auf den Planeten ein. Die Kehrseitler (die damals noch nicht so hießen) errichteten ihre Bauten aus Hartguß und Hartstahl; sich selbst aber beschlugen sie so dick mit Stahlblech, daß sie wie gepanzert wandelnde Hügel aussahen. Doch ihre stählernen Burgen verschlang der aufklaffende Boden beim erstbesten Erdbeben, und der Hammerschlag der Meteore zermalmte die Panzerung. Als das ganze Volk unterzugehen drohte, versammelten sich seine weisen Männer und hielten Rat. Da sprach der erste: ›So, wie es jetzt beschaffen ist, kann unser Volk nicht bestehen. Unser einziges Heil liegt in der Umwandlung. Die Erde öffnet ihre Spalten von unten her. Um nicht hineinzufallen, muß also jeder Kehrseitler eine breite und platte Grundfläche aufweisen. Meteore wiederum hagelt es von oben, daher muß jeder nach oben spitz zulaufen. Sind wir erst kegelförmig, so droht uns nichts mehr!‹

Da sprach der zweite: ›Anders müssen wir es anfangen. Wenn die Erde ihren Rachen weit aufsperrt, verschlingt sie auch einen Kegel. Und ein schräg auftreffender Meteor durchschlägt ihm die Flanken. Die ideale Gestalt ist die der Kugel. Denn wenn der Boden zu beben und zu schwanken anfängt, rollt die Kugel immer von selbst davon. Fällt aber ein Meteor, so trifft er eine rundliche Fläche und prallt ab. So sollten wir uns umwandeln, um in eine bessere Zukunft zu rollen.‹

Da sprach der dritte: ›Auch eine Kugel kann zermalmt und verschlungen werden, so gut wie jede Gestalt der Materie. Es gibt keinen Schild, den ein genügend starkes Schwert nicht durchbohren könnte, und kein Schwert, das sich an einem harten Schild nicht schartig schlüge. Die Materie, o Brüder, ist ewiges Auf und Ab, stets im Fluß und im Umbau. Sie ist nichts Bleibendes, und wahrhaft vernunftgekrönte Wesen sollten nicht sie zur Wohnung wählen, sondern das, was unveränderlich, ewig und vollkommen und dennoch von dieser Welt ist.‹

›Und was ist das?‹ – fragten die anderen Weisen. ›Durch die Tat will ich es euch lehren!‹ – entgegnete der dritte. Und vor ihren Augen begann er sich auszuziehen. Er legte das kristallbesäte Übergewand ab, das goldgewirkte Zwischengewand und das silberne Untergewand; er legte das Gehäuse des Schädels ab und das der Brust; dann aber zog er immer schneller immer feinere Teile aus sich aus; er nestelte die Gelenke auf, und nach den Gelenken die Fugen, nach den Fugen die Schrauben, nach den Schrauben die Drähtchen, die Krümelchen, – bis er zuletzt die Atome anpackte. Und da begann dieser Weise seine Atome zu schälen. Und er schälte sie so flink, daß nur sein Dahinschmelzen und Schwinden sichtbar wurde und sonst nichts. Und so geschickt ging er vor, und so sehr beeilte er sich bei seinem Ausziehen, daß er zuletzt vor den Augen der entgeisterten anderen Weisen als vollkommene Abwesenheit dastand. Die war seine getreue Umkehrung und als solche anwesend. Denn wo er vorher ein Atom gehabt hatte, genau dort hatte er jetzt kein Atom; wo soeben sechs gewesen waren, zeigte sich das Fehlen dieser sechs; und wo er sich eine Schraube ausgezogen hatte, verblieb das Fehlen einer Schraube, und es glich ihr getreulich in allem. Und so wie vorher seine Völle gliederte sich nun seine Leere, und sein Fehlen war ohne Fehl. Denn da er so schnell gearbeitet und so geschickt manövriert hatte, verunreinigte ihm kein Teilchen, kein materielles Fremdkörperchen die höchste Vollendung der anwesenden Abwesenheit! Und die anderen sahen ihn als Leerheit, die so gestaltet war, wie vor einer Weile er selbst; sie erkannten seine Augen an der Abwesenheit schwarzer Farbe, sein Gesicht am Fehlen des blauen Schimmers und die Gliedmaßen an den verschwundenen Fingern, Gelenken und Achselstücken. ›Auf solche Weise, o Brüder‹ – sprach der vorhandene Abhandene – ›nämlich durch tätige Umverkörperung ins Nichts, erringen wir nicht nur ungeheure Härte im Nehmen, sondern auch Unsterblichkeit. Denn nur die Materie verändert sich. Das Nichts begleitet sie nicht auf dem Weg fortgesetzter Ungewißheit. Daher wohnt Perfektion dem Nichts inne, nicht dem Etwas. Und nicht letzteres zu werden, tut not, sondern ersteres!‹

Gedacht, getan. Seit damals sind die Kehrseitler eine unbezwungene Völkerschaft. Ihr Leben verdanken sie nicht dem, was in ihnen ist – denn dort ist ja nichts –, sondern dem, was sie umgibt. Und wenn einer in ein Haus kommt, wird er sichtbar als häusliches Ausbleiben. Und gerät er in den Nebel, so zeigt er sich als dessen örtliche Unterbrechung. Sie haben den unsteten Stoffwechsel des Stofflichen aus sich ausgeschieden und solcherart das Unmögliche möglich gemacht . . .«

»Und wie durchreisen sie den leeren Weltraum, mein Weiser?« – fragte Globares.

»Nur dies können sie nicht, o König. Denn der Leere Außenraum würde sich mit ihrem leeren Selbst verquicken, und sie würden zu existieren aufhören, als die örtlichen Ansammlungen von Nichts, die sie ja sind. Deshalb müssen sie auch dauernd die Reinheit ihres Nichts überwachen, und mit solcher Aufpasserei verbringen sie ihre Zeit. Sie heißen auch Nichtlinge oder Nitschewisten . . .«

»Deine Geschichte ist töricht, weiser Mann!« – sprach der König. »Denn wie ließe sich das Vielerlei der Materie durch das Einerlei des Mangels ersetzen? Sind ein Felsen und ein Haus ein und dasselbe? Kein Felsen aber und kein Haus, diese beiden können gleiche Form annehmen und erscheinen demnach gleichsam als ein und dasselbe.«

»O Herr« – verteidigte sich der Weise – »es gibt vielerlei Nichts . . .«

»Wir werden ja sehen, was passiert, wenn ich dir den Kopf abschlagen lasse« – sagte der König. »Wird nachher seine Abwesenheit zur Anwesenheit? Was meinst du?« Und der Monarch lachte scheußlich und winkte den Schergen.

»O Herr!« – rief der Weise, schon umklammert von ihren stählernen Fäusten. »Du geruhtest zu lachen, also hat dich meine Geschichte heiter gestimmt, und du solltest mein Leben schonen, wie du versprochen hast!«

»Nein, ich selbst habe mich erheitert« – sagte der König. »Es sei denn, du unterstütztest meinen Einfall: Bist du aus freien Stücken mit dem Köpfen einverstanden, so erheitert mich dieses Einverständnis, und dein Verlangen wird sich erfüllen.«

»Einverstanden!« – schrie der Weise.

»Nun denn, köpft ihn, da er ja selber darum bittet!« – sprach der König.

»Nicht doch, o Herr! Einverstanden bin ich, damit du mich mitnichten köpfst!«

»Du mußt geköpft werden, wenn du einverstanden bist« – erklärte der König. »Und wenn nicht, dann erheiterst du mich nicht und mußt gleichfalls geköpft werden ...«

»Nein! Umgekehrt!« – rief der Weise. »Wenn ich einverstanden bin, mußt du erheitert mein Leben schonen. Und wenn ich nicht einverstanden bin ...«

»Schluß damit!« – sprach der König. »Henker, walte deines Amtes!«

Das Schwert blitzte, und der Kopf des Weisen fiel.

Alles schwieg eine Weile wie tot. Dann hob der zweite Weise an:

»Mein Herr und König! Die seltsamste aller Sternvölkerschaften ist zweifellos das Volk der Polyonten oder Vielinger, die auch Vielister genannt werden. Bei ihnen hat jeder zwar nur einen einzigen Körper, dafür aber um so mehr Beine, je höhere Ämter er bekleidet. Die Köpfe hinwiederum, die hat man dort von Fall zu Fall. Arme Leute haben nur ein einziges Haupt für die ganze Familie. Die Reichen aber horten in ihren Schatzkammern vielerlei Köpfe für verschiedene Anlässe. So ein Reicher hat also Morgenköpfe und Abendköpfe, strategische Köpfe für Kriegsfälle und Expreßköpfe, weil er es eilig haben könnte, ferner kalt abwägende Köpfe, Hitzköpfe, leidenschaftliche Köpfe, Hochzeits-, Liebes- und Trauerköpfe. So ist er für jede Lebenslage gerüstet.«

»Ist das schon alles?« – fragte der König.

»Nein, o Herr!« – entgegnete der Weise, der schon merkte, wie schlecht es um ihn stand. »Die Vielinger tragen diesen Namen auch deshalb, weil alle mit ihrem Herrscher zusammengeschaltet sind. Wenn nun die Mehrheit in den königlichen Betätigungen einen Schaden für das allgemeine Wohl erblickt, dann verliert dieser Herrscher den Zusammenhalt und fällt in Stücke . . .«

»Der Einfall ist trivial, um nicht zu sagen: majestätszerbrecherisch« – sagte Globares grämlich. »Da du selbst so viel von Köpfen geredet hast, sagst du mir vielleicht, was du denkst: lasse ich dich jetzt köpfen, oder lasse ich dich nicht köpfen?«

»Wenn ich sage, er werde mich köpfen lassen« – dachte der Weise rasch, – »dann wird er es tun, denn er ist gegen mich eingenommen. Wenn ich aber sage, er werde es nicht tun, dann überrasche ich ihn. Und staunt er, so muß er mich freilassen; wie er versprochen hat.«

Und er sagte: »Nein, o Herr, du läßt mich nicht köpfen.«

»Du irrst« – sprach der König. »Henker, walte deines Amtes.«

»Nicht doch, o Herr!« – rief der Weise, schon unter dem Zugriff der Henkersknechte. »Haben dich meine Worte nicht überrascht? Erwartetest du nicht eher die Antwort, du werdest mich köpfen lassen?«

»Deine Worte haben mich nicht überrascht« – entgegnete der König. »Denn der Schreck, der sie diktiert hat, steht dir im Gesicht geschrieben. Schluß damit! Herunter mit dem Kopf!«

Und klirrend kollerte über die Fliesen der Kopf des zweiten Weisen. Der dritte, der älteste von allen, sah ganz ruhig diese Szene mit an. Als aber der König von neuem eine staunenswerte Erzählung forderte, da sprach der Greis:

»O König, ich könnte dir eine wahrhaft außergewöhnliche Geschichte erzählen. Doch ich werde es nicht tun. Denn mehr als dein Staunen erstrebe ich deine Aufrichtigkeit. Ich zwinge dich dazu. Du wirst mich köpfen lassen, aber nicht unter den plumpen Vorwand dieses Spiels, das du aus dem Töten zu machen suchst, sondern einfach im Einklang mit deiner Natur. Grausam, wie sie ist, scheut sie sich gleichwohl, ohne fälschende Bemäntelung zu tun, was ihr lieb ist. Du möchtest uns köpfen, und nachher soll sich herumsprechen, der König hätte die Dummen ausgetilgt, die hochstapelnd als Weise aufgetreten seien. Ich aber will, daß sich die Wahrheit herumspricht. Deshalb werde ich schweigen.«

»Nein, jetzt gebe ich dich nicht dem Henker!« – sprach der König. »Ernsthaft und aufrichtig verlangt es mich nach dem außergewöhnlichen Erlebnis. Du hast mich erzürnen wollen. Doch ich weiß meinen Zorn zu bezähmen, bis seine Zeit gekommen ist. Ich sage dir: sprich, dann rettest du vielleicht nicht dich allein. Deine Rede darf sogar an Majestätsbeleidigung grenzen; im übrigen hast du eine solche bereits begangen. Diesmal aber muß die Beleidigung so ungeheuerlich sein, daß sie in Schmeichelei umschlägt, die ihrerseits durch ihr Übermaß zur Schmähung wird. Versuch es also, deinen König zu gleicher Zeit und im gleichen Anhieb zu erheben und herabzusetzen, zu vergrößern und zu verkleinern!«

Da wurde es still. Die Anwesenden vollführten ganz feine Bewegungen, so, als wollte jeder nachprüfen, wie fest ihm der Kopf noch auf dem Halse sitze.

Der dritte Weise schien tief nachzusinnen. Endlich sagte er:

»O König, ich erfülle dein Begehr. Warum? Das will ich dir offenbaren. Ich tue es für mich und für alle hier Versammelten, aber auch für dich. Denn die Nachwelt soll nicht sagen, es hätte einen König gegeben, der um einer Laune willen im Reich die Weisheit ausgetilgt habe. Selbst wenn dies jetzt noch zutrifft, selbst wenn dein Wunsch kaum etwas zu bedeuten hat oder gar nichts, dann obliegt es mir, deinem flüchtigen Gelüst Wert zu verleihen, Größe und Dauer. Deshalb werde ich reden . . .«

»O Greis, genug dieser Einleitung, die schon wieder an Majestätsbeleidigung grenzt, ohne sich im mindesten der Schmeichelei zu nähern!« – sprach der König voll Zorn. »Jetzt rede!«

»O König, du mißbrauchst die Macht!« – entgegnete der Greis. »Alle deine Übergriffe sind gleichwohl noch gar nichts gegen jene, die dein längstverflossener, dir noch unbekannter Ahnherr begangen hat, der Begründer der Eparidendynastie. Dieser dein Ururahn namens Allegorian hat gleichfalls die monarchische Macht mißbraucht. Sein größtes Verschulden will ich dir erklären. Deshalb bitte ich dich, du mögest zu diesem nächtlichen Himmelszelt aufblicken, das du durch die Oberfenster der Palasthalle sehen kannst.« Der König blickte in den sternklaren Himmel, und der Alte fuhr in seiner Rede fort:

»Sieh hin und höre! Alles, was es gibt, wird zum Gegenstand des Spottes. Dagegen ist die höchste Würde nicht gefeit. Denn bekanntlich wagt ja dieser oder jener sogar des Königs Majestät zu bespötteln. Gelächter zielt auf Throne und Staaten; Völker verspotten einander oder sich selbst. Sogar das, was es gar nicht gibt, ist zuweilen verhöhnt worden. Hat man nicht über die mythischen Götter gelacht? Auch sehr ernste und sogar tragische Erscheinungen bieten Stoff zu Späßen. Man denke nur an den Friedhofshumor, an das Witzeln über Tod und Tote. Im übrigen haben die Attacken des Hohns auch vor Himmelskörpern nicht haltgemacht. Man beachte etwa die Sonne oder den Mond. Wie werden sie oftmals dargestellt? Der Mond als hagerer Schlaumeier mit zipfeliger Narrenkappe und vorstehendem Sichelkinn, die Sonne aber als pausbäckiges biederes Dickerchen mit zerzaustem Strahlenkranz. Und dennoch, – obwohl das Reich des Lebens und das Reich des Todes und große wie kleine Dinge dem Spott als Zielscheibe dienen, gibt es eine Sache, worüber noch niemand zu spotten oder zu lachen gewagt hat. Dabei ist sie nicht einmal ein Ding von solcher Art, daß es sich leicht vergessen oder übersehen ließe. Denn diese Sache ist alles, was es gibt; ich spreche nämlich vom Kosmos. Und wenn du darüber nachdenkst, o König, dann wirst du begreifen, wie lächerlich der Kosmos ist.«

Hier staunte König Globares zum erstenmal. Mit wachsender Aufmerksamkeit lauschte er den Worten des Weisen. Dieser aber sprach:

»Der Kosmos besteht aus Sternen. Das klingt ziemlich ernst.

Doch gründlicher durchdenken wir die Sache wohl schwerlich ohne verstohlenes Lächeln. Denn wahrlich, was sind denn die Sterne? Feurige Kugeln, schwebend in ewiger Nacht... Scheinbar ein erhabenes Bild. Wieso? Auf Grund seines Wesens? Durchaus nicht, sondern seiner Ausmaße wegen. Doch die Ausmaße können nicht allein über die Wichtigkeit eines Phänomens entscheiden. Wird denn etwas Bedeutsames aus dem Gekritzel eines Idioten, wenn du es von dem Blatt Papier auf ein ausgedehntes Flachland überträgst?
Stumpfsinn bleibt Stumpfsinn, wenn er vervielfältigt wird. Nur überhöht sich dann auch seine Lächerlichkeit. Der Kosmos ist Kritzelei aus x-beliebigen Punkten und Doppelpunkten. Wohin du auch blickst, wohin du auch greifst, – nur dies und sonst nichts. Die Eintönigkeit der Schöpfung dürfte wohl der trivialste und platteste Einfall sein; der sich nur ausdenken läßt. Getüpfeltes Nichts, und dies bis in alle Unendlichkeit! Wer verfiele auf etwas so Einfallsloses, wenn das Ganze erst jetzt zu erschaffen wäre? Wohl nur ein Idiot! Da nimmt jemand unermeßliche Räume voll Garnichts und tüpfelt sie, einmal ums andere, wie es sich gerade trifft! Und einem solchen Aufbau werden Ausgewogenheit und Majestät nachgerühmt! Wir müssen vor ihm auf die Knie fallen? Höchstens aus Verzweiflung über seine Unwiderruflichkeit! Das Ganze erwächst ja lediglich aus Nachäfferei des eigenen Anfangs! Dieser Anfang hinwiederum war die geistloseste aller nur möglichen Handlungen. Denn was kann einer tun, eine Feder in den Händen und vor sich ein leeres Blatt Papier, wenn er nicht weiß, nicht die blasseste Ahnung hat, womit er es ausfüllen könnte. Mit Zeichnungen? Dann gilt es zu wissen, was sich zeichnen ließe. Und wenn einem nichts in den Sinn kommt? Wenn jemand keinen Schimmer von Vorstellungsgabe aufweist? Nun dann, wie von selbst senkt sich die Feder aufs Papier und erzeugt in unwillkürlicher Berührung einen Tüpfel. Und angesichts der glotzenden Geistlosigkeit, die ja mit solcher Impotenz des Schöpferischen einhergeht, stellt dieser

einmal gesetzte Tüpfel ein Muster auf. Es wirkt zwingend, da ja absolut nichts anderes vorhanden ist; und da es sich mit geringster Anstrengung bis ins Unendliche wiederholen läßt. Wiederholen, ja, aber wie? Aus Tüpfeln ließe sich ja irgendein Gefüge zusammenstellen. Aber wenn man auch dazu unfähig ist? Dann bleibt nur eins: in solcher Unfähigkeit die Feder zu schwingen und Tintentröpfchen zu versprühen, so daß sich alles mit beliebigen, blindlings gesetzten Tüpfeln füllt.« So sprach der Weise, tauchte eine Feder ins Tintenfaß, nahm ein großes Blatt Papier und bespritzte es etliche Male mit Tinte. Dann zog er aus seinem Gewand eine Sternkarte hervor und zeigte beide Blätter dem König. Die Ähnlichkeit war frappierend. Das Papier, wies Milliarden von Pünktchen auf, größere und kleinere, denn bald reichlicher, bald dem Austrocknen nahe hatte die Feder gekleckst. Und der Himmel auf der Karte bot sich genauso dar. Vom Thron aus schaute der König beide Papierbögen an und schwieg. Der Weise aber setzte fort:

»O König, du wurdest belehrt, das Weltall sei ein unendlich herrlicher Bau, gewaltig in der Majestät seiner sterndurchschossenen Weiten. Doch schau hin auf diese ehrwürdige, allgegenwärtige, allüberdauernde Konstruktion! Ist sie nicht das Werk unübertrefflicher Dummheit, das Gegenteil des Denkens und der Ordnung? Du wirst fragen, warum dies bisher niemand bemerkt hat. Warum? Weil dieser Stumpfsinn ja alles umfaßt! Doch diese seine Allgemeinheit verlangt nur um so himmelschreiender nach Verspottung und nach distanzierendem Gelächter. Solches Gelächter ist ja zugleich auch der Vorbote der Auflehnung und der Befreiung. Es wäre zweifellos wohlgetan, just in diesem Sinne auf das Weltall ein Pasquill zu verfassen, worin dieses Erzeugnis äußerster Geistlosigkeit die gebührende Abfuhr bezöge, auf daß sich ihm künftig kein Chor andächtiger Seufzer verbinde, sondern ironisches Gelächter!«

Der König lauschte entgeistert, der Weise aber erläuterte nach kurzem Schweigen:

»Ein solches Pasquill zu schreiben, wäre die Pflicht jedes Gelehrten, wenn nicht dawiderstünde, daß er dabei auch an die erste Ursache rühren müßte, an den Ursprung dieses bespottenswerten und beklagenswerten Zustandes namens Universum. Der Anfang begab sich aber, als das Unmaß noch völlig brachlag und auf schaffende Tätigkeiten wartete. Die Welt aber keimte damals aus weniger als nichts und entwickelte sich über das Nichts zum Etwas. Sie hatte erst einige wenige zusammengedrängte Körper hervorgebracht, und dein Ururvater Allegorian hatte dort die Macht inne. Da nahm er sich etwas Unmögliches und Aberwitziges vor. Er wollte der Natur in ihr unendlich geduldvolles und langsames Handwerk pfuschen und selber das Weltall erschaffen. Nach ihrem Beispiel beschloß er, es üppig zu gestalten, und reich an unschätzbaren Wunderdingen. Da er selbst dies nicht bewerkstelligen konnte, gab er die weiseste Denkmaschine in Auftrag. Die sollte dann das Werk vollbringen. An diesem Moloch baute man dreihundert Jahre und nochmals dreihundert Jahre lang; im übrigen war die Zeitrechnung damals anders als jetzt. Mit Kräften und Mitteln wurde nicht gespart, und das mechanische Ungetüm schien an Größe und Leistung grenzenlos. Als die Maschine fertig war, ließ sie der Usurpator in Betrieb nehmen und ahnte nicht, was er da tat. Denn seinem grenzenlosen Hochmut gemäß war sie gar zu groß geraten. Daher hatte ihre Weisheit längst die Höhen der Vernunft hinter sich gelassen und den Gipfel des Genialen überschritten, und so stürzte sie hinab in völlige Zersetzung des Denkens, in lallende Finsternis, worin randwärts stiebender Strom jeden Sinngehalt in Fetzen riß. Und dieses gleich einer Metagalaxis verwickelte Monstrum, das auf wütig hohen Touren lief, zerkrümelte sich geistig schon bei den ersten Worten, und sie blieben ungesagt. Aus all diesem Chaos, das mit furchtbarem Kraftaufwand sozusagen gewissermaßen irgend etwas dachte, aus Haufen unterentwickelter Begriffe, die einander in Nichts verkehrten, aus all diesen vergeblichen Krämpfen, Kämpfen und Zusammenstößen tröpfelten in die gehorsamen Vollzugsaggregate des Kolosses lediglich die sinnentleerten Satzzeichen! Denn dies war ja nicht die weiseste aller nur möglichen Maschinen, nicht der Cosmocreator Omnipotens, sondern eine aus unbedachter Machtanmaßung entsprossene Ruine, die zum Zeichen ihrer hohen Bestimmung nur Pünktchen hervorzustottern wußte! Der Herrscher wartete auf die Allvollendung, auf die Bestätigung seiner Pläne, der kühnsten, die ein denkendes Wesen je gehegt hat. Und niemand wagte, ihm zu offenbaren, er stehe an der Quelle unsinnigen Lallens und mechanischer Agonie, die schon sterbend geboren wurde. Doch die gewaltigen, leblos gehorchenden Vollzugsmaschinen befolgten bereitwillig jeden Befehl. Und so begannen sie im vorgegebenen Takt aus fleischlichem Stoff die Form zu drehen, die im dreidimensionalen Raum dem zweidimensionalen Bild eines Tüpfels entspricht. Und dies ist die Kugel. Unablässig wiederholten sie ein und dasselbe; und als sie heißliefen, entzündete sich der Werkstoff; und sie schleuderten Wurf um Wurf feuriger Kugeln in den Abgrund hinaus; und im Stottertakt entstand der Kosmos! So wurde dein Ururahn zum Schöpfer des Weltalls und zugleich zum Urheber des ungeheuerlichsten Stumpfsinns, dem nichts jemals gleichkommen wird. Denn der Akt der Vernichtung eines so fehlgeborenen Werks wird gewiß etwas weit Vernünftigeres sein, vor allem aber etwas bewußt Gewolltes und Beabsichtigtes; von dem anderen, von der Erschaffung, läßt sich dies ja wahrlich nicht behaupten. Nun habe ich alles gesagt, was ich dir erklären wollte, o König, du Abkömmling Allegorians, des Weltenbaumeisters!«

Als der König die weisen Männer entließ, überhäufte er sie mit Gnadenbeweisen, am meisten aber den Greis, der ihm höchste Schmeichelei und ärgsten Schimpf in einem Anhieb zu bieten gewußt hatte. Und als sie nun alle verabschiedet waren, blieb einer der jungen Gelehrten mit dem Greis allein und fragte ihn unter vier Augen, wieviel Wahres an jener Erzählung sei.

»Was soll ich dir antworten?« – sprach der Greis.

»Was ich gesagt habe, das stammt nicht vom Wissen her. Die Wissenschaft fragt nicht nach solchen Eigenschaften des Daseins, wie zum Beispiel Lächerlichkeit. Die Wissenschaft erklärt die Welt; mit ihr versöhnen kann einzig die Kunst. Was wissen wir denn in Wahrheit über die Entstehung des Kosmos?? Eine Wissenslücke von solchem Ausmaß kann mit Legenden und Mythen ausgefüllt werden. Ich wollte als Mythenschöpfer die Höchstgrenze des Unwahrscheinlichen erreichen, und ich meine, ich war nahe daran. Du weißt das ohnehin. Also hast du bloß fragen wollen, ob der Kosmos in Wahrheit lächerlich sei. Aber diese Frage muß sich jeder selbst beantworten.«

Das Märchen vom König Murdas

Nach dem guten König Helixander bestieg sein Sohn Murdas den Thron. Alle härmten sich darob, denn jener war ehrsüchtig und schreckhaft. Er hatte beschlossen, sich den Beinamen ›der Große‹ zu verdienen, und fürchtete sich dabei vor Zugluft, Geistern, Wachs, da man auf gewachstem Parkett ein Bein brechen kann, Verwandten, denn die stören beim Regieren, am meisten aber vor Weissagungen. Als er gekrönt war, befahl er sogleich, im ganzen Reiche die Türen zu schließen und die Fenster nicht zu öffnen, alle Orakelkästen zu vernichten – und dem Erfinder einer Maschine, die Geister entfernte, gab er einen Orden und eine Rente. Wirklich war die Maschine gut, denn einen Geist bekam er nie zu Gesicht. Auch ging er nicht in den Garten aus, damit ihm nichts in die Glieder fahren konnte, und erging sich nur im Schlosse, welches sehr groß war. Einmal, beim Wandern durch Gänge und Zimmerfluchten, geriet er in einen alten Palastteil, in den er noch nie hineingeguckt hatte. Als erstes entdeckte er die Halle, wo seines Ururgroßvaters Leibgarde stand, ganz und gar zum Aufziehen, noch aus den Zeiten, da man die Elektrizität nicht gekannt hatte. In der zweiten Halle erblickte er Dampfritter, auch sie verrostet, aber für ihn war das nichts Interessantes, und er wollte schon umkehren, da gewahrte er ein kleines Pförtchen mit der Aufschrift »Nicht eintreten!« Eine dicke Staubschicht bedeckte es, und er hätte es nicht einmal angerührt, wäre da nicht diese Aufschrift gewesen. Sie brachte ihn sehr auf. Wie das – ihm, dem König, erfrechen sie sich etwas zu verbieten? Nicht ohne Mühe öffnete er die knarrende Tür, und über ein Wendeltreppchen gelangte er in einen verlassenen Wachtturm. Dort stand ein sehr alter Kupferkasten mit Rubinäuglein, einem Schlüsselchen und einer Klappe. Der König begriff, daß dies ein Orakelkasten war, und erzürnte neuerlich, daß wider seinen Befehl der Kasten im Palast belassen worden war – bis dem König mit eins in den Sinn kam, einmal lasse sich doch wohl ausprobieren, wie das ist, wenn der Kasten orakelt. Also näherte er sich ihm auf den Zehenspitzen, drehte das Schlüsselchen um, – und als nichts geschah, klopfte er auf die Klappe. Der Kasten seufzte schnarrend auf, der Mechanismus knirschte und richtete ein Rubinäuglein auf den König, wie schielend. Dies mahnte ihn an den scheelen Blick seines Vaterbruders, des Oheims Cenander, der einst sein Lehrmeister gewesen war. Der König dachte, gewiß habe eben der Oheim diesen Kasten aufstellen lassen, ihm zum Ärgernis, denn warum sollte das Ding sonst schielen? Dem König wurde seltsam zumute, der Kasten aber spielte stotternd ganz langsam eine düstere Klimpermelodie, so, als klopfte jemand mit der Schaufel ein eisernes Grabmal ab, und aus dem Klappenschlitz fiel ein schwarzes Kärtchen mit knöcherig gelben Schriftzeilen.

Der König erschrak tüchtig, doch konnte er die Neugier nicht mehr bezähmen. Er riß das Kärtchen an sich und lief in seine Gemächer. Als er allein blieb, zog er es aus der Tasche. ›Ich schaue, aber sicherheitshalber nur mit einem Auge‹ – entschied er und tat dies. Auf dem Kärtchen stand geschrieben:

Das Stündchen schlug im stillen – vertilgen sich Familien.
Der Bruder macht Geknister – Geschwister – erschießt er.
Im Kochtopf schlägt's Blasen – bald gar sind die Basen.
Grippe rafft die Sippe – Henker schwingt die Hippe.
Um die Ecken Vettern – Nichten, Muhmen, Schwiegern
Werden schon zu Kriegern – das gibt großes Zetern.
Kommt der Oheim – samt der Ahne – zahl's ihm *so* heim –
wie ich mahne:
Links mußt treffen, rechts zerschmettern, links die Neffen,
rechts die Vettern.
Sipp' und Magen an den Kragen, Kind und Kegel
untern Schlägel.
Fiel der Schwager, plumps, da lag er, fiel der Eidam,
lagen zwei dann, fiel der Stiefsohn, schläft er tief schon.

Henk den Onkel, henk die Tant, henk den Enkel, wie geplant.
Denn Verwandtschaft – bleibt nicht standhaft – bis man sie sich von der Hand schafft.
Das Stündchen schlug im stillen – Reptilien sind Familien:
Wen sie nur erblicken, wollen sie ersticken.
Drum begrab sie wirklich – überall verbirg dich,
Beiseite schlag zur Zeit dich – sonst wirst im Traum beseitigt.

So sehr schreckte sich König Murdas, daß ihm schier schwarz vor den Augen wurde. Er war untröstlich über den Leichtsinn, der ihn den Orakelkasten hatte aufziehen lassen. Zur Reue war es jedoch zu spät, der König sah, daß er handeln mußte, damit es nicht zum Ärgsten kam. Am Sinn der Prophezeiung zweifelte er kein bißchen: wie er schon längst argwöhnte, bedrohten ihn die nächsten Verwandten.

Um die Wahrheit zu sagen, es ist nicht bekannt, ob sich alles genauso abgespielt hat, wie wir es erzählen. Jedenfalls kam es danach zu traurigen und sogar gräßlichen Vorfällen. Der König ließ die ganze Familie köpfen, einzig und allein der Oheim Cenander floh im letzten Augenblick, als Pianola verkleidet. Das half ihm nichts, im Nu wurde er gefaßt und ließ unterm Beil seinen Kopf. Diesmal konnte Murdas mit reinem Gewissen das Urteil unterschreiben, war doch der Oheim geschnappt worden, als er eben daranging, sich gegen den Monarchen zu verschwören.

So jäh verwaist, legte der König Trauer an. Ihm war schon leichter ums Herz, wenn auch weh, denn im Grunde war er weder böse noch grausam. Nicht lange währte die heitere Königstrauer, es fiel Murdas nämlich ein, daß er vielleicht irgendwelche Verwandte hatte, von denen er nichts wußte. Jeder der Untertanen konnte um viele Ecken herum irgendein Vetter von ihm sein, eine Zeitlang köpfte er also den einen oder anderen, aber das beruhigte ihn überhaupt nicht, weil man doch ohne Untertanen nicht König sein kann, und wie sollte man da alle ausrotten? So argwöhnisch wurde er, daß er sich am Thron festnieten ließ, um durch niemanden davon hinabgestürzt zu werden, mit gepanzerter Nachtmütze schlief und immerfort nur nachdachte, was zu beginnen sei. Schließlich tat er etwas Ungewöhnliches, etwas so Ungewöhnliches, daß er wohl nicht selbst darauf verfallen war. Angeblich hat ihm das ein Wanderhändler eingeflüstert, als Weiser verkleidet, oder auch ein Weiser, verkleidet als Wanderhändler – verschieden wurde darüber geredet. Das Gerede geht, die Schloßdienerschaft habe eine verlarvte Gestalt gesehen, die der König nachts in seine Gemächer einzulassen pflegte. Wie dem auch sei, eines Tages lud Murdas alle Hofbauleute, Mechaniter-Großmeister, Erzblechsessen und Leibhämmerer vor und tat ihnen kund, daß sie seine Person zu vergrößern hatten, so zwar, daß diese alle Horizonte überschreite. Diese Befehle wurden mit erstaunlicher Geschwindigkeit ausgeführt, denn zum Direktor des Planungsbüros ernannte der König einen verdienten Henker. Kolonnen von Elektrikanten und Bauleuten fingen an, Drähte und Spulen ins Schloß zu tragen, und als der ausgebaute König mit seiner Person das ganze Schloß füllte, so daß er zugleich an der Hauptfront, in den Kellern und im Anbau war, da kamen die nächstgelegenen Anwesen an die Reihe. Nach zwei Jahren erstreckte sich Murdas über die Innenstadt. Nicht genügend stattliche und daher der Besiedelung durch monarchisches Denken unwürdige Häuser wurden dem Erdboden gleichgemacht, und an ihrer Stelle wurden Elektronenpaläste errichtet, die Murdasverstärker hießen. Der König wucherte langsam, doch unablässig, vielstöckig, genau zusammengeschaltet, durch personalistische Unterstationen gesteigert, bis er zur ganzen Hauptstadt geworden war und an ihren Grenzen nicht haltmachte. Seine Laune besserte sich. Verwandte gab es nicht, Öl und Durchzug fürchtete er nicht mehr, denn er brauchte keinen Schritt zu gehen, da er überall zugleich war. »Der Staat bin ich« – sagte er nicht ohne Berechtigung, denn außer ihm, der mit gereihten Elektrobauten die Plätze und Alleen bevölkerte, wohnte ja niemand mehr in der Hauptstadt – außer natürlich den königlichen Abstaubern und Leibstaubwedlern; sie wachten über das königliche Denken, das von Bauwerk zu Bauwerk strömte. So kreiste durch die ganze Stadt meilenweise die Zufriedenheit des Königs Murdas, daß es ihm gelungen war, zeitliche und wörtliche Größe zu erlangen und obendrein sich überall zu verbergen, wie das Orakel empfahl, denn er war ja allgegenwärtig im ganzen Reiche. Besonders malerisch bot sich dies um die Dämmerung dar, wenn der Königsriese, vom Widerschein umstrahlt, lichtvoll-gedankenvoll blinkerte und dann langsam erlosch, in verdienten Schlaf sinkend. Aber diese Selbstvergessenheits-Finsternis der ersten Nachtstunden wich dann schweifendem, bald hier bald dort auflodernдем Geflacker unstet flitzender Lichtfackeln: die monarchischen Träume begannen hervorzuschwärmen. Als reißende Lawinen von Gesichten durchströmten sie die Bauwerke, bis deren Fenster aus dem Dunkel aufflammten, und ganze Straßen abwechselnd rotes und violettes Licht einander entgegenfunkelten, indes die Leibabstauber, leere Bürgersteige abschreitend, den Qualm von den heißgelaufenen Kabeln Seiner Majestät riechend und heimlich in die blitzdurchzuckten Fenster spähend, leise einander sagten:

»Oho! Sicher quält den Murdas irgendein Alptraum – wenn das nur nicht wir ausbaden müssen!«

Einmal, in der Nacht nach einem besonders arbeitsreichen Tag – der König hatte nämlich neue Arten von Orden entworfen, die er sich zu verleihen gedachte –, da träumte es ihm, wie sich sein Oheim Cenander in die Hauptstadt stahl, die Finsternis nutzend, von einem schwarzen Mantel umhüllt, und durch die Straßen kreiste auf der Suche nach Helfershelfern, um eine scheußliche Verschwörung anzuzetteln. Aus den Kellern schlüpften Kolonnen von Verlarvten, und es waren ihrer so viele, und solche Königsmordgier äußerten sie, daß Murdas erbebte und vor großem Schrecken aufwachte. Schon nahte der Tag, und die liebe Sonne vergoldete weiße Wölkchen am Himmel, also sagte sich Murdas ›Träume sind Schäume‹ und machte sich an weiteres Planen von Orden, diejenigen aber, welche er tags zuvor erdacht hatte, wurden ihm an die Terrassen und Balkons gehängt. Als er sich aber nach ganztägiger Mühsal wieder zur Ruhe legte, da, kaum eingenickt, erblickte er die Königsmordverschwörung in voller Blüte. Das war aber so gekommen: Aus dem verschwörerischen Traum aufwachend, hatte er dies nicht ganz und gar getan: die Innenstadt, die diesen staatsfeindlichen Traum ausbrütete, hatte sich überhaupt nicht wachgerüttelt, sondern ruhte weiterhin vom Alptraum umschlungen, nur hatte der König im Wachen nichts davon gewußt. Indessen ein beträchtlicher Teil seiner Person, und zwar das alte Stadtzentrum, ohne Einsicht in die Tatsache, daß der schurkische Oheim und seine Drahtziehereien nur Wahn und Einbildung waren, verharrte weiterhin im Irrgang des Alptraums. In dieser zweiten Nacht sah Murdas im Traum, wie der Oheim fieberhaft werkte, die Verwandten zusammenrufend. Sie erschienen alle bis zum letzten, nach dem Tod noch in den Angeln knarrend, und selbst diejenigen, welchen die wichtigsten Teile fehlten, erhoben die Schwerter gegen den rechtmäßigen Fürsten! Außergewöhnliche Bewegung herrschte. Scharen von Verlarvten skandierten flüsternd aufrührerische Schlachtrufe, schon wurden in Löchern und Kellern die schwarzen Fahnen der Rebellion genäht, überall Gifte gebraut, Beile geschliffen, Stiftchen-Giftchen vorbereitet und alles zur entscheidenden Auseinandersetzung mit dem verhaßten Murdas gerüstet. Der König entsetzte sich abermals, erwachte, ganz und gar zitternd, und wollte schon durch die Goldene Pforte des Königlichen Mundes alle seine Truppen zu Hilfe rufen, auf daß sie die Aufrührer zwischen den Schwertern zerrieben, aber sogleich besann er sich: das half nichts! Die Truppen kommen ja nicht in seinen Traum hinein und können die dort erstarkende Verschwörung nicht zerschmettern! Einige Zeit versuchte er also, durch bloße Willensanstrengung diese vier Quadratmeilen seiner Wesenheit aufzuwecken, die hartnäckig von Verschwörung träumten, aber vergebens. Im übrigen, um die Wahrheit zu sagen, wußte er nicht, ob vergebens oder nicht vergebens, denn wenn er wachte, nahm er die Verschwörung nicht wahr, die erst auftauchte, wenn ihn der Schlaf überkam.

Wachend hatte er also keinen Zutritt zu den aufrührerischen Gebieten, und kein Wunder: das Wachdasein kann nämlich nicht in die Tiefe des Traums eindringen, dorthin durchzubrechen vermöchte nur ein anderer Traum. Der König erachtete es für das Beste in dieser Situation, einzuschlafen und einen Abwehrtraum zu träumen, keinen x-beliebigen, versteht sich, sondern einen monarchistischen, ihm ergebenen, mit wehenden Fahnen, und erst mittels eines solchen um den Thron gescharten Krontraums müßte es gelingen, den anmaßenden Alptraum zu Staub zu zermalmen!

Murdas machte sich ans Werk, aber er konnte vor Schreck nicht einschlafen; so begann er denn, Steinchen zu zählen, bis dies ihn übermannte und er einschlief. Nun erwies sich: Der Traum mit dem Oheim an der Spitze hatte sich nicht nur im Zentralbezirk verschanzt, sondern begann sich gar Arsenale voll gewaltiger Bomben und vernichtender Minen herbeizuschwärmen. Er selbst hingegen, wie er sich auch anstrengte, vermochte kaum eine Kompanie Reiterei zu erträumen, und auch diese abgesessen, zuchtlos und mit nichts als Topfdeckeln bewaffnet. Da hilft nichts – dachte er –, ich habe es nicht geschafft, es heißt nochmals alles von vorn anfangen! – Er begann sich also aufzuwecken, schwer fiel ihm das, endlich rüttelte er sich ordentlich wach, und da nun griff ein schrecklicher Argwohn nach ihm: War er in der Tat ins Wachdasein zurückgekehrt, oder weilte er in einem anderen Traum, der bloßer falscher Schein des Wachens ist? Wie vorgehen in so verworrener Lage? Träumen? Nicht träumen? Das ist hier die Frage! Gesetzt, er wird jetzt nicht träumen, sich sicher fühlend, weil es im Wachdasein gar keine Verschwörung gibt. Das wäre nicht übel – dann würde jenen königsmörderischen Traum nur der Traum träumen und selbst für sich selbst austräumen, bis beim letzten Aufwachen die Majestät ihre gebührende Einheitlichkeit wiedergewönne.

Sehr gut. Aber wenn der König keine Abwehrträume träumen wird, vermeinend, im heimeligen Wachdasein zu verweilen, während dieses angebliche Wachsein in Wirklichkeit nur ein anderer Traum ist, der an jenen oheimelnden grenzt – dann kann es zur Katastrophe kommen! Denn jeden Augenblick kann die ganze Horde verfluchter Königsmörder, den abscheulichen Cenander an der Spitze, aus jenem Traum durchbrechen in diesen Wachdasein vortäuschenden Traum, um dem König Thron und Leben zu rauben!
Gewiß – dachte er –, der Raub wird sich nur im Traum abspielen, aber wenn die Verschwörung mein ganzes königliches Bewußtsein erfaßt, wenn sie darin ins Kraut schießt von den Bergen bis an die Meere, wenn sie, o Graus, überhaupt niemals wieder wird aufwachen wollen, was dann? Dann bleibe ich für immer vom Wachdasein abgeschnitten, und der Oheim macht mit mir, was er will. Er wird foltern, entehren, von den Tanten gar nicht zu reden; ich erinnere mich gut an sie, die lassen nicht locker, komme, was da wolle, so sind sie nun mal, das heißt, waren, nein, eigentlich sind sie ja wieder, in diesem gräßlichen Traum! Im übrigen, was heißt hier Traum? Traum ist nur dort, wo auch ein Wachdasein besteht, in das sich zurückkehren läßt, jedoch wo es das nicht gibt (und wie kehre ich zurück, wenn es denen gelingt, mich im Traum festzuhalten?), wo es nichts als den Traum gibt, dort ist er schon die einzige Wirklichkeit, also Wachheit. Gräßlich! Alles, versteht sich, nur durch diesen fatalen Persönlichkeitsüberschuß, durch diese geistige Expansion – hab' ich das nötig gehabt?!
Verzweifelt, in der Einsicht, daß Untätigkeit ihn verderben konnte, sichtete der König die einzige Rettung in sofortiger psychischer Mobilmachung. ›Es heißt unbedingt so vorgehen, als träumte ich‹ – sagte er sich. ›Ich muß Mengen von Untertanen erträumen, alle voll Liebe und Begeisterung, mir bis zum letzten getreue Heerhaufen, die mit meinem Namen auf den Lippen untergehen, Unmengen von Waffen, und es zahlt sich sogar aus, schnell irgendeine Wunderwaffe zu ersinnen, denn im Traum

ist schließlich alles möglich: nehmen wir an, einen Verwandtenwegputzer, irgendwelche Oheimabwehrgeschütze oder dergleichen – solcherart werde ich auf jede Überraschung vorbereitet sein, und wenn die Verschwörung auftaucht, listig und heimtückisch von Traum zu Traum durchschlüpfend, dann zertrümmere ich sie mit einem Schlag!‹

Tief seufzte der König Murdas mit allen Alleen und Plätzen seiner Wesenheit – so kompliziert war das –, und schritt ans Werk, das heißt, schlief ein. Im Traume sollten stählerne Heerhaufen im Geviert antreten, an der Spitze greise Generäle, und jubelrufende Mengen im Gedröhn von Schlachthörnern und Kesselpauken, aber es erschien nur eine ganz kleine Schraube. Nichts als eine völlig gewöhnliche Schraube, am Rand ein wenig schartig. Was anfangen mit ihr? Er rätselte hin und her, zugleich wuchs in ihm irgendwelche Unruhe, immer größere, und Schlaffheit, und Schreck, bis es ihm funkte: Der Reim auf »Zu Staube«!!

Er schlotterte ganz und gar. Demnach denn das Symbol für Sturz, Zersetzung, Tod, also strebt zweifellos schon die Horde der Verwandten verstohlen, verschwiegen, durch in jenen anderen Traum gehöhlte Unterwühlungen in diesen Traum zu gelangen – und er, der König, wird jeden Augenblick niederprasseln in den verräterischen Abgrund, der vom Traum unter dem Traum ausgeschaufelt ist! Also das Ende droht! Tod! Ausrottung! Woher aber? Wie? Aus welcher Richtung?!

Da blitzten die zehntausend persönlichen Bauwerke, schütterten die Unterstationen der Majestät, behängt mit Orden und umspannt von den Bändern der Großkreuze; diese Auszeichnungen klingelten rhythmisch im Nachtwind, so rang König Murdas mit dem geträumten Symbol des Sturzes. Endlich rang er es nieder, bezwang es, bis es so völlig weg war, als wäre es nie dagewesen. Da forscht der König: Wo ist er? Im Wachdasein oder in anderem Wahn? Sieht nach Wachdasein aus, doch woher die Gewißheit nehmen? Im übrigen, kann sein, daß der Traum vom Oheim schon ausgeträumt ist, und jegliche Sorge hinfällig. Doch wiederum: Wie läßt sich das erkunden? Da hilft nichts anderes, als mittels von Spionierträumen, die sich als Umstürzler ausgeben, die ganze eigene Großmachtperson, das Reich der eigenen Wesenheit durchzukämmen und unausgesetzt zu unterwandern, und niemals wieder wird König-Geist Ruhe finden, denn immer muß er darauf gefaßt sein, daß irgendwo in einem verborgenen Winkel seiner riesigen Persönlichkeit eine Verschwörung geträumt wird! Weiter also, auf, unterwürfige Wunschbilder festigen, Huldigungsadressen erträumen und Abordnungen in Massen, strahlend vom Geiste der Rechtsstaatlichkeit; mit Träumen auf alle persönlichen Klüfte, Finsternisse und Seitentriebe einstürmen, so, daß sich in ihnen keinen Augenblick lang irgendein Hinterhalt, irgendein Oheim verbergen könnte! Irgendwie umhauchte den König herzerfreuendes Fahnenrauschen, vom Onkel keine Spur, Verwandte sind auch nicht zu sehen, nur Treue umgibt ihn, erstattet ihm Dank und unablässige Huldigung; da ertönt das Rattern gezapfter, aus Gold geprägter Medaillen, Funken sprühen unter den Meißeln hervor, mit welchen die Künstler ihm Denkmäler hauen. Da erheiterte sich in dem König die Seele, denn siehe, auch schon Wappenstickereien, und Teppiche in den Fenstern, und die Kanonen ausgerichtet zum Salut, und die Trompeter setzen die ehernen Trompeten an die Lippen. Als aber der König alles achtsamer besah, merkte er, daß da irgendwas gleichsam nicht so ganz richtig war. Denkmäler – sehr wohl, aber irgendwie wenig ähnlich, im verzerrten Antlitz, im scheelen Blick sitzt so was Oheimliches. Rauschende Fahnen – stimmt, aber mit einem Bändchen, einem ganz kleinen, aber undeutlichen, fast schwarzen; wenn nicht schwarz, dann schmutzig, jedenfalls leicht beschmutzelt. Was ist das schon wieder? Irgendwelche Anspielungen?!

Um Himmels willen – diese Teppiche – die sind doch abgewetzt, direkt kahl, und der Oheim – der Oheim war kahl . . . Das darf nicht wahr sein! Zurück! Rückzug! Aufwachen! Aufwachen!! – dachte er. – ›Das Wecksignal blasen, nur weg aus diesem Traum!‹

– wollte er brüllen, aber als alles verschwand, wurde es nicht besser. Er stürzte aus dem Traum in neuen Traum, den es dem vorigen träumte, und jener war einem noch früheren zugestoßen, also war dieser gegenwärtige schon gleichsam zur dritten Potenz; alles in ihm wandte sich schon ganz offen zum Verrat um, roch nach Abtrünnigkeit, die Fahnen stülpten sich um wie die Handschuhe, von königlichen zu schwarzen, die Orden hatten Gewinde, wie abgehackte Genicke, aus den goldglänzenden Trompeten aber rasselten nicht Schlachtfanfaren, sondern des Oheims Gelächter, wie Donner wiehernd, dem König zum Verderben. Da brüllte der König mit hundertglockendonneriger Stimme, schrie nach den Truppen – sollen sie ihn mit Lanzen stechen, daß er aufwacht! »Kneift mich!« – verlangte er mit Riesenstimme, dann wieder: »Wachen! Aufwachen!!!« – jedoch vergebens; also plagte er sich wieder aus dem Königsstürzler- und Hinterhältlertraum in den Throntraum, aber schon mehrten sich in ihm die Träume wie die Kaninchen, kreisten wie die Ratten, die einen Bauwerke steckten die anderen mit Alp an, es verstreute sich in ihnen munkelnd, schmuggelnd, schwindelnd, leisetretend, ungeklärt – was, aber was Gräßliches, da sei Gott vor! Den hundertstöckigen Elektronenbauten träumte es Schräubchen Zerstäubchen und Stiftchen und Giftchen, in jeder persönlichen Unterstation klüngelte eine Horde von Verwandten, in jedem Verstärker kicherte der Oheim; da erbebten die Hauswesen-Grauswesen, von sich selbst entsetzt, aus ihnen schwärmten hunderttausend Anverwandte hervor, eigenmächtige Thron-Anmaßer, zwiegesichtige Findel-Infanten, schieläugige Usurpatoren, und wenn auch keiner wußte, ob er ein geträumtes Wesen war oder ein träumendes, wen wer träumte, wozu und was daraus erwachsen sollte – hetzten doch alle ohne Ausnahme, auf Murdas, huss, huss, um einen Kopf kürzen, vom Thron runterstürzen, vernichten, wieder richten, und wieder vernichten, im Kirchturm verrammeln, soll er dort bimmelbammeln, jucheissa juchei, der Kopf ist entzwei – und nur deshalb taten sie vorläufig nichts, weil sie sich über den besten Anfang nicht einigen konnten. Und so rasten lawinenweise die Greuelfratzen der königlichen Gedanken, bis von der Überlastung eine Flamme hochzuckte. Nicht mehr geträumtes, sondern allerwirklichstes Feuer entfachte goldene Glanzlichter in den Fenstern der königlichen Person, und so zerfiel König Murdas in hunderttausend Träume, denen nichts mehr Zusammenhalt gab außer dem Brand – und er brannte lang . . .

Aus dem Werk:

Zifferotikon

das ist:

Von Ab- oder Irrschweifferey,
Versteiffung & Thorheit des Hertzens

Von dem Königssohn Ferrenz und der Prinzessin Kristalla.

Der König von Panzarike hatte eine Tochter. Die war so schön, daß sie den Glanz der Reichskleinodien übertraf. Die Flammen, die das spiegelnde Antlitz widerstrahlte, versehrten Augen und Sinn. Und wenn sie vorüberging, dann stoben selbst aus gewöhnlichem Eisen elektrische Funken. Kunde und Sage von ihr erreichten die fernsten Sterne. So hörte Ferrenz von ihr, der ionidische Thronfolger, und das Verlangen kam ihn an, sich für alle Zeiten mit ihr zu verbinden, so daß ihrer beider Eingänge und Ausgänge nichts mehr voneinander sollte trennen können. Als er dies seinem Erzeuger kundtat, betrübte sich dieser gar sehr und sprach:

»Mein Sohn, einen wahrhaft wahnsinnigen Vorsatz hast du gefaßt. Er wird sich niemals verwirklichen!«

»Warum nicht, o mein König und Herr?« – fragte Ferrenz, bestürzt ob dieser Worte.

»Weißt du denn nicht«, – sprach der König – »daß die Prinzessin Kristalla geschworen hat, sich niemandem als dem Bleichling zu verbinden?«

»Bleichling!« – rief Ferrenz. »Was soll das nur sein? Von einem solchen Wesen habe ich noch nie gehört.«

»Darauf beruht eben deine Unschuld, mein Sohn« – erwiderte der König. »Wisse denn, daß diese galaktische Rasse auf ebenso geheimnisträchtige wie lasterhafte Weise entstanden ist. Dazu kam es, als einst allgemeines Anfaulen der Himmelskörper eintrat. Da entwickelten sich darin naßkalte Dünste und Brünste. Sud und Sudelei, und daraus brütete sich das Geschlecht der Bleichlinge aus, aber nicht so ohne weiteres. Zuerst waren sie

Schimmelwucherung und Gekreuch, sodann flossen sie aus den Ozeanen an Land und lebten davon, daß einer den anderen verschlang. Und je mehr sie einander verschlangen, um so mehr wurden es ihrer; schließlich richteten sie sich auf, indem sie ihre klebrige Wesenheit an Kalkgerüste hängten, und begannen Maschinen zu bauen. Aus diesen Urweltmaschinen entstanden die denkenden Maschinen. Diese zeugten die gescheiten Maschinen. Diese aber ersannen die vollkommenen Maschinen. Denn das Atom wie die Galaxis sind gleichermaßen Maschine, und es gibt nichts außer der Maschine, die da ewig ist!«
»Amen!« – erwiderte Ferrenz automatisch, denn dies war eine übliche religiöse Floskel.
»Das Geschlecht der backigen Bleichlinge stieß endlich auf Maschinen in den Himmel vor« – fuhr der greise König fort. »Das Gezücht kühlte dabei sein Mütchen an edlen Metallen, marterte die süße Elektrizität und demoralisierte die Kernenergie. Gleichwohl begab es sich, daß das Maß bleichlingischer Untaten voll wurde. Tiefgründig und allseitig begriff dies der Urvater unseres Geschlechtes, Genetophorius, der große Rechner. So begann er denn jenen glitschigen Tyrannen darzulegen, wie überaus schändlich ihr Tun sei, wenn sie die Unschuld kristallisierter Weisheit besudelten, diese für die eigenen niederträchtigen Aufgaben einspannend, und das Maschinenvolk knechteten, um der eigenen Wollust zu frönen. Doch er fand kein Gehör. Er sagte jenen, was Ethik sei, sie aber sagten, er sei schlecht programmiert. Daraufhin schuf unser Urvater den Algorithmus der Elektroverkörperlichung und zeugte in schwerer Arbeit unseren ganzen Stamm, durch solche Wendung der Dinge die Maschinen aus dem Diensthause der Bleichlingsknechtschaft führend. Du verstehst also, mein Sohn, daß es nicht Eintracht noch Bindung gibt zwischen uns und jenen; wir betätigen uns klingend, funkensprühend und strahlend, sie aber – lallend, spritzend und verunreinigend. Gleichwohl kommt Wahnsinn auch bei uns vor. In der Jugend der Prinzessin drang er in ihren Verstand ein und trübte ihr das Unterscheidungsvermögen zwischen Gut und

Böse. Seither läßt sie keinen vor ihr Angesicht treten, der sich um ihre gammastrahlende Hand bewirbt, es sei denn, er bezeichnete sich als Bleichling. Einen solchen empfängt Kristalla in dem Palast, den ihr König Aurenzius, ihr Vater, geschenkt hat. Sie prüft, ob der Bewerber wahr spreche. Entdeckt sie, daß er gelogen hat, so läßt sie ihn köpfen. Rund um das Erdgeschoß ihres Palastes stapeln sich zerschmetterte leibliche Überreste; allein der Anblick kann einen Kurzschluß mit dem Nichtsein bewirken, so grausam verfährt diese Wahnsinnige mit den Hitzköpfen, die von ihr träumen. Laß also ab von deinem Gedanken, mein Sohn, und zieh hin in Frieden.«

Der Könissohn stattete seinem Herrn und Vater die geziemende Verneigung ab und entfernte sich dann schweigend; aber der Gedanke, Kristalla zu freien, verließ den Prinzen nicht. Und je länger er an sie dachte, um so stärker begehrte er sie. Eines Tages rief er den Polyphases zu sich, der Obersthofabstimmer war. Und als er vor diesem das glühende Herz ausgeschüttet hatte, sprach Ferrenz so:

»Weiser Mann! Wenn du mir nicht hilfst, wird dies niemand tun, und in diesem Falle sind meine Tage gezählt, denn der Glanz infraroter Emissionen erfreut mich nicht mehr, noch auch das Ultraviolett der kosmischen Ballette, und ich werde sterben, wenn ich mich nicht mit der wunderbaren Kristalla zusammenkoppeln kann!«

»O Königssohn« – erwiderte Polyphases – »ich versage mich deinem Wunsche nicht. Aber du mußt ihn dreimal aussprechen, auf daß ich wissen möge, daß solches dein unverbrüchlicher Wille sei.«

Ferrenz wiederholte seine Worte dreimal. Nun sprach Polyphases:

»Mein Herr, um vor der Prinzessin erscheinen zu können, gibt es nur ein Mittel: du mußt dich als Bleichling verkleiden!«

»Dann mache, daß ich werde wie er!« – rief Ferrenz. Den Geist des Jünglings in solcher Liebesverblendung sehend, verneigte sich Polyphases bis zur Erde und ging fort in sein Labor. Dort

braute er kleistrige Kleister und flüssige Flüssigkeiten zusammen. Dann sandte er in den Königspalast einen Diener mit der Botschaft:
»Der Königssohn möge kommen, sofern sich sein Vorsatz nicht gewandelt hat.«
Ferrenz kam sogleich gelaufen. Der weise Polyphases beschmierte ihm den gestählten Körper mit Schlamm und fragte:
»Soll ich denn weiter so verfahren, o Königssohn?«
»Tu das Deine!« sprach Ferrenz.
Da nahm der Weise einen großen Klitsch; das waren Rückstände aus Verschmutzungen des Öls, aus verfestigtem Staub und klebrigem Schmierfett; in den Eingeweiden der ältesten Maschinen hatte der Weise dies zusammengekratzt. Und er verunreinigte damit die wohlgefügte Brust des Königssohnes, verkleisterte ihm scheußlich das blitzende Gesicht und die glänzende Stirn und werkte so weiter, bis alle Gliedmaßen ihr herzerfreuendes Klingen eingebüßt hatten und einer austrocknenden Pfütze ähnlich wurden. Der Weise nahm nun Kreide, zerstampfte sie, vermengte sie mit zerpulvertem Rubin und mit gelbem Öl und fertigte daraus einen zweiten Klitsch. Damit bekleisterte er Ferrenz von Kopf bis Fuß, verlieh den Augen des Prinzen eklige Feuchtigkeit, machte ihm den Rumpf polsterig und die Wangen blasig und bestückte ihn mit allerlei aus Kreideteig verfertigten Anhängseln und Fransen da und auch dort. Zuletzt aber befestigte der Weise ein Zottenbüschel von der Farbe bösartigen Rostes auf dem ritterlichen Haupte des Prinzen, führte ihn vor den Silberspiegel und sagte: »Sieh hin!« Da besah sich Ferrenz in der Platte und erbebte, denn nicht sich erblickte er darin, sondern etwas Mönsterliches und Gespönsterliches, einen Bleichling, wie er leibt und lebt, mit Blicken, so durchfeuchtet wie ein altes Spinnennetz im Regen, mit einem Körper, wabbelig an allen Enden, mit rostigem Werg auf dem Kopf, ganz und gar teigig und brechreizerregend. Und als der Prinz sich bewegte, da schlotterte sein Körper wie ranziges Gallert, und bebend vor Ekel rief Ferrenz:

»Bist du verrückt geworden, weiser Mann? Reiß mir augenblicks den dunklen Unterschlamm und den bleichen Überschlamm ab, wie auch diese Rostflechte, womit du mein klangvolles Haupt befleckt hast! Denn die Prinzessin wird mich ewig hassen, wenn sie mich in so schimpflicher Gestalt erblickt!«

»Du irrst, o Königssohn« – erwiderte Polyphases. »Hierin liegt eben der Wahnsinn der Prinzessin: Abscheuliches erscheint ihr schön, und Schönes – abscheulich. Nur in dieser Gestalt kannst du hingehen und Kristalla erschauen . . .«

»Dann möge es so sein!« – sprach Ferrenz.

Der Weise vermengte Zinnober mit Quecksilber und füllte damit vier Blasen. Die verbarg er unter dem Gewand des Königssohnes. Der Weise nahm auch Bälge, füllte sie mit Moderluft aus einem alten Kerker und versteckte dies an der Brust des Königssohnes. Der Weise goß giftiges pures Wasser in Glasröhrchen, und es waren deren sechs. Zwei legt er dem Königssohn unter die Achseln, zwei in die Ärmel, zwei in die Augen. Endlich ergriff der Weise das Wort:

»Hör zu und merk dir alles wohl, was ich sage, sonst wirst du umkommen. Die Prinzessin wird dich erproben, um herauszufinden, ob du wahr gesprochen habest. Wenn sie ein Schwert entblößt und dir gebietet, es anzufassen, dann quetschest du insgeheim die Zinnoberblase, so daß Röte herausfließt und auf die Klinge rinnt. Und fragt dich die Prinzessin, was das sei, so antworte: ›Blut!‹. Dann wird die Prinzessin ihr silberschüsselgleiches Gesicht dem deinigen nähern. Du aber drückst auf deine Brust, so daß Luft aus den Bälgen austritt. Die Prinzessin wird dich fragen, was für ein Hauch das sei, du aber antwortest: ›Atem!‹ Daraufhin wird die Prinzessin großen Zorn vortäuschen und deine Hinrichtung befehlen. Dann senkst du den Kopf, wie in Demut; Wasser wird dir aus den Augen rinnen. Und fragt dich die Prinzessin, was das sei, so antwortest du: ›Tränen!‹ Vielleicht wird sie dann in die Verbindung mit dir einwilligen. Gewiß ist dies nicht; gewisser ist dein Untergang.«

»O weiser Mann!« – rief Ferrenz. »Wenn sie mich aber ins Verhör nimmt und wissen will, was bei den Bleichlingen der Brauch sei, wie sie entstehen, wie sie einander lieben und was sie treiben, – auf welche Weise soll ich ihr dann antworten?«

»Fürwahr« – erwiderte Polyphases, – »da hilft nichts, außer mein Los mit dem deinigen zu verbinden. Ich verkleide mich als Warenhändler aus einer anderen Galaxis, am besten aus einer nichtspiralförmigen, denn dort sind die Leute oft dick, und ich muß ja unter meinen Gewändern eine Unmenge von Büchern verbergen, worin das Wissen um die fürchterlichen Gebräuche der Bleichlinge enthalten ist. Ich könnte dich dies nicht lehren, selbst wenn ich wollte, denn das Wissen um sie ist wider die Natur. Sie tun nämlich alles verkehrt, auf klebrige peinliche Weise und so unappetitlich, wie es sich nur vorstellen läßt. Ich werde die benötigten Werke verschreiben, du aber laß dir vom Hofschneider aus allerlei Fasern und Flechtwerk eine Bleichlingstracht zuschneidern, denn wir brechen alsbald auf. Und wohin wir auch gelangen werden: ich werde dich nicht verlasen, auf daß du wissest, was du zu tun und zu sagen hast.«

Da freute sich Ferrenz und ließ sich Bleichlingsgewänder zuschneiden. Er wunderte sich darüber sehr. Sie bedeckten nämlich fast den ganzen Körper, bald wie Rohrleitungen geformt, bald mit Beulen, Häkchen, Türchen und Schnürchen zu verschließen. Der Schneider mußte für den Prinzen eigens eine langmächtige Instruktion verfassen: was als erstes anzulegen sei, und wie; was woran festzuknöpfen sei, und wie man all dies Schirrzeug aus Tuch und Stoff abzunehmen habe, sobald die Zeit gekommen sei.

Der Weise aber legte Händlergewand an, hängte darin heimlich die dicken gelehrten Werke über die Praktiken der Bleichlinge auf, ließ aus Eisenstangen einen Käfig machen, sechs Klafter im Geviert, und sperrte Ferrenz hinein. So reisten beide im königlichen Raumsegler ab. Als sie aber die Grenzen des Aurenzschen Königreichs erreicht hatten, ging der Weise in Händlerkleidung auf den städtischen Markt und rief dort mit lauter

Stimme aus, er habe aus fernen Landen einen jungen Bleichling mitgebracht, auf daß ihn kaufe, wer wolle. Die Mägde der Prinzessin trugen diese Kunde zu ihr, sie aber staunte und sagte zu ihnen:

»Das muß wahrlich eine große Bauernfängerei sein! Aber mich wird dieser Händler nicht betrügen, denn niemand weiß über die Bleichlinge, was ich weiß. Fordert ihn auf, in den Palast zu kommen und jenes Wesen vorzuführen!«

Da geleiteten die Diener den Händler vor Kristallas Angesicht. Sie erblickte einen würdigen Greis und einen Käfig, den die Sklaven des Mannes trugen. Im Käfig saß der Bleichling; sein Gesicht hatte die Farbe mit Eisenkies vermengter Kreide, die Augen waren wie feuchter Schimmelpilz, und die Gliedmaßen wie Schlamm, der sich umherwälzt. Ferrenz aber blickte zur Prinzessin hin und sah ihr Gesicht, das zu klingen schien, und sah die Augen, die leuchteten wie lautlose Entladungen, und sein Herzenswahnsinn steigerte sich.

»Wahrhaftig! Dieser sieht mir nach einem Bleichling aus!« – dachte die Prinzessin; laut aber sagte sie:

»Fürwahr, o Greis, du mußt dich abgemüht haben, um eine solche Puppe aus Schlamm zu kneten und mit Kalkstaub zu bestreichen, in der Absicht, mich zu überlisten! Doch wisse, daß ich alle Geheimnisse des mächtigen Bleichlingsgeschlechtes kenne. Und habe ich erst deinen Betrug entlarvt, so lasse ich dich und diesen Hochstapler köpfen!«

Der Weise erwiderte:

»O Prinzessin Kristalla! Derjenige, den du hier im Käfig siehst, ist so echt, wie ein Bleichling nur sein kann. Um fünftausend Hektar Kernkräftefeld habe ich ihn von Sternpiraten erworben. Und wenn du es wünschst, biete ich ihn dir zum Geschenk. Denn ich habe keinen anderen Wunsch, als dein Herz zu erfreuen!«

Die Prinzessin ließ sich ein Schwert reichen und steckte es durchs Gitter in den Käfig. Der Königssohn faßte die Klinge und schnitt damit in sein Gewand, bis die Blase einriß, und Zinnober auf das Schwert rann und es mit Röte befleckte.

»Was ist das?« – fragte die Prinzessin, und Ferrenz erwiderte: »Blut!«

Nun ließ die Prinzessin den Käfig öffnen, trat kühn hinein und näherte ihr Gesicht dem Gesicht des Prinzen. Ihr nahes Antlitz verwirrte ihm den Verstand, doch der Weise gab aus der Ferne ein heimliches Zeichen, und der Königssohn drückte die Bälge. Moderluft trat aus, und als die Prinzessin fragte: »Was ist das für ein Hauch?«, da entgegnete Ferrenz: »Atem!«

»Du bist wahrlich ein geschickter Kunstgaukler« – sprach die Prinzessin, den Käfig verlassend. »Doch du hast mich betrogen, deshalb sollst du samt deiner Puppe umkommen!«

Da senkte der Weise den Kopf, wie in großer Angst und Trauer; der Königssohn aber tat desgleichen, und aus seinen Augen flossen durchsichtige Tropfen. Die Prinzessin fragte:

»Was ist das?«

Ferrenz aber erwiderte:

»Tränen!«

Und sie sagte:

»Wie heißt du, der du dich einen Bleichling aus fernen Landen nennst?«

»O Prinzessin, ich heiße Sabbermümmel und begehre nichts heißer, als mich mit dir zu verbinden, auf verströmende, weiche, teigige und wäßrige Art, wie dies der Brauch meines Stammes ist,« – erwiderte Ferrenz, denn solche Worte hatte ihn der Weise gelehrt. »Ich ließ mich absichtlich von den Piraten fangen und bat sie, mich diesem Händler zu verkaufen, da er ja nach deinem Reich unterwegs war. Daher bin ich voll Dankbarkeit gegen seine blecherne Person, weil er mich hierhergebracht hat. Denn ich bin so voll von Liebe zu dir wie die Pfütze von Schlamm.«

Da staunte die Prinzessin, weil er wirklich nach Bleichlingsart redete, und sprach zu ihm:

»Sag mir, du, der du dich Bleichling Sabbermümmel nennst: was tun deine Brüder bei Tage?«

»O Prinzessin«, – erwiderte Ferrenz – «morgens nässen sie sich in reinem Wasser und begießen damit ihre Gliedmaßen und gießen es in sich hinein, denn dies bereitet ihnen Genuß. Nachher gehen sie auf wellige fließende Weise hierhin und dorthin und spritzen und schmatzen. Und wenn sie etwas betrübt, schlottern sie, und aus den Augen tropft ihnen gesalzenes Wasser. Und wenn sie etwas vergnügt, schlottern sie und schlucksen, doch die Augen bleiben recht trocken. Und das nasse Geschrei nennen wir Weinen, das trockene aber – Lachen.«

»Wenn es so ist, wie du sagst«, – sprach die Prinzessin – »und wenn du mit deinen Brüdern die Vorliebe für Wasser teilst, lasse ich dich in meinen Teich werfen, damit du dich nach Herzenslust an Wasser ersättigen kannst. Und die Füße lasse ich dir mit Blei beschweren, damit du nicht vorzeitig auftauchst.«

»O Prinzessin«, – erwiderte Ferrenz, den der Weise belehrt hatte, – »wenn du dies tust, komme ich um. Denn obgleich in uns Wasser ist, darf um uns nur ein kurzes Weilchen lang Wasser sein. Andernfalls sagen wir unser letztes Wort ›gluckgluck‹, und mit diesen Tönen nehmen wir Abschied vom Leben.«

»Sag mir nun, Sabbermümmel, auf welche Weise du die Energie gewinnst, um spritzend und schmatzend, wabbelnd und wuchernd hierhin und dorthin zu wandeln?« – fragte die Prinzessin.

»O Prinzessin« – erwiderte Ferrenz – »dort, wo ich wohne, gibt es außer uns Wenigborstern noch andere, zumeist auf allen vieren wandelnde Bleichlinge. Diese durchlöchern wir an allen Enden, bis sie umkommen. Die Leichen dünsten und sieden und hacken und schneiden wir; sodann füllen wir mit ihrer Leiblichkeit die unsrige an. Und wir kennen dreihundertsechsundsiebzig Arten des Tötens und achtundzwangigtausendfünfhundertsiebenundneunzig Arten der Bearbeitung solcher Verstorbener, auf daß es uns größtmögliches Vergnügen bereite, durch ein Löchlein namens Mund ihre Körper in die unsrigen hineinzustopfen. Und die Kunst des Zubereitens von Toten steht bei uns in noch höherem Ansehen als die Astronautik und nennt sich Gastronautik oder Gastronomie. Mit Astronomie hat sie freilich nichts zu tun.«

»Willst du damit sagen, es gelte bei euch als Belustigung, Friedhof zu spielen und in sich selbst die vierfüßigen Stammverwandten zu bestatten?« – dies war eine Fangfrage der Prinzessin. Doch Ferrenz, den der Weise belehrt hatte, antwortete so:
»O Prinzessin, dies ist keine Belustigung, sondern Notwendigkeit, denn Leben nährt sich von Leben. Wir aber haben aus der Not eine Kunst gemacht.«
»Sag mir nun, o Bleichling Sabbermümmel: wie baut ihr eure Nachkommenschaft?« – fragte die Prinzessin.
»Wir bauen sie nicht«, – erwiderte Ferrenz – »sondern wir programmieren sie mittels einer statistischen Methode nach dem Prinzip des Markoff-Prozesses, somit also stochastisch und phantastisch, wenn auch probabilistisch. Dies tun wir jedoch ganz beiläufig und von ungefähr, und wir denken dabei an dies und jenes, bloß nicht an statistisches, nichtlineares und algorithmisches Programmieren. Gleichwohl vollzieht sich inzwischen die Programmierung, eigenmächtig, selbstregelnd und ganz automatisch, denn so und nicht anders sind wir eingerichtet: jeder Bleichling sucht Nachkommen zu programmieren, weil ihm dies Lust bereitet. Doch beim Programmieren programmiert er gar nicht, und manch einer tut sein möglichstes, damit dieses Programmieren nur ja keine Folgen zeitige . . .«
»Das ist sehr seltsam« – sprach die Prinzessin, deren Wissen nicht so ins einzelne ging, wie das des weisen Polyphases. »Ja, wie macht ihr das nun eigentlich?«
»O Prinzessin« – erwiderte Ferrenz – »zu diesem Zweck haben wir eigene Apparate, Anwendungen des Rückkopplungsprinzips, allerdings aus Wasser. Eine solche Apparatur ist technisch ein wahres Wunderwerk, denn der größte Trottel kann sich ihrer bedienen. Und doch müßte ich sehr lang reden, um dir ihre Wirkungsweise im einzelnen kundzutun, denn dies ist durchaus nicht einfach. Seltsam, in der Tat! Denn diese Methoden haben ja nicht wir ausgedacht. Sie haben sich sozusagen selbst ausgedacht. Doch sie sind nett, und wir haben nichts gegen sie einzuwenden.«

»Fürwahr, du bist ein echter Bleichling!« – rief Kristalla. »Denn deine Rede scheint sinnvoll und ist doch im Grunde ohne Sinn und völlig unglaubwürdig, wenn auch vermutlich wahr, obschon dies der Logik zuwiderläuft. Denn wie kann jemand ein Friedhof sein, ohne ein Friedhof zu sein? Wie kann jemand Nachkommen programmieren, die er gar nicht programmiert?! Ja, du bist ein Bleichling, o Sabbermümmel, und wenn du danach verlangst, dann verbinde ich mich dir durch das rückgekoppelte Band der Ehe und besteige mit dir den Thron, sofern du die letzte Probe bestehst!«

»Und was ist das für eine Probe?« – fragte Ferrenz.

»Diese Probe ...« – so setzte die Prinzessin an. Doch plötzlich sank Argwohn in ihr Herz, und sie fragte:

»Sag mir zuvor, was deine Brüder bei Nacht tun!«

»Nachts liegen sie herum, die Arme gebogen und die Beine gekrümmt, und die Luft geht bei ihnen ein und aus und macht solchen Lärm, als wetzte jemand eine rostige Säge.«

»Nun denn, die Probe! Reich mir die Hand!« – befahl die Prinzessin.

Da bot ihr Ferrenz die Hand. Die Prinzessis quetschte sie. Ferrenz aber schrie lauthals, denn der Weise hatte ihm solches empfohlen. Die Prinzessin fragte, warum er schreie.

»Vor Schmerz!« – erwiderte Ferrenz. Da glaubte sie ihm, daß er ein echter Bleichling sei. Und sie befahl, daß alles für die Hochzeitszeremonie zugerüstet werde.

Doch just zu jener Zeit kehrte der Falzgraf der Prinzessin zurück, der Kyberkurfürst Kyberhazy. Er hatte zu Schiff das Zwischensternland bereist, um einen Bleichling für Kristalla zu finden und so ihre Gunst zu erkaufen. Bestürzt lief der weise Polyphases zu Ferrenz und sagte:

»O Königssohn, der große Kyberkurfürst Kyberhazy ist mit seinem Raumkreuzer angekommen und hat der Prinzessin einen echten Bleichling mitgebracht. Ich habe das soeben mit eigenen Augen gesehen. Wir müssen also schleunigst entfliehen. Denn stündet ihr gemeinsam vor der Prinzessin, so wäre alle

Verstellung vergeblich. Seine Klebrigkeit ist nämlich weit klebriger, seine Zottigkeit mehrmals so zottelig und die Teigigkeit gleichfalls nicht zu überbieten. Unser Betrug würde also offenbar, und wir müßten umkommen.«

Ferrenz aber willigte nicht in die Flucht ein. Denn mit großer Liebe hatte er die Prinzessin liebgewonnen.

»Eher sterbe ich, als daß ich sie verlieren müßte!« – sprach er.

Kyberhazy aber hatte die Hochzeitsvorbereitungen ausgekundschaftet und war schleunigst unter das Fenster des Gemachs geschlichen, worin der vorgebliche Bleichling mit dem Händler weilte. Als der Falzgraf das geheime Gespräch der beiden belauscht hatte, lief er voll schwarzer Freude in den Palast, trat vor die Prinzessin und sprach zu ihr: »Du bist betrogen, Prinzessin! Denn der sogenannte Sabbermümmel ist in Wahrheit ein gewöhnlicher Sterblicher und kein Bleichling. Echt ist nur dieser hier!«

Und Kyberhazy wies auf den Mitgebrachten. Dieser aber warf sich in die haarige Brust, ließ die Wasseraugen vorquellen und sprach:

»Der Bleichling – das bin ich!«

Sofort sandt die Prinzessin nach Ferrenz. Als er aber zugleich mit dem anderen vor ihr stand, da ward der Betrug des Weisen zunichte. Denn obzwar mit Schlamm, Staub und Kreide bekleistert, ölig beschmiert und wässerig gluckernd, konnte Ferrenz doch seinen elektritterlichen Wuchs nicht verbergen, die großartige Haltung, die Breite der stählernen Schultern und den dröhnenden Gang. Hingegen war der Bleichling des Kurfürsten Kyberhazy eine wahre Ausgeburt: jeder Schritt war wie das Ineinandergießen von Schmutzkrügen; der Blick glich einem verschlammten Brunnen; und unter dem fauligen Atem erblindeten die umnebelten Spiegel, und Rost erfaßte das Eisen. Und Kristalla begriff in ihrem Herzen, daß sie sich ekelte vor diesem Bleichling, dem beim Sprechen ein Ding wie ein rostiger Wurm kriechend im Maul hin und her lief. Und

Kristalla wurde sehend. Doch der Stolz verbot ihr, das Erwachen ihres Herzens offen kundzutun.
Sie sagte also: »Die beiden mögen miteinander kämpfen. Der Sieger gewinnt mich zum Weib.«
Da sprach Ferrenz zum weisen Mann: »Wenn ich diese Ausgeburt angreife und in den Schlamm zurückverwandle, der sie hervorgebracht hat, dann kommt der Betrug an den Tag! Der Lehm wird von mir abfallen, und Stahl wird zum Vorschein kommen. Was soll ich tun?«
»O Königssohn« – erwiderte Polyphases – »greif nicht an, verteidige dich nur.«
So gingen beide in den Hof des Palastes, jeder mit einem Schwert. Und wie Sumpfschlamm spritzt, so sprang der Bleichling den Königssohn an und umtänzelte ihn lallend und katzbuckelnd und auch schnaufend und holte aus und schlug ihn mit dem Schwert, so daß es den Lehm durchdrang und an Stahl zersplitterte. Doch der Schwung warf den Bleichling gegen den Königssohn, und der Bleichling knallte, platzte und zerrann, und es gab den Bleichling nicht mehr. Der Ruck hatte aber den eingetrockneten Lehm erschüttert. Er fiel dem Königssohn von den Schultern, und die wahre stählerne Natur enthüllte sich den Augen der Prinzessin. Und Ferrenz erbebte und erwartete sein Verderben. Doch in ihrem Kristallblick las er Bewunderung. Da begriff er, wie sehr sich Kristallas Herz gewandelt hatte.
Und so verbanden sie sich denn durch das eheliche Band, das da dauert in wechselseitiger Rückkoppelung, den einen zu Freude und Glück, den anderen zu Leid und Verderben. Das edle Paar herrschte lang und glücklich und programmierte unzählige Nachkommen. Die Haut des Bleichling aber, den der Kyberkurfürst Kyberhazy gebracht hatte, die wurde ausgestopft und zu ewigem Andenken ins Hofmuseum gestellt. Dort steht sie noch heute, plumpsackig und mit schäbigem Borstenhaar da und auch dort. Und so mancher Besserwisser wagt das Gerücht auszustreuen, sie sei bloß Gaukelei und

Vortäuschung, und auf der Welt gebe es gar keine Bleichlinge, Schluck-die-Leich-linge, Klebäugler und Teignasen. Und niemals habe es welche gegeben. Wer weiß? Vielleicht ist das auch bloß erdichtet. Das niedere Volk heckt sich ja genug Märlein und Mythen aus! Doch wenn die Geschichte auch nicht wahr ist, birgt sie immerhin einen lehrreichen Kern. Und da sie Spaß macht, verdient sie erzählt zu werden.

Trurls Maschine

Trurl, der Konstrukteur, baute einmal eine achtgeschossige vernunftbegabte Maschine, die er, als er mit der wichtigen Arbeit fertig war, zuerst mit weißem Lack bestrich; dann malte er die Ecken lila an, betrachtete sie von fern und fügte vorn noch ein kleines Muster hinzu, dort aber, wo man sich ihre Stirn zu denken hatte, gab er ihr einen kleinen apfelsinenfarbenen Tupfer und stellte, äußerst mit sich selbst zufrieden und leise vor sich hinpfeifend, sozusagen aus reiner Routine, die sakramentale Frage, wieviel denn zwei plus zwei sei.

Die Maschine lief an. Zuerst flammten ihre Lampen auf, die Leitungen funkelten, die Ströme rauschten gleich Wasserfällen, die Kopplungen summten, dann begannen die Spulen zu glühen, es schwirrte und rasselte, es dröhnte und hallte im ganzen Tal, daß Trurl schließlich der Gedanke kam, er werde ihr einen besonderen Denkdämpfer anfertigen müssen. Die Maschine indes arbeitete weiter, als müßte sie das schwierigste Problem im ganzen Kosmos lösen; die Erde bebte, der Sand rutschte ihr vom Vibrieren unter den Füßen weg, die Sicherungen schossen wie Korken aus den Flaschen, und die Relais barsten vor Anstrengung. Endlich, als Trurl bereits Mißbehagen vor diesem Getöse empfand, hielt die Maschine plötzlich inne und sagte mit Donnerstimme »*Sieben!*«

»Nein nein, meine Liebe!« versetzte Trurl obenhin. »Auf keinen Fall, es ist vier, sei so gut und berichtige dich! Wieviel ist zwei plus zwei?«

»*Sieben*«, erwiderte unverzüglich die Maschine.

Trurl seufzte und mußte sich wohl oder übel die Arbeitsschürze wieder umlegen, die er bereits abgenommen hatte, krempelte die Ärmel hoch, öffnete die untere Klappe und kroch in die Maschine. Er kam lange nicht heraus, man hörte, wie er mit dem Hammer klopfte, wie er etwas abschraubte, schweißte, lötete, wie er herumlief, über die blechernen Stufen polterte, einmal ins sechste Stockwerk, einmal in das achte, dann gleich nach unten raste. Er ließ den Strom laufen, bis es zischte und den Funkenstrecken lila Schnurrbärte wuchsen. So plagte er sich zwei Stunden, bis er vollgerußt, aber zufrieden, wieder an die frische Luft kam, sein Werkzeug zusammenlegte, die Schürze auf die Erde warf, sich Gesicht und Hände rieb und im Weggehen, gewissermaßen um seine Ruhe zu haben, fragte: »Wieviel ist zwei plus zwei?«

»Sieben!« erwiderte die Maschine.

Trurl fluchte schauderhaft, aber es war nichts zu machen – wieder begann er darin zu bohren, reparierte, knüpfte Leitungen, lötete, stellte um, und als er zum drittenmal erfuhr, daß zwei plus zwei sieben sei, setzte er sich verzweifelt auf die unterste Stufe der Maschine und saß so, bis Klapaucius erschien. Der fragte Trurl, was los sei, denn er sehe aus, als sei er soeben von einer Beerdigung zurückgekehrt, und Trurl schilderte seine Sorgen. Klapaucius kroch mehrere Male in die Maschine, suchte dies und das zu verbessern, fragte, wieviel zwei plus eins sei, und bekam die Antwort: sechs; eins plus eins betrug nach ihrer Vorstellung null. Klapaucius kratzte sich am Kopf, räusperte sich und fragte: »Mein Freund, da ist nichts zu machen, man muß der Wahrheit ins Auge sehen. Du hast eine andere Maschine gebaut, als du gewollt hast. Immerhin hat jede negative Erscheinung auch ihre positive Seite, zum Beispiel diese Maschine hier.«

»Da bin ich aber neugierig«, erwiderte Trurl und versetzte dem Fundament, auf dem er saß, einen Fußtritt.

»Hör auf«, sagte die Maschine.

»Da siehst du, empfindlich ist sie. Also ... was wollte ich nur sagen? Es ist zweifellos eine dumme Maschine, aber das ist keine gewöhnliche, durchschnittliche Dummheit, o nein. Es ist, wie ich sehe, und ich bin, wie du weißt, ein vortrefflicher Spezialist, es ist die dümmste vernunftbegabte Maschine auf der ganzen Welt, und das will etwas heißen! Sie absichtlich zu bauen, wäre gar nicht einfach, im Gegenteil, ich glaube, es würde niemandem gelingen. Sie ist nämlich nicht nur dumm, sie ist auch stur wie ein Hauklotz, das heißt, sie hat Charakter, wie er übrigens Idioten eignet, denn die sind gewöhnlich schrecklich verbohrt.«

»Hol der Teufel so eine Maschine!« sagte Trurl und gab ihr einen zweiten Fußtritt.

»Ich erteile dir eine ernste Warnung, hör auf!« sagte die Maschine.

»Da, bitte, da hast du schon eine ernste Warnung«, kommentierte Klapaucius trocken. »Du siehst, sie ist nicht nur empfindlich, sie ist auch stumpfsinnig und hartnäckig, sie ist auch leicht zu beleidigen, und mit so vielen Merkmalen läßt sich manches erzielen, hoho, laß dir das gesagt sein!«

»Na schön, aber was soll ich mit ihr anfangen?« fragte Trurl.

»Freilich, es fällt mir in diesem Augenblick schwer, darauf eine Antwort zu geben. Zum Beispiel könntest du eine Ausstellung machen, mit Eintrittsgeld und mit Eintrittskarten, damit jeder, der Lust hat, sich die dümmste vernunftbegabte Maschine auf der Welt ansehen kann. Wie viele Stockwerke hat sie denn – acht? Ich bitte dich, solch einen Idioten hat bisher niemand gesehen. Diese Ausstellung wird dir nicht nur die Kosten ersetzen, sondern auch ...«

»Laß mich zufrieden, ich mache Ausstellungen nicht mit!« entgegnete Trurl, stand auf, und da er sich nicht bändigen konnte, versetzte er der Maschine noch einen Fußtritt.

»Ich erteile dir die dritte ernsthafte Warnung«, sagte die Maschine. »Ich will nicht weiterrechnen. Ich verweigere die Antwort auf Fragen aus dem Bereich der Mathematik.«

»Sie verweigert! Seht sie an!« rief Trurl ärgerlich und zutiefst betroffen. »Nach der Sechs kommt die Acht bei ihr, verstehst du, Klapaucius, nicht die Sieben, sondern die Acht! und sie hat die Stirn, eine *solche* Ausführung mathematischer Aufgaben zu verweigern. Da hast du! Da! Da! Willst du noch mehr?«

Hierauf fing die Maschine an zu zittern und versuchte, ohne auch nur ein Wort zu verlieren, sich mit aller Macht von ihrem

Fundament loszureißen. Sie lagen tief, also verbogen sich zahlreiche Träger, doch schließlich kroch sie aus der Grube, in der nur zerbröckelte Betonklötze mit den herausragenden Armierungsstäben zurückblieben, und sie rückte wie eine schreitende Festung gegen Klapaucius und Trurl vor. Der letztere war durch das unfaßbare Geschehen so verblüfft, daß er sich nicht einmal bemühte, sich vor der Maschine zu verbergen, die ganz offensichtlich vorhatte, ihn zu zermalmen. Erst Klapaucius, der sich seine Geistesgegenwart bewahrt hatte, packte ihn am Arm und zog ihn mit Gewalt fort, und so rannten beide ein gutes Stück. Als sie sich umwandten, sahen sie, wie die Maschine, schwankend wie ein hoher Turm, langsam einherging und mit jedem Schritt fast bis zum ersten Stockwerk versank, aber starrsinnig, unermüdlich machte sie sich vom Sand frei und strebte stracks auf sie zu.

»Nein, das hat es auf der Welt noch nicht gegeben!« sagte Trurl, dem die Luft vor Staunen wegblieb. »Die Maschine rebelliert! Was tun?«

»Warten und beobachten«, erwiderte Klapaucius besonnen. »Vielleicht klärt sich etwas auf.«

Vorläufig ließ nichts darauf schließen. Die Maschine, die festeren Boden erreicht hatte, kam schneller voran. In ihrem Innern pfiff, zischte und rasselte es.

»Gleich wird die Einstellung und die Programmierung ausfallen«, brummte Trurl. »Dann fliegt sie auseinander und wird stehenbleiben . . .«

»Nein«, erwiderte Klapaucius, »das ist ein Sonderfall. Sie ist so dumm, daß ihr nicht einmal schaden würde, wenn man die Verteileranlage stoppte. Paß auf, da . . . laß uns fliehen!«

Die Maschine geriet sichtlich in Fahrt, um sie niederzuwalzen. Sie rannten also, so schnell sie konnten, und hinter sich hörten sie das entsetzliche rhythmische Stampfgeräusch. So liefen sie, was sollten sie auch sonst tun? Sie wollten an ihren Heimatort zurück, aber die Maschine verhinderte es, indem sie sie durch Flankieren vom beabsichtigten Weg abdrängte, und sie zwang sie unerbittlich, in eine immer ödere Wüstenlandschaft zu dringen. Allmählich tauchten Berge aus den tiefhängenden Nebeln auf, düster und zerklüftet; Trurl rannte keuchend zu Klapaucius: »Hör zu! Wir fliehen in einen engen Hohlweg... Dorthin, wo sie uns nicht folgen kann... Die Verdammte... Wie?«

»Es wäre besser, wenn wir geradeaus liefen«, sagte Klapaucius schnaufend. »Nicht weit von hier liegt eine kleine Ortschaft... Wie sie heißt, weiß ich nicht mehr... Jedenfalls finden wir dort... Uff!!! Schutz...«

Sie rannten geradeaus und erblickten bald die ersten Häuser vor sich. Um diese Tageszeit waren die Straßen fast leer. Sie liefen ein gut Stück Weges, ohne auch nur eine lebende Seele anzutreffen, da kündete entsetzlicher Lärm, wie wenn eine Steinlawine auf den Rand der Siedlung niedergegangen wäre, davon, daß auch die Maschine angelangt war.

Trurl schaute sich um und stöhnte.

»Du lieber Himmel! Sieh nur, Klapaucius, sie reißt die Häuser ein!«

In der Tat raste die Maschine, die ihnen hartnäckig nachsetzte, wie ein stählerner Berg durch Häusermauern, und Ziegelschutt zeichnete ihren Weg, über dem weiße Kalkstaubwolken schwebten. Entsetzensschreie Verschütteter hallten wider, auf den Straßen wimmelte es von Menschen. Trurl und Klapaucius hetzten schwer atmend, bis sie an ein großes Rathaus gelangten, wo sie im Nu über die Treppe in den tiefen Keller rannten.

»So, hier erreicht sie uns nicht, selbst wenn das ganze Rathaus uns über dem Kopf einstürzen sollte«; schnaufte Klapaucius. »Der Teufel hat mich geritten, dir heute einen Besuch abzustatten... Ich war neugierig, wie dir die Arbeit von der Hand geht, na bitte – ich habe es erfahren...«

»Still«, erwiderte Trurl. »Da kommt wer...«

In der Tat öffnete sich die Tür des Gewölbes, und der Bürgermeister mit einigen Ratsherren kam herein. Trurl schämte sich darzulegen, was die außergewöhnliche und zugleich schauderhafte Geschichte verursacht haben mochte, also half Klapaucius ihm aus der Klemme. Der Bürgermeister hörte ihm stumm zu. Plötzlich erbebten die Wände, die Erde schwankte, und in den tief unter ihrer Oberfläche versteckten Keller gelangte durchdringendes Krachen einstürzender Mauern.

»Sie ist schon hier?« rief Trurl.

»Ja«, sagte der Bürgermeister. »Und sie fordert eure Auslieferung, da sie sonst die ganze Stadt zerstören wird ...«

Zur gleichen Zeit drangen irgendwo oben ausgesprochene, nasal klingende, einem stählernen Schnattern ähnelnde Worte zu ihnen: »Trurl muß hier irgendwo stecken ... Ich spüre Trurl ...«

»Ihr wollt uns doch nicht etwa ausliefern?« fragte der, nach dem die Maschine so hartnäckig verlangte, mit zitternder Stimme.

»Wer von euch Trurl heißt, muß den Raum verlassen. Der andere kann bleiben, seine Auslieferung ist keine unabdingbare Bedingung ...«

»Habt Mitleid!«

»Wir sind machtlos«, sagte der Bürgermeister. »Wenn du übrigens hier bleiben solltest, Trurl, müßtest du dich für den Schaden, den du der Stadt und ihren Einwohnern zugefügt hast, verantworten, denn deinetwegen hat die Maschine sechzehn Häuser niedergerissen und viele hiesige Bürger unter ihren Ruinen begraben. Allein der Umstand, daß du dich im Angesicht des Todes befindest, gestattet mir, dich freizulassen, geh und komm nicht wieder.«

Trurl schaute auf die Gesichter der Stadträte, und da er auf ihnen das Urteil geschrieben sah, wandte er sich langsam der Tür zu.

»Warte! Ich komme mit!« rief Klapaucius impulsiv.

»Du?« sagte Trurl mit leiser Hoffnung in der Stimme. »Nein«, fügte er nach einer Weile hinzu. »Bleib hier, es ist besser so ... Warum solltest du unnötig umkommen?«

»Einfach verrückt!« rief Klapaucius energisch. »Was denn, war-

um sollen wir umkommen, etwa durch diese eiserne Idiotin? Auch was! Das reicht nicht aus, um zwei hervorragende Konstrukteure von der Erdoberfläche wegzuwischen! Komm, mein lieber Trurl! Nur Mut!«
Innerlich gefestigt, rannte Trurl hinter Klapaucius über die Treppen. Der Markt war leer. Inmitten von Staubwolken, aus denen die Skelette zerstörter Häuser ragten, stand die Maschine, dicke Dampfschwaden ausstoßend, höher als die Türme des Rathauses, über und über befleckt mit dem Ziegelblut der Mauern und mit weißem Pulver beschmiert.
»Gib Obacht!« flüsterte Klapaucius. »Sie sieht uns nicht. Wir laufen die erste Gasse nach links, dann nach rechts und dann geradeaus, denn nicht weit von hier beginnen die Berge. Dort verstecken wir uns und denken uns etwas aus, damit ihr ein für allemal die Lust vergeht . . . Auf und davon!« rief er, denn in dem gleichen Augenblick hatte die Maschine sie bemerkt und lief ihnen hinterdrein, daß die Fundamente zitterten.
Sie rannten, was das Zeug hielt, und gelangten hinter die Stadt. So galoppierten sie etwa eine Meile, während sie das donnernde Stampfen des Kolosses hinter sich hörten, der sie unnachgiebig verfolgte.
»Diesen Hohlweg kenne ich!« rief Klapaucius plötzlich. »Das ist das Bett eines ausgetrockneten Baches, das in die Tiefe der Felsen führt, wo es zahlreiche Höhlen gibt, schneller, sie wird gleich stehenbleiben! . . .«
Sie liefen also den Berg hinauf, stolpernd, mit den Armen fuchtelnd, um Gleichgewicht zu halten, doch die Maschine befand sich stets in gleicher Entfernung hinter ihnen. Über den schwankenden Felsen des ausgetrockneten Baches erreichten sie einen Spalt in den sich auftürmenden Felsen, und als sie hoch oben den schwarzen Eingang zu einer Höhle erblickten, kletterten sie zu ihr hinauf, ohne auf die Steine zu achten, die sich unter ihren Füßen lösten. Kälte und Finsternis gähnten durch die große Öffnung im Felsen. Eilends sprangen sie hinein, liefen noch ein paar Schritte und hielten an.

»So, hier wären wir sicher«, sagte Trurl, der seine Ruhe wiedererlangt hatte. »Ich schaue mal hinaus, um zu sehen, wo sie steckt . . .«

»Gib acht«, warnte Klapaucius. Vorsichtig trat Trurl an die Öffnung der Höhle, beugte sich hinaus und sprang plötzlich erschrocken zurück.

»Sie kommt den Berg herauf!« rief er.

»Sei unbesorgt, sie kommt bestimmt nicht herein«, sagte Klapaucius ein wenig unsicher. »Was ist das? Es scheint dunkel geworden zu sein . . .!«

Ein großer Schatten verhüllte in diesem Augenblick den Himmel, der bisher durch den Höhleneingang zu sehen war, und darin zeigte sich für einen Augenblick die stählerne, glatte, dicht vernietete Wand der Maschine, die langsam an den Felsen gerückt war. Auf diese Weise war die Höhle gewissermaßen mit einem stählernen Deckel von außen luftdicht abgeschlossen.

»Gefangen sind wir . . .«, flüsterte Trurl, und seine Stimme zitterte um so mehr, als völlige Dunkelheit eingetreten war.

»Das war von uns idiotisch«, rief entrüstet Klapaucius. «In eine Höhle zu laufen, die sie verbarrikadieren konnte! Wie konnten wir so etwas tun?«

»Was meinst du wohl, was sie plant?« fragte Trurl nach längerem Schweigen.

»Dafür, daß wir hier herauskommen wollen, braucht man keinen besonderen Verstand.«

Wieder herrschte Schweigen. Trurl ging in dem Dunkel auf Zehenspitzen, streckte die Hände vor, in die Richtung, wo sich der Höhlenausgang befand, und tastete den Felsen ab, bis er den glatten Stahl berührte, der warm war, als ob er von innen beheizt wäre.

»Ich fühle dich, Trurl . . .«, donnerte die eiserne Stimme in dem verschlossenen Raum. Trurl wich zurück, setzte sich auf einen Felsblock neben den Freund, und so ruhten sie eine Weile, ohne sich zu rühren. Schließlich flüsterte Klapaucius ihm zu: »Hier können wir durch Sitzen nichts erreichen, es geht nicht anders, ich will versuchen, mit ihr zu verhandeln . . .«

»Hoffnungslos«, sagte Trurl. »Aber versuchen kannst du es ja, vielleicht läßt sie dich wenigstens heil heraus . . .«

»Nicht doch!« sagte begütigend Klapaucius zu ihm, trat an die im Dunkeln unsichtbare Felsöffnung und rief: »Hallo, hörst du uns?«

»Ich höre«, erwiderte die Maschine.

»Hör zu, ich möchte mich bei dir entschuldigen. Weißt du . . . Es ist ein kleines Mißverständnis zwischen uns entstanden, aber das ist doch im Grunde eine Kleinigkeit! Trurl hatte gar nicht die Absicht . . .«

»Trurl werde ich vernichten!« sagte die Maschine »Zuvor hat er mir aber eine Frage zu beantworten, wieviel zwei plus zwei ist.«

»Ach, das wird er dir beantworten, und zwar so, daß du zufrieden sein wirst, und sicherlich wirst du dich mit ihm vertragen, nicht wahr, Trurl?« sagte beruhigend der Vermittler.

»Bestimmt . . .«, meinte der mit schwacher Stimme.

»So?« sagte die Maschine. »Wieviel ist dann zwei plus zwei?«

»Vi . . . das heißt sieben . . .«, sagte Trurl noch leiser.

»Haha! Nicht vier, sondern sieben, was?« donnerte die Maschine.

»Siehst du! Sieben, natürlich sieben, es war schon immer sieben!« bestätigte eifrig Klapaucius. »Wirst du uns jetzt herauslassen?« fragte er vorsichtig.

»Nein. Trurl soll noch einmal sagen, daß es ihm sehr leid tut, und dann noch, wieviel zwei plus zwei ist . . .«

»Läßt du uns gehen, wenn ich es sage?« fragte daraufhin Trurl.

»Ich weiß nicht. Das will ich mir noch überlegen. Du hast mir keine Bedingungen zu stellen. Sag, wieviel ist zwei plus zwei?«

»Aller Wahrscheinlichkeit nach wirst du uns doch herauslassen«, sagte Trurl, obwohl Klapaucius ihn am Arm zerrte und ihm ins Ohr flüsterte: »Sie ist eine Idiotin, eine Idiotin, streit dich nicht mit ihr, ich flehe dich an!«

»Ich lasse dich nicht heraus, wenn es mir nicht paßt«, erwiderte die Maschine. »Du wirst mir sowieso sagen wieviel zwei plus zwei ist . . .«

Trurl packte plötzlich die Wut.

»Oh! Ich will es dir sagen, du sollst es hören!« rief er. »Zwei plus zwei ist vier und zwei mal zwei ist vier, und wenn du dich auf den Kopf stellst, wenn du die ganzen Berge in Staub verwandelst, wenn du dich am Meer verschluckst, wenn du den Himmel aussäufst, hörst du? Zwei plus zwei ist vier!«

»Trurl! Du bist verrückt geworden! Was redest du? Zwei plus zwei ist sieben, ich bitte Sie, meine Dame! Meine liebe Maschine, sieben! Sieben!!!« rief Klapaucius, bemüht, den Freund zu übertönen.

»Stimmt nicht! Vier! Nur vier, vom Anfang bis zum Ende der Welt vier!!« brüllte Trurl, bis seine Stimme versagte.

Plötzlich wurden die Felsen unter ihren Füßen von fieberhaftem Schaudern erschüttert.

Die Maschine rückte vom Höhleneingang ab, so daß graues Dämmerlicht hereinfiel, und gleichzeitig stieß sie einen durchdringenden Schrei aus: »Das ist nicht wahr! Sieben! Gleich sagst du es, wenn ich dich packe!«

»Nie werde ich es sagen!« erwiderte Trurl, so als wäre ihm alles einerlei, und da brach ein Steinhagel über ihre Köpfe herein, die Maschine begann mit ihrem achtstöckigen Leib ein ums andere Mal den Felshang wie ein Sturmbock zu bearbeiten und schlug mit sich selbst gegen den senkrechten Hang, bis von den Felsen riesige Brocken herabsplitterten und mit Getöse ins Tal rollten.

Donner und der Gestank von Kieselerderauch füllten im Verein mit den Funken, die der Stahl gegen den Felsen schlug, die Höhle aus, jedoch ließ sich Trurls Stimme durch die höllischen Sturmlaute hin und wieder vernehmen. Unaufhörlich rief er: »Zwei plus zwei ist vier! Vier!!!«

Klapaucius versuchte ihm den Mund mit Gewalt zu stopfen, verstummte aber, denn er wurde heftig zurückgestoßen und setzte sich, wobei er den Kopf mit den Händen bedeckte. Die Maschine ließ in ihren höllischen Bemühungen nicht nach, und es hatte den Anschein, daß im nächsten Moment die Höhlendecke über den Gefangenen einstürzen, sie zermalmen und für Ewigkeiten begraben würde. Doch als sie schon alle Hoffnungen begraben hatten, als beißender Staub die Luft erfüllte, knirschte es plötzlich entsetzlich, ein Donnerschlag ertönte, stärker als sämtliche Laute des verbissenen Hämmerns und Anstürmens, dann heulte es in der Luft, die schwarze Wand, die die Öffnung verdeckte, verschwand wie vom Sturmwind weggeblasen, und eine Lawine riesiger Felstrümmer stürzte herab. Noch rollte das Echo der Donnerschläge durch das Tal, von den Bergen hallend, als beide Freunde den Höhlenausgang erreichten, sich halb herauslehnten, die Maschine erblickten, die durch den selbst ausgelösten Felssturz zerschmettert und zermalmt dalag, ein gewaltiger Block mitten in ihren acht Stockwerken, durch den sie fast in zwei Teile zerbrochen wäre. Vorsichtig stiegen sie über den noch staubenden Geröllhaufen. Um zum Bett des ausgetrockneten Baches zu gelangen, mußten sie dicht am Wrack der platt daliegenden Maschine vorbei, das so groß wie ein gestrandetes Schiff war. Stumm blieben beide vor der eingedrückten stählernen Flanke stehen. Die Maschine bewegte sich noch schwach, und man hörte, wie in ihr etwas immer schwächer rasselte und kreiste.

»Das also ist dein unrühmliches Ende, und zwei plus zwei ist weiterhin . . .«, hob Trurl von neuem an, doch in diesem Augenblick summte die Maschine leise und stammelte, kaum hörbar und kaum verständlich, zum letzten Mal: »*Sieben.*«

Hierauf knirschte etwas dünn in ihr, es regnete Steine, und sie starb, in einen toten Eisenklumpen verwandelt. Beide Konstrukteure blickten einander an und gingen dann stumm am ausgetrockneten Bach entlang.

Die Tracht Prügel

An der Tür des Konstrukteurs Klapaucius klopfte es. Er öffnete, steckte den Kopf heraus und erblickte eine bauchige Maschine auf vier kurzen Beinen.

»Wer bist du, und was willst du?«

»Ich bin die Maschine zur Erfüllung aller Wünsche, und hergeschickt hat mich Trurl, dein Freund und großer Kollege, ich bin sein Geschenk.«

»Ein Geschenk?« sagte Klapaucius, der recht gemischte Gefühle für Trurl hegte und dem besonders mißfiel, daß die Maschine Trurl als »großen Kollegen« bezeichnet hatte. »Na schön«, versetzte er nach kurzer Überlegung, »kannst kommen.«

Er befahl ihr, sich neben den Ofen in die Ecke zu stellen und ging wieder, scheinbar ohne sie zu beachten, an seine Arbeit. Er baute an einer kugelförmigen Maschine auf drei Beinen. Sie war fast fertig, und er war gerade dabei, sie zu polieren. Eine Weile später meldete sich die Maschine zur Erfüllung aller Wünsche wieder:

»Ich möchte an meine Anwesenheit erinnern.«

»Ich habe dich nicht vergessen«, sagte Klapaucius und fuhr in seiner Arbeit fort. Eine Weile später sprach die Maschine von neuem: »Darf man erfahren, was du tust?«

»Bist du eine Maschine zur Erfüllung von Wünschen oder eine Maschine zum Fragenstellen?« fragte Klapaucius und fügte noch hinzu: »Blaue Farbe brauche ich.«

»Ich weiß nicht, ob ich gerade die Nuance habe, die du brauchst«, erwiderte die Maschine und schob ihm eine Büchse Farbe durch die Klappe im Bauch hin. Klapaucius machte sie auf, tauchte stumm seinen Pinsel hinein und fing an zu malen. Bis zum Abend verlangte er noch Schmirgel, Karborund, einen Bohrer und weiße Farbe sowie Schrauben, und jedesmal gab ihm die Maschine gleich, was er sich wünschte. Gegen Abend bedeckte er mit einer Plane die Vorrichtung, stärkte sich, setzte sich auf einen Hocker vor die Maschine und sagte: »Wollen mal sehen, was du kannst. Du behauptest, du könntest alles machen?«

»Alles nicht, aber verschiedene Dinge ja«, erwiderte die Maschine bescheiden. »Warst du nicht mit den Farben, mit den Schrauben und mit dem Bohrer zufrieden?«

»Freilich, freilich!« erwiderte Klapaucius. »Aber nun verlange ich von dir etwas viel Schwierigeres. Tust du es nicht, schicke ich dich mit dem entsprechenden Dankeswort und einem Gutachten an deinen Herrn zurück.«

»Was ist es denn?« fragte die Maschine und trat neugierig von einem Bein aufs andere.

»Na, ein Trurl«, erklärte Klapaucius. »Du sollst mir einen Trurl machen, genauso einen wie der richtige. So daß man einen nicht vom anderen unterscheiden kann!«

Die Maschine brummte, summte, rauschte und sagte dann: »Gut, ich mache dir einen Trurl, aber geh behutsam mit ihm um, denn er ist ein sehr großer Konstrukteur!«

»Ah, natürlich, sei unbesorgt«, sagte Klapaucius »Nun wo ist denn dieser Trurl?«

»Wie? So schnell? Das ist keine Kleinigkeit«, sagte die Maschine. »Es dauert eine Weile. So ein Trurl – das ist keine Schraube und kein Lack!«

Dennoch trompetete und klingelte sie erstaunlich schnell, eine ziemlich große Tür öffnete sich in ihrem Bauch, und aus dem dunklen Verlies trat Trurl heraus. Klapaucius erhob sich, ging um ihn herum, betrachtete ihn aus der Nähe, tastete und klopfte ihn genau ab, aber es bestand kein Zweifel – er hatte Trurl vor sich, der dem Original wie ein Tropfen dem anderen glich. Trurl, der aus dem Bauch der Maschine gekrochen war, blinzelte im Licht, aber sonst verhielt er sich ganz normal.

»Trurl, wie geht's?« sagte Klapaucius.

»Wie geht es dir, Klapaucius? Aber wie bin ich eigentlich hierhergekommen?« erwiderte Trurl und staunte.

»Na eben so, du kamst einfach vorbei ... Ich habe dich lange nicht gesehen, Wie gefällt es dir hier?«

»Nicht schlecht, nicht schlecht ... Was hast du da unter der Plane?«

»Ach, nichts Besonderes. Möchtest du nicht Platz nehmen?«

»I wo, mir kommt es vor, daß es schon spät ist. Draußen ist es dunkel, ich muß wohl nach Hause.«

»Nicht so schnell, nicht gleich!« protestierte Klapaucius. »Komm erst in den Keller, du wirst dann sehen, wie interessant es wird ...«

»Hast du denn etwas Besonderes im Keller?«

»Vorläufig noch nichts, aber gleich werde ich es haben. Komm, komm.«

Klapaucius klopfte Trurl begütigend auf die Schulter und führte ihn in den Keller, dort stellte er ihm ein Bein, und als Trurl der Länge nach hinfiel, fesselte er ihn und begann ihn dann mit einer dicken Stange nach allen Regeln der Kunst zu verprügeln. Trurl brüllte aus Leibeskräften, schrie um Hilfe, fluchte abwechselnd und flehte um Erbarmen, doch es half nichts – die Nacht war finster und kein Mensch in der Nähe, Klapaucius prügelte jedoch weiter, daß es nur so krachte.

»Oh! Au! Warum prügelst du mich so?« rief Trurl und versuchte den Schlägen auszuweichen.

»Weil es mir Vergnügen bereitet«, erklärte Klapaucius und holte von neuem aus. »Das hast du noch nicht ausprobiert, Trurl!«

Und er traf ihn auf den Kopf, daß der wie ein Faß dröhnte.

»Du läßt mich sofort los, sonst gehe ich zum König und sage ihm, was du mit mir angestellt hast, er sperrt dich ins Gefängnis!« schrie Trurl.

»Gar nichts wird er mir tun. Und weißt du, weshalb nicht?« fragte Klapaucius und setzte sich auf die Bank.

»Ich weiß es nicht«, sagte Trurl, der froh war, daß in der Prügelei eine Pause eintrat.

»Du bist nämlich nicht der richtige Trurl. Der ist zu Hause, hat eine Maschine zur Erfüllung aller Wünsche gebaut und sie mir als Geschenk geschickt, und ich habe sie auf die Probe stellen wollen und habe ihr befohlen, dich zu konstruieren. Jetzt werde ich dir den Kopf abdrehen, ihn unter mein Bett stellen und ihn als Stiefelknecht benutzen!«

»Du bist ein Ungeheuer! Warum willst du es tun?«

»Ich habe es dir schon gesagt: Weil es mir Vergnügen bereitet. So, jetzt habe ich das leere Geschwätz satt!«

Mit diesen Worten ergriff Klapaucius beidhändig den Stock, und Trurl schrie: »Hör auf! Hör auf! Ich will dir etwas Wichtiges sagen!«

»Da bin ich aber neugierig, was das sein könnte, das mich davon abhielte, deinen Kopf als Stiefelknecht zu benutzen«, erwiderte Klapaucius, hörte jedoch auf, ihn zu schlagen. Hierauf rief Trurl: »Ich bin ja kein von der Maschine gemachter Trurl! Ich bin der echte Trurl, der echteste von der Welt, und ich wollte nur erfahren, was du da so lange treibst, nachdem du dich in deinen vier Wänden eingeschlossen hast! Ich habe also die Maschine gebaut, habe mich in ihrem Bauch versteckt und habe mich in dein Haus tragen lassen, unter dem Vorwand, sie sei für dich ein Geschenk!«

»Ich bitte dich, was hast du dir da für eine Geschichte ausgedacht, und so auf die Schnelle!« sagte Klapaucius, erhob sich und preßte das dickere Ende des Stockes fester in die Hand. »Du brauchst dir keine Mühe zu machen, deine Lügen durchschaue ich. Du bist ein Trurl, den die Maschine gemacht hat, sie erfüllt alle Wünsche, ich habe von ihr Schrauben und weiße Farbe bekommen, auch blaue Farbe sowie Bohrer und andere Dinge. Wenn sie das geschafft hat, dann konnte sie auch dich machen, mein Lieber!«

»Ich hielt das alles in ihrem Bauch bereit!« rief Trurl. »Es war nicht schwer vorauszusehen, was du bei deiner Arbeit brauchen würdest! Ich schwöre dir, ich sage die Wahrheit!«

»Wäre das die Wahrheit, dann bedeutete sie, daß mein Freund, der große Konstrukteur Trurl, ein gewöhnlicher Betrüger ist,

und das werde ich nie glauben!« erwiderte Klapaucius. »Da, da!«
Und er versetzte ihm einen Schlag vom Ohr bis über den Rücken.
»Dies für die Verleumdungen, die du für meinen Freund Trurl hast. – Da, noch einmal!«
Und er verpaßte ihm eins von der anderen Seite. Dann schlug er ihn noch, walkte ihn durch und prügelte, bis er müde wurde.
»Ich gehe jetzt schlafen und erhole mich ein bißchen«, sagte er erläuternd und warf den Stock fort. »Aber du warte nur, ich bin bald wieder da . . .« Als er fort war und man ihn im ganzen Haus schnarchen hörte, wand sich Trurl so lange in den Schnüren, bis er sie gelockert hatte, löste dann die Knoten, lief leise hinauf, kroch in die Maschine und fuhr stracks mit ihr nach Hause. Klapaucius lachte sich unterdessen ins Fäustchen, während er durch das obere Fenster seine Flucht beobachtete. Tags darauf stattete er Trurl einen Besuch ab. Der ließ ihn mit finsteren Blicken in die Stube. Dort herrschte Halbdämmer, aber der scharfsinnige Klapaucius hatte dennoch bemerkt, daß Trurls Rumpf und Kopf Spuren deftiger Prügel trugen, die er ihm verabreicht hatte, obwohl zu erkennen war, daß sich Trurl rechtschaffen bemüht hatte,die Vertiefungen, die von den Schlägen verursacht worden waren, geradezuklopfen und auszubessern.
»Warum blickst du so finster drein?« fragte heiter Klapaucius. »Ich bin gekommen, dir für das schöne Geschenk zu danken, es ist nur bedauerlich, daß es sich davongemacht hat, während ich schlief, und die Tür offengelassen hat, als sei ein Brand ausgebrochen!«
»Ich habe den Eindruck, daß du, um es vorsichtig zu sagen, von meinem Geschenk nicht den richtigen Gebrauch gemacht hast!« platzte Trurl heraus. »Die Maschine hat mir alles erzählt, du brauchst dir keine Mühe zu geben«, fügte er wütend hinzu, als er sah, daß Klapaucius den Mund aufmachte. »Du

hast ihr befohlen, mich zu machen, und dann hast du mit List das Duplikat meiner Person in den Keller gelockt und es entsetzlich geschlagen! Und nach dieser Schande, die du mir angetan hast, nach diesem Dank für das prachtvolle Geschenk wagst du noch, zu mir zu kommen, so als wäre nichts geschehen? Was hast du mir zu sagen?«

»Ich verstehe deinen Ärger nicht«, erwiderte Klapaucius. »in der Tat, ich habe der Maschine befohlen, eine Kopie von dir anzufertigen. Und ich gebe zu, daß sie ausgezeichnet war, ich habe bei ihrem Anblick nicht schlecht gestaunt. Was das Schlagen betrifft, so muß die Maschine stark übertrieben haben – ich habe tatsächlich diesen Gemachten ein paarmal geknufft, ich war auch neugierig, wie er darauf reagieren würde. Er hat sich als äußerst scharfsinnig erwiesen. Und er sog sich auf der Stelle eine Geschichte aus dem Finger, als wärst du es in eigener Person; ich habe ihm keinen Glauben geschenkt, und da begann er zu schwören, das herrliche Geschenk sei gar kein Geschenk, sondern ein gewöhnlicher Betrug; du wirst verstehen, daß ich ihn zum Schutze deiner Ehre, der Ehre meines Freundes, für solche frechen Lügen verprügeln mußte. Aber ich habe mich überzeugen können, daß er sich durch eine hervorragende Intelligenz auszeichnete und nicht nur physisch, sondern auch geistig an dich erinnert hat, mein Lieber. Fürwahr, du bist ein großer Konstrukteur, das wollte ich dir nur sagen, und zu diesem Zweck bin ich so früh gekommen!«

»Ach! Nun ja, freilich«, erwiderte Trurl, ein wenig besänftigt. »Zwar scheint mir der Gebrauch, den du von der Maschine zur Erfüllung aller Wünsche gemacht hast, weiter nicht sehr glücklich zu sein, aber mag sein . . .«

»Ach ja, ich wollte dich gerade fragen, was du mit diesem künstlichen Trurl angestellt hast?« fragte Klapaucius unschuldig. »Könnte ich ihn einmal sehen?«

»Er war geradezu rasend vor Wut!« erwiderte Trurl. »Er drohte, er werde dir den Schädel zerschmettern, und er wollte dir am großen Felsen in der Nähe deines Hauses auflauern, aber als ich es ihm auszureden versuchte, zankte er sich mit mir, fing nachts an, Fallen und Netze aus Drähten für dich zu flechten, mein Lieber, und obwohl ich der Ansicht war, daß du mich in seiner Person beleidigt hattest, zerlegte ich ihn, unserer alten Freundschaft eingedenk, und um dir die drohende Gefahr aus dem Wege zu räumen (denn er war wie rasend), und ich sah keinen anderen Ausweg, in kleine Stücke ...«

Während Trurl das sagte, stieß er gleichsam unabsichtlich mit dem Fuß gegen die auf dem Fußboden herumliegenden Überreste von Mechanismen. Hierauf verabschiedeten sie sich wärmstens und schieden als herzliche Freunde.

Von nun an erzählte Trurl jedem, der es hören und nicht hören wollte, wie er Klapaucius die Maschine zur Erfüllung aller Wünsche geschenkt und wie unschön der Beschenkte gehandelt habe, indem er ihr einen Trurl zu machen befahl und ihm eine Tracht Prügel verabfolgte, wie die glänzend von der Maschine ausgefertigte Kopie mit geschickten Lügen versuchte, sich aus der mißlichen Lage zu befreien, und entwischt sei, sobald sich der ermattete Klapaucius schlafen gelegt hatte, und er selbst, Trurl, den fabrizierten Trurl, der in sein Haus gelaufen sei, in seine Bestandteile auseinandergenommen habe, dies aber nur, um seinen Freund vor der Rache des Geschlagenen zu schützen. Und er erzählte es und rühmte sich dessen und blähte sich auf und rief das Zeugnis des Klapaucius an, bis die Kunde an den königlichen Hof drang und sich dort niemand über Trurl anders als mit größter Bewunderung äußerte, obwohl man ihn noch unlängst allgemein als den Konstrukteur der dümmsten vernunftbegabten Maschine auf der Welt bezeichnet hatte. Als Klapaucius hörte, daß selbst der König Trurl reichlich beschenkt und ihn mit dem Orden der Großen Sprungfeder und dem Helikonoidalen Stern ausgezeichnet habe, rief er mit lauter Stimme: »Was denn? Dafür, daß es mir gelungen ist, ihn zu überlisten, als ich ihn durchschaute und ihm eine gehörige Tracht Prügel verabreichte, daß er sich hinterher geradeklopfen und flicken mußte, nachdem er geschändet auf krummen

Beinen aus meinem Keller geflohen war? Jetzt schwimmt er für all das im Überfluß, mehr noch, der König zeichnet ihn dafür mit einem Orden aus? O Welt, Welt . . .«
Mit furchtbarem Ärger kehrte er nach Hause zurück, um sich in seine vier Wände einzuschließen. Er baute nämlich eine ähnliche Maschine zur Erfüllung von Wünschen wie Trurl, nur hatte sie jener früher beendet.

Die Falle des Gargancjan

Als der Kosmos noch nicht so reguliert wie heute war und die Sterne ordentlich aufgestellt standen, so daß man sie leicht zählen konnte, von links nach rechts oder von oben nach unten, wobei die größeren und blaueren besonders gruppiert, die kleineren und gelblich schimmernden als Körper zweiter Kategorie in die Winkel und Ecken gestopft waren und man noch keine Spur von Staub, Schutt oder anderem Nebelfleckenschmutz fand, herrschte in jenen guten alten Zeiten die Sitte, daß Konstrukteure, die ein Diplom der Perpetualen Omnipotenz mit Auszeichnung besaßen, zuweilen auf Reisen gingen, um fernen Stämmen mit Rat und Tat zur Seite zu stehen. So geschah es denn, daß sich Trurl und Klapaucius, die die Sterne so zu schaffen oder zu löschen verstanden, wie wenn jemand Nüsse knackt, im Einklang mit obiger Tradition auf Reisen begaben. Als die Größe des zurückgelegten Abgrunds in ihnen bereits die letzte Erinnerung an den heimatlichen Himmel verwischt hatte, erblickten sie vor sich einen Planeten, der weder zu klein noch zu groß, sondern gerade richtig war und nur einen Kontinent besaß. Durch dessen Mitte verlief eine rote Linie, und alles, was sich auf der einen Seite befand, war gelb, und auf der anderen Seite rosa. Sie begriffen also, daß sie zwei benachbarte Staaten vor sich hatten, und beschlossen, sich vor der Landung zu beraten.

»Da es hier zwei Staaten gibt«, sagte Trurl, »wird es nur recht sein, wenn du dich in den einen begibst und ich in den anderen ziehe. Dann ist keiner geschädigt.«

»In Ordnung«, erwiderte Klapaucius, »aber was ist, wenn sie kriegerische Mittel von uns verlangen? Das kommt vor.«

»In der Tat, sie können Waffen, ja selbst Wunderwaffen verlangen«, pflichtete Trurl ihm bei. »Legen wir fest, daß wir es entschieden ablehnen.«

»Und wenn sie gewaltsam darauf dringen?« entgegenete Klapaucius. »Auch das kommt vor.«

»Wir wollen es prüfen«, sagte Trurl und schaltete sein Radio ein, aus dem sogleich muntere Marschmusik drang.
»Ich habe eine Idee«, sagte Klapaucius und schaltete das Radio aus. »Wir können das Rezept des Garcancjan verwenden. Was meinst du?«
»Ach, das Rezept des Gargacjan!« rief Trurl. »Ich habe noch nie gehört, daß es jemand angewandt hätte. Aber machen wir den Anfang. Warum nicht?«
»Jeder von uns ist bereit, es anzuwenden«, erläuterte Klapaucius, »aber wir müssen es unbedingt beide tun, sonst wird alles schlecht enden.«
»Ach, eine Kleinigkeit«, meinte Trurl. Er holte eine goldene Schachtel aus der Tasche und öffnete sie. Darin lagen zwei weiße Kügelchen auf Samt.
»Nimm die eine, die andere bleibt bei mir«, sagte er. »Jeden Abend siehst du dir dein Kügelchen an. Wird es rosa, so bedeutet es, daß ich nach Vorschrift gehandelt habe. Du tust dann das gleiche.«
»Abgemacht«, sagte Klapaucius und versteckte das Kügelchen. Sie landeten darauf, umarmten einander und schieden in entgegengesetzter Richtung.
Der Staat, in den Trurl gelangt, wurde von König Unheuer regiert. Der war ein Militarist von alters her und dabei ein wahrhaft kosmischer Geizhals. Um das Staatssäckel zu entlasten, schaffte er alle Strafen mit Ausnahme der höchsten ab. Seine Lieblingsbeschäftigung war die Liquidierung überflüssiger Ämter, und seitdem er das Amt des Henkers abgeschafft hatte, mußte sich jeder Verurteilte selbst enthaupten oder, wenn ihm die große königliche Gnade zuteil wurde, mit Hilfe der nächsten Verwandten. Von den Künsten unterstützte er nur die, die keine Ausgaben erforderten, so zum Beispiel Chorrezitationen, das Schauspiel und die militärische Gymnastik. Überhaupt schätzte er die Kriegskunst über alle Maßen, da ein gewonnener Krieg beträchtliche Einnahmen erbringt; andererseits kann man sich aber für den Krieg nur im Frieden

ordentlich vorbereiten, und so unterstützte der König ihn, aber mit Maßen. Unheuers größte Reform war die Verstaatlichung des Hochverrats. Das Nachbarland schickte ihm Spione; der Monarch schuf also das Amt des Staatsverräters, der durch Vermittlung untergeordneter Beamter für reichliches Entgelt Staatsgeheimnisse an die feindlichen Agenten weitergab; die Agenten kauften lieber veraltete, denn die waren billiger, und sie mußten sich für ihre Ausgaben vor dem eigenen Finanzwesen ausweisen.

Unheuers Untertanen standen früh auf, kleideten sich bescheiden und gingen spät zur Ruh, denn sie arbeiteten viel. Sie fertigten Körbe für Schanzen an und Faschinen, aber auch Waffen und Denunziationen. Damit der Staat nicht durch das Übermaß dieser letzteren auseinanderfiel, denn zu Zeiten des Hundertäugigen Sehrlimus vor mehreren hundert Jahren war eine solche Krise eingetreten, hatte der, welcher zu viele Denunziationen machte, eine besondere Luxussteuer zu zahlen. So hielten sie sich auf einem vernünftigen Stand. Nachdem Trurl an den Hof Unheuers vorgedrungen war, trug er ihm seine Dienste an, und der König, wie nicht zu schwer zu erraten war, verlangte von ihm mächtige Kriegswaffen. Trurl ersuchte um drei Tage Bedenkzeit, und als er in das für ihn bestimmte, bescheidene Quartier gelangte, sah er sich das Kügelchen in der goldenen Schachtel an. Es war weiß, als er es betrachtete, begann es sich langsam rot zu verfärben. »Sieh an«, sagte er sich, »es ist an der Zeit, Gargancjan zu befolgen!« Und er setzte sich sogleich an seine geheimen Notizen.

Klapaucius hielt sich unterdessen in dem anderen Staat auf, in dem der mächtige König Mägerle herrschte. Dort sah alles anders aus als in der Unheurei. Auch dieser Monarch lechzte nach Feldzügen, auch er gab Geld für Rüstungen aus, doch tat er es in aufgeklärter Weise, denn er war ein Herrscher von maßloser Freigebigkeit, und seine Kunstempfindlichkeit war ohnegleichen. Jener König liebte Uniformen und goldene

Schnüre, Borten und Quasten, Achselbänder, Portieren mit Klingeln, Panzerschiffe und Epauletten. Er war wirklich sehr, sehr empfindlich: Jedesmal, wenn er ein neues Panzerschiff vom Stapel laufen ließ, zitterte er am ganzen Leibe. Freigebig warf er mit Mitteln für die Schlachtenmalerei um sich, wobei er aus patriotischen Gründen nach Anzahl der erlegten Feinde honorierte, daher türmten sich auf den Panoramen, von denen es im Königreich nur so wimmelte, die Berge der feindlichen Leichen bis zum Himmel. Im Alltag paarte er den Absolutismus mit Aufklärung und Strenge mit Großmut. An jedem Jahrestag seiner Thronbesteigung führte er Reformen ein. Einmal befahl er alle Guillotinen mit Maiengrün zu schmücken, ein andermal – sie zu schmieren, damit sie nicht quietschten, dann wieder, die Henkerschwerter zu vergolden, ohne zu vergessen, sie aus humanitären Gründen zu schärfen. Er hatte eine freigebige Natur, doch schätzte er Verschwendung nicht, daher ließ er durch einen besonderen Erlaß alle Pfähle, Pflöcke, Schrauben, Klubs und Fesseln normen. Die Exekutionen der Unorthodoxen, die übrigens selten waren, wurden mit Pomp und viel Aufwand begangen, in Reih und Glied, mit seelischer Tröstung, salbungsvoll, inmitten marschierender Karrees mit Borten und Pompons. Dieser aufgeklärte Monarch hatte auch eine Theorie vom allgemeinen Glück. Es ist ja bekannt, daß der Mensch nicht deshalb lacht, weil er lustig ist, sondern eben lustig ist, weil er lacht. Wenn alle sagen, es sei herrlich, bessert sich gleich die Stimmung. Mägerles Untertanen waren also verpflichtet, natürlich zum eigenen Nutzen und Frommen, laut zu wiederholen, daß sie sich geradezu außerordentlich wohl fühlten, und die alte unklare Begrüßungsformel »Guten Tag« ließ der König in die vorteilhaftere »Wiegut!« umändern, wobei Kindern bis zum vierzehnten Lebensjahr gestattet war, »HU – ha« zu sagen, und Greisen »Gutwie!«

Mägerle freute sich, als er sah, wie der Geist im Volke gerann, wenn er durch die Straßen mit einer Karosse in Form eines Panzerschiffes fuhr, er sah die »Vivat!« rufenden Mengen und grüßte huldvoll mit Gesten der Monarchenhand, sie indes jubelten um die Wette »Hu – ha!«, »Gutwie!« und »Zauberhaft!«. Er war übrigens von demokratischer Veranlagung. Er liebte es maßlos, sich mit alten Veteranen in kurze martialische Gespräche einzulassen, die Brot aus so manchem Ofen gegessen hatten, er lechzte nach kriegerischen Erzählungen, die in Biwaks zum besten gegeben wurden, und es kam vor, daß er, wenn er einen fremden Würdenträger in Audienz empfing, sich unvermittelt mit dem Streitkolben aufs Knie schlug und rief: »Der Sieg ist unser!« oder: »Man vernagele mir dieses Panzerschiff!« oder: »Daß mich die Kugeln treffen!« Nichts vergötterte er nämlich mehr, schätzte nichts so sehr wie Stärke, Mut und Selbständigkeit, Piroggen in Branntwein mit Schießpulver, Zwieback und Munitionskisten sowie Kartätschen. Wenn er also traurig war, ließ er Regimenter an sich vorbeidefilieren, die sangen: »Die gewindegeschnittene Armee«, »Zum alten Eisen werfen wir des Lebens Schmelz«, »Es hallt die Mutter, morgen ist alles in Butter« oder auch das alte Kronlied »Pack ich den Meißel mit Verschluß, ich auf Bajonette stürzen muß«. Und er ordnete an, daß bei seinem Tode die alte Garde an seinem Grab sein Lieblingslied singen sollte: »Alter Robot, hast zu rosten«.

Klapaucius gelangte nicht auf Anhieb an den Hof des großen Monarchen. In der ersten Ortschaft, in die er kam, klopfte er an verschiedene Türen, aber niemand machte ihm auf. Schließlich erblickte er auf einer gänzlich unbelebten Straße ein kleines Kind, das an ihn herantrat und ihn mit einem dünnen Stimmchen fragte: »Wollen Sie kaufen? Ich verkaufe billig.«

»Vielleicht kaufe ich, aber was?« fragte Klapaucius verwundert.

»Ein kleines Staatsgeheimnis«, erwiderte das Kind und zeigte unter dem Hemdsaum einen schmalen Streifen vom Mobilmachungsplan. Klapaucius wunderte sich noch mehr und sagte: »Nein, mein Kindchen, das brauche ich nicht. Weißt du nicht, wo hier der Schultheiß wohnt?«

»Und wossu brauchen Sie einen Ssultheiß?« fragte das Kind lispelnd.

»Ich habe mit ihm zu reden.«

»Unter vier Augen?«

»Meinetwegen auch unter vier Augen.«

»Dann brauchen Sie einen Agenten? Mein Papa wäre dazu geeignet. Er ist verläßlich und billig.«

»Zeig mir mal deinen Papa«, sagte Klapaucius, als er sah, daß er anders von diesem Gespräch nicht loskommen würde. Das Kindchen führte ihn in eins der Häuser; drinnen, bei brennender Lampe, obwohl es hellichter Tag war, saß die Familie – der greise Opa auf dem Schaukelstuhl, die Großmutter, die einen Strumpf strickte, und ihre zahlreiche reife Nachkommenschaft; und jeder war mit seiner eigenen Arbeit beschäftigt, wie das zu Hause üblich ist. Als sie des Klapaucius ansichtigt wurden, erhoben sie sich und stürzten sich auf ihn; die Strickdrähte erwiesen sich als kleine Fesseln, die Lampe als ein Mikrophon und die Großmutter als der Polizeivorsteher am Orte.

»Offenbar ein Mißverständnis«, dachte Klapaucius, als man ihn nach vorheriger Mißhandlung in die Zelle warf. Geduldig wartete er die ganze Nacht, denn er konnte ja sowieso nichts anderes tun. Das Morgengrauen versilberte die Spinnweben an den Steinwänden und die verrosteten Überreste der einstigen Gefangenen; nach einiger Zeit führte man ihn zum Verhör. Es stellte sich heraus, daß sowohl die Siedlung wie auch die Häuser und das Kind vorgetäuscht waren; auf diese Weise fing man linkerhand feindliche Agenten. Ein Gerichtsprozeß drohte Klapaucius nicht, das Verfahren war nämlich kurz. Für den Versuch einer Kontaktaufnahme mit dem verräterischen Vater stand das Fallbeil dritter Klasse, denn die örtliche Verwaltung hatte in jenem Rechnungsjahr bereits den Fonds für den Ankauf verbraucht, Klapaucius aber wollte seinerseits trotz wiederholter Überredungsversuche kein Staatsgeheimnis erwerben; zusätzlich belastete ihn der Mangel eines ernsthaften Barbetrages. Er blieb stets bei seinem Standpunkt; der ihn verhörende Offizier schenkte jedoch seinen Worten keinen Glauben, übrigens läge, selbst wenn er es gewollt hätte, die Freilassung des Häftlings nicht in seiner Kompetenz. Die Angelegenheit wurde immerhin an eine höhere Instanz verwiesen, und in der Zwischenzeit unterwarf man Klapaucius Folterungen, mehr aus Diensteifer, denn aus wirklicher Notwendigkeit. Nach einer Woche nahm seine Angelegenheit eine günstige Wendung: der Geläuterte wurde in die Hauptstadt geschickt, wo er über die Regeln der höfischen Etikette in Kenntnis gesetzt und sodann der Ehre einer persönlichen Audienz beim König teilhaftig wurde. Er erhielt sogar eine kleine Trompete, weil nämlich jeder Bürger seine Ankunft und seinen Abgang an behördlicher Stelle durch Blasen auf der Trompete verkündete, und der allgemeine Diensteifer war so groß, daß im ganzen Staat der Sonnenaufgang ohne Reveille nichts galt.

Mägerle verlangte tatsächlich von ihm neue Waffen: Klapaucius versprach, dem Monarchen diesen Wunsch zu erfüllen; seine neue Idee, so versicherte er, bedeute eine Umwälzung in der Kriegführung. Welche Armee – fragte er – sei denn unbesiegbar? Eine, die bessere Befehlshaber und diszipliniertere Soldaten habe. Der Kommandant befehlige und der Soldat gehorche; der eine müsse daher klug sein, der andere gehorsam. Der Klugheit des Verstandes jedoch, selbst der eines militärischen, seien natürliche Grenzen gesetzt. Überdies könne ein genialer Befehlshaber auf seinesgleichen stoßen. Er könne auch auf dem Felde der Ehre fallen und seine Abteilung verwaist zurücklassen, wie er auch etwas Schlimmeres anrichten könne, indem er, gewissermaßen von Berufs wegen zum Denken angehalten, sein Augenmerk auf die Macht richte. Sei denn ein Haufe im Kampf verrosteter Stabsoffiziere nicht gefährlich, denen das taktische Denken dermaßen die Schläfen verkleistert habe, daß es sie nach dem Thron gelüste? Hätten denn nicht schon zahlreiche Königreiche darunter gelitten? Wie daraus zu ersehen sei, seien die Kommandeure nur ein notwendiges Übel;

es komme darauf an, dieses Übel zu liquidieren. Ferner – die Disziplin der Armee beruhe darauf, daß diese genau die Befehle ausführe. Ideal sei eine, die aus tausend Gedanken und Herzen ein Herz, einen Gedanken und einen Willen mache. Diesem Zweck diene die Militärdisziplin, all der Drill, die Manöver und die Übungen. Als ein unerreichbares Ziel erscheine eine solche Armee, die buchstäblich wie ein Mann handelt und selbst Schöpfer wie Ausführender der strategischen Pläne ist. Wer sei also die Verkörperung eines solchen Ideals? Nur das Individuum, man gehorche nämlich niemandem so bereitwillig wie sich selbst, und niemand führe die erteilten Befehle so eifrig aus wie der, der sie sich selbst gibt. Überdies könne ein einzelner Mann niemals auseinanderlaufen, sich selbst den Gehorsam versagen oder gegen sich selbst aufmucken. Es komme also darauf an, daß man diese Bereitwilligkeit zu gehorchen, diese Eigenliebe, wie sie im Individuum verkörpert sei, zur Eigenschaft tausendköpfiger Kolonnen mache. Wie dies zu bewerkstelligen sei? Hier nun begann Klapaucius dem gierig lauschenden König die Ideen Gargancjans zu erläutern, die einfach waren, wie alles, was genial ist.

Jedem Rekruten wird – so führte er aus – vorn ein Stecker und hinten eine Steckdose angeschraubt. Auf das Kommando »Anschließen!« springen die Stecker in die Steckdosen, und dort, wo sich zuvor eine Bande Zivilisten befunden hatte, steht nun eine Abteilung vollkommenen Heeres. Wenn die jeweiligen Gemüter, die bislang von außerdienstlichen Dummheiten abgelenkt waren, in eine wortwörtliche Einheit militärischen Geistes zusammenfließen, ergebe sich nicht nur automatisch eine Disziplin, die sich darin äußert, daß die gesamte Armee stets ein und dasselbe tut, denn sie ist ein Geist in einer Million von Leibern, sondern es trete zugleich auch die Klugheit auf den Plan. Diese Klugheit aber stehe im direkten Verhältnis zur Kampfstärke. Der Zug besitzt die Psyche eines Unteroffiziers; die Kompanie ist so klug wie ein Hauptmann, das Bataillon wie ein Diplomoberst, und eine Division, selbst die der Reserve, ist soviel wert wie alle Strategen zusammengenommen. Auf diese Weise könne man zu Formationen gelangen, die von geradzu erschreckender Genialität seien. Die erteilten Befehle können sie unmöglich verweigern, denn wer höre nicht auf sich selbst? Durch diese Methode werde den Extravaganzen und Eigenmächtigkeiten der Individuen, der Abhängigkeit von den zufälligen Befähigungen der Befehlshaber, ihrer gegenseitigen Mißgunst, ihren Rivalitäten und Konflikten ein Ende gesetzt; die einmal verbundenen Truppenteile dürfe man nicht mehr trennen, denn das hätte nur Wirrwarr zur Folge. »Eine Armee ohne Führer ist sich selbst Führer – das ist meine Idee!« beendete Klapaucius seine Rede, die einen großen Eindruck auf den König gemacht hatte.

»Geh er in sein Quartier«, sagte der Monarch schließlich, »ich werde mich unterdessen mit meinem Generalstab beraten . . .«

»Oh, tun Sie das nicht, Majestät!« rief Klapaucius listig und täuschte große Verlegenheit vor. »Genau das hatte Kaiser Turbuleo getan und sein Stab verwarf den Plan um seine eigenen Stellungen nicht zu verlieren, woraufhin Turbuleos Nachbar, König Emalius, das Kaiserreich mit seiner organisierten Armee überfiel und es in Schutt und Asche legte, obwohl seine Truppen achtmal schwächer waren!«

Nach diesen Worten begab er sich in das für ihn bestimmte Appartement und sah sich das Kügelchen an, das rot wie eine Rübe war; hieraus folgerte er, daß Trurl beim König Unheuer im gleichen Sinne handelte. Bald auch befahl ihm der König, einen Zug Infanterie nach seinen Vorstellungen umzubilden; darauf verband sich jene kleine Abteilung im Geiste, wurde eine Einheit und schrie: »Lauf und morde!« Sie rollte den Hügel hinunter, fiel über drei Schwadronen königlicher Kürassiere her, die bis zu den Zähnen bewaffnet waren und von sechs Dozenten der Akademie des Generalstabs angeführt wurden, und rieb sie restlos auf. Das betrübte die Groß- und Feldmarschälle, die Generale und Admirale. Der König ließ sie sogleich pensionieren, und da er von der umwälzenden Neuerung vollends überzeugt war, befahl er Klapaucius, die ganze Armee umzuorganisieren.

In der Tat begannen die Büchsenmacher- und Elektrobetriebe Tag und Nacht waggonweise Stecker herzustellen, die in allen Kasernen vorschriftsmäßig eingeschraubt wurden. Klapaucius machte Inspektionsreisen von Garnison zu Garnison und erhielt eine Menge Orden vom König; Trurl, der in ähnlicher Weise in der Unheurei tätig war, mußte sich wegen der bekannten Sparsamkeit jenes Monarchen mit dem lebenslänglichen Titel des Großen Vaterlandsverräters begnügen. Beide Staaten bereiteten sich somit auf Kriegshandlungen vor. Im Eifer der Mobilmachung wurden sowohl konventionelle als auch nukleare Waffen vorbereitet. Von früh bis spät putzte man Kanonen und Atome, damit sie laut Vorschrift blitzten. Die Konstrukteure, die eigentlich nichts mehr zu tun hatten, gingen daran ihre Sachen heimlich zu packen, um sich zu gegebener Zeit an der verabredeten Stelle am Raumschiff zu treffen, das im Wald bereitstand.

Unterdessen geschahen verschiedene Wunder in den Kasernen, vor allem in denen, wo die Infanterie stationiert war. Die Kompanien brauchten nicht mehr gedrillt zu werden und brauchten nicht mehr abzuzählen, um ihre Kampfstärke zu ermitteln, ähnlich wie derjenige nicht das linke Bein mit dem rechten verwechselt, der beide hat, und nicht zu zählen braucht, um zu wissen, daß es ihn einmal gibt. Es war eine Freude zuzuschauen, wie solche neuen Abteilungen marschierten, wie sie »Links um« und »Stillgestanden« exerzierten; nach den Übungen jedoch begannen sich die Kompanien mit Redensarten zu bewerfen, so hallte es denn aus den offenen Fenstern der Kasernenbaracken um die Wette über den Begriff der kohärenten Wahrheit, über analytische und synthetische A-priori-Urteile oder über das Sein als solches, denn so weit war die kollektive Vernunft bereits gediehen. Man erarbeitete sich auch die philosophischen Grundlagen, bis schließlich ein Pionierbataillon zum absoluten Solipsismus gelangte und verkündete, nichts außer ihm existiere real. Da nun hieraus zu folgern war, daß es weder einen Monarchen noch einen Feind gebe, mußte dieses Bataillon in aller Stille auseinandergeschaltet und auf andere Abteilungen verteilt werden, die auf den Positionen des epistemologischen Realismus standen. Angeblich ging zu der gleichen Zeit in der Unheurei die Sechste Luftlandedivision von den Landeübungen zu mystischen Übungen über und versank derart in der Kontemplation, daß sie fast in einem Bach ertrunken wäre; es ist nicht genau bekannt, wie sich das in Wirklichkeit zugetragen hat, jedenfalls wurde damals gerade der Krieg erklärt, und die eisenklirrenden Regimenter rückten von beiden Seiten langsam an die Staatsgrenze heran.

Das Gesetz des Meisters Gargancjan wirkte mit unerbittlicher Konsequenz. Als sich Formationen mit Formationen verbanden, wuchs proportional dazu auch die ästhetische Empfindlichkeit, die auf der Stufe der verstärkten Division ihr Maximum erreichte, deshalb auch kamen Kolonnen von dieser Stärke leicht im Verfolg des ersten besten Schmetterlings auf Abwege, und als das Sehrlimussche motorisierte Korps an die feindliche Festung, die im Sturm genommen werden mußte, heranrückte, erwies sich der nachts angefertigte Angriffsplan als ein glänzendes Porträt dieser Festung, zudem war er im abstraktionistischen Geiste gemalt, der den militärischen Traditionen gänzlich widersprach. Auf der Stufe der Artilleriekorps trat hauptsächlich die schwierigste philosophische Problematik zutage; zugleich ließen diese großen Einheiten aus Zerstreutheit, wie sie nun einmal genialen Personen eignet, unterwegs die Waffen und das schwere Kriegsgepäck liegen, oder sie vergaßen gänzlich, daß sie in den Krieg zogen. Was nun die ganzen Armeen betraf, so wurde ihr Geist von mannigfachen Komplexen beherrscht, und so mußte jeder einer besonderen motorisierten psychoanalytischen Brigade angeschlossen werden, die während des Marsches die entsprechenden Eingriffe vornahm.

Beide Armeen hatten mittlerweile unter stetem Gedröhn und Gerassel der Pauken die Ausgangsstellungen eingenommen. Sechs Infanteriesturmregimenter, die sich mit einer Haubitzenbrigade und einem Ersatzbataillon vereinigt hatten, dichteten, nachdem man ihnen einen Exekutionspeloton anschloß, das »Sonett von dem Geheimnis des Seins«, und das während des Nachtmarsches zu den Stellungen. Zu beiden Seiten entstand eine gewisse Verwirrung; das achtzigste Marlabardsche Korps rief, die Definition des Begriffs »Feind« solle unbedingt präzisiert werden, da sie bisher von logischen Widersprüchen belastet und womöglich gar sinnlos zu sein scheine.

Die Fallschirmjägerabteilungen versuchten, die umliegenden Dörfer zu algorithmisieren, die Formationen stießen aufeinander, also schickten beide Könige die Flügeladjutanten und Sonderkuriere aus, damit sie Ordnung in die Reihen brachten. Aber kaum war einer herangesprengt und hatte mit seinem Pferd eine Volte gezogen und sich dem jeweiligen Korps angeschlossen, um zu erfahren, woher diese Unordnung komme, gab er im Nu seinen Geist im Korpsgeist auf. So blieben die Könige ohne Adjutanten. Das Bewußtsein erwies sich als eine schreckliche Falle, in die man hineingeraten, unmöglich aber herauskommen kann. Vor den Augen Unheuers sprengte sein Vetter, der Großherzog Derboullion, um der Truppe Mut einzuflößen, zu den Linien, kaum aber hatte er sich zwischengeschaltet, hauchte er seinen Geist aus und war überhaupt nicht mehr vorhanden.

Als Mägerle sah, daß es schlecht stand, obwohl er nicht wußte, warum das so war, winkte er die zwölf Leibtrompeter heran. Auch Unheuer winkte, der auf dem Kommandeurshügel stand; die Bläser legten das Erz an die Lippen, und von beiden Seiten ertönten die Trompeten zum Angriff. Auf dieses langhallende Zeichen hin verband sich jede der Armeen endgültig. Das drohende Eisengeschirr der sich schließenden Kontakte wurde vom Winde auf das künftige Schlachtfeld getragen, und anstelle der tausendfachen Bombardiere und Kanoniere, Richtschützen und

Ladeschützen, Gardisten und Artilleristen, Pioniere, Gendarmen und Marineinfantristen entstanden zwei gigantische Geister, die mit einer Million Augen über die große Ebene hinweg, die unter weißen Wolken lag, einander ansahen, und es trat ein Augenblick völliger Stille ein. Auf beiden Seiten war es nämlich zu der berühmten Kulmination des Bewußtseins gekommen, die der große Gargancjan mit mathematischer Genauigkeit vorausgesehen hatte. Oberhalb einer bestimmten Grenze verwandelt sich nämlich das Militärische als lokaler Zustand in das Zivile, und zwar deshalb, weil der Kosmos als solcher absolut zivil ist, und die Geister beider Heere hatten eben bereits eine kosmische Dimension erreicht! Obschon also von außen der Stahl, die Panzer, Kartätschen und tödlichen Stichwaffen glänzten, wogte innen ein doppelter Ozean abgeklärter Heiterkeit, allumfassenden Wohlwollens und vollkommener Vernunft. Auf den Hügeln stehend, mit dem in der Sonne funkelnden Stahl, unter unausgesetztem Trommelwirbel, lächelten beide Armeen einander an. Trurl und Klapaucius traten gerade an Deck ihres Schiffes, da geschah es, was sie erstrebt hatten: Vor den Augen der vor Scham und Wut schwarz gewordenen Könige räusperten sich beide Heere, faßten einander unter und gingen spazieren, Blumen pflückend unter den dahineilenden Wolken auf dem Felde der nicht stattgehabten Schlacht.

Von den Drachen der Wahrscheinlichkeit

Trurl und Klapaucius waren Schüler des großen Kerebron Emtadrat, der siebenundvierzig Jahre in der Neantischen Hochschule die allgemeine Drachentheorie gelehrt hatte. Bekanntlich gibt es keine Drachen. Einem simplen Verstand mag diese primitive Feststellung vielleicht genügen, nicht aber der Wissenschaft, denn die Neantische Hochschule befaßt sich überhaupt nicht mit dem, was existiert; die Banalität der Existenz ist längst erwiesen, als daß man auch nur ein Wort darüber verlieren sollte. So entdeckte der geniale Kerebron, der mit exakten Methoden dem Problem zu Leibe ging, drei Arten von Drachen: Nulldrachen, imaginäre und negative Drachen. Es existieren, wie gesagt, alle nicht, aber jede Gattung auf eine besondere und grundverschiedene Weise. Die imaginären und die Nulldrachen, Einbilder und Nuller von Fachleuten genannt, existieren auf eine viel weniger interessante Weise nicht als die negativen Drachen. In der Drakologie war seit langem ein Paradoxon bekannt, das darin bestand, daß, wenn zwei negative Drachen herborisiert wurden (eine Aktion, die in der Drachenalgebra etwa der Multiplikation in der üblichen Arithmetik entspricht), als Resultat ein Minidrachen in der Menge 0,6 entsteht. Die Welt der Spezialisten zerfiel nun in zwei Lager, von denen eins behauptete, es handele sich um einen Teil eines Drachen, vom Kopfe an gerechnet, das andere, es sei ein Teil, aber vom Schwanze aus betrachtet. Trurls und Klapaucius' großes Verdienst bestand darin, die Falschheit dieser beiden Ansichten zu beweisen. Sie wandten zum erstenmal die Wahrscheinlichkeitsrechnung auf diesem Gebiet an und schufen damit die probabilistische Drakologie, aus der hervorgeht, daß ein Drachen thermodynamisch nur im statistischen Sinne unmöglich sei, ähnlich wie Elfen, Waldschratte, Heinzelmännchen, Gnomen, Hexen und anderes. Von der allgemeinen Formel der Unwahrscheinlichkeit zählten beide Theoretiker die Koeffizienten der Gnomisierung, Elfisierung u. ä. auf. Aus der gleichen Formel geht hervor, daß man etwa sechzehn Quintoquadrillionen Heptillionen Jahre auf eine spontane Manifestation eines durchschnittlichen Drachens warten müsse. Gewiß wäre dieses Problem eine mathematische Rarität geblieben, hätte nicht Trurl die allseits bekannte Erfindergabe besessen und beschlossen, diesem Problem empirisch auf den Grund zu gehen. Und da es sich um unwahrscheinliche Erscheinungen handelte, erfand er einen Wahrscheinlichkeitsverstärker und erprobte ihn zuerst bei sich im Keller, dann auf einem besonderen, von der Akademie gestifteten drakogenetischen Polygon, dem sogenannten Drakolygon. Die in der allgemeinen Unwahrscheinlichkeitstheorie Unbewanderten fragen sich bis auf den heutigen Tag, warum Trurl eigentlich einen Drachen und nicht eine Elfe oder ein Heinzelmännchen probabilisiert habe, und sie tun das aus Ignoranz, denn sie wissen nicht, daß ein Drachen ganz einfach viel wahrscheinlicher ist als ein Heinzelmännchen; vielleicht beabsichtigte Trurl in seinen Versuchen mit Verstärkern auch noch weiterzugehen, doch bereits der erste brachte ihm eine schwere Kontusion ein, denn der sich realisierende Drache schlug mit dem Bein aus. Zum Glück konnte Klapaucius, der bei der Inbetriebnahme zugegen war, die Wahrscheinlichkeit herabmindern, und der Drachen verschwand. Viele Gelehrte wiederholten dann die Versuche mit dem Drakotron, da es ihnen aber an Routine und Kaltblütigkeit gebrach, gelangte eine beträchtliche Menge der Drachensaat, nachdem sie sie übel zugerichtet hatte, in Freiheit. Erst dann erwies es sich, daß die ekelhaften Ungeheuer ganz anders existieren, nämlich als Schränke, Kommoden oder Tische; die Drachen zeichnen sich vor allem durch eine im allgemeinen recht beträchtliche Wahrscheinlichkeit aus, wenn sie erst einmal entstanden sind. Wenn man nämlich auf einen solchen Drachen eine Jagd veranstaltet, obendrein eine Treibjagd, stößt die Schar der Jäger mit schußbereiten Waffen nur auf ausgebrannte, ganz und gar stinkende Erde, denn der Drache flüchtet, wenn er sieht, daß es schlecht um ihn steht, aus dem realen Raum in den konfigurativen. Als äußerst stures und schmutziges Tier macht er das natürlich rein instinktiv. Primitiv denkende Personen, die nicht begreifen können, wie das vor sich geht, verlangen mitunter jähzornig, man möge ihnen doch diesen konfigurativen Raum zeigen; sie wissen nämlich nicht, daß sich die Elektronen, deren Existenz ja niemand, der hell im Kopfe ist, verneinen wird, ebenfalls nur im konfigurativen Raum bewegen und ihr Schicksal von den Wellen der Wahrscheinlichkeit abhängt. Übrigens fällt es einem Eigensinnigen leichter, der Nichtexistenz von Elektronen als der von Drachen zuzustimmen, denn die Elektronen schlagen, zumindest wenn sie einzeln sind, nicht mit den Beinen aus.

Ein Kollege Trurls, Kyber Harboriseus, verquantete als erster einen Drachen, bestimmte eine Einheit, Drakon genannt, mit der man bekanntlich die Zähler der Drachen kalibriert, und fixierte sogar die Windung ihres Schwanzes, was er fast mit dem Leben bezahlt hätte. Was gingen jedoch diese Errungenschaften die von den Drachen geplagten breiten Massen an, unter denen diese durch Trampeln, allgemeine Zudringlichkeit, Gebrüll und Flammen großen Schaden anrichteten und hie und da sogar Abgaben in Form von Mädchen erzwangen? Was ging die Unglücklichen an, daß Trurls Drachen als indeterministische, also nichtlokale Drachen sich zwar gemäß der Theorie, aber jedem Anstand hohnsprechend, verhielten und daß diese Theorie sogar die Biegungen ihrer Schwänze voraussah, die Dörfer und Saaten vernichteten? Es war also nicht verwunderlich, daß die Allgemeinheit den spektakulären Erfolg Trurls verurteilte, statt ihn richtig einzuschätzen, und eine Gruppe ganz besonderer Ignoranten auf dem Gebiet der Wissenschaft recht schmerzhaft den hervorragenden Wissenschaftler verprügelte. Er jedoch wurde mit seinem Freund Klapaucius nicht müde weiterzuforschen. Daraus ging hervor, daß ein Drache in dem Grade existiere, der von seiner Laune und vom Zustand der allgemeinen Sättigung abhängt, ebenso, daß die einzige verläßliche Liquidationsmethode die Reduktion der Wahrscheinlichkeit auf Null oder gar auf negative Werte sei. Es ist daher begreiflich, daß diese Forschungen viel Mühe und Zeit verschlangen, derweil sich die Drachen, die sich in Freiheit befanden, immer mehr ausbreiteten und zahlreiche Planeten und Monde verwüsteten. Schlimmer noch, sie vermehrten sich sogar. Das gab Klapaucius die Gelegenheit, eine glänzende Arbeit zu veröffentlichen, nämlich »Die kovarianten Übergänge von Drachen zu Schlangen oder der spezifische Fall des Übergangs von physisch verbotenen zu polizeilich verbotenen Zuständen«. Diese Arbeit machte in der wissenschaftlichen Welt viel Furore, wo es noch um den berühmten Polizeidrachen laut war, mit dessen Hilfe tapfere Konstrukteure das Unglück ihrer unvergessenen Kollegen an dem bösen König Greulich rächten. Aber was für Verwicklungen entstanden, als bekannt wurde, daß ein Konstrukteur, ein gewisser Basilius, genannt der Emerdwaner, in der ganzen Milchstraße herumreiste und allein durch seine Gegenwart dort das Auftreten von Drachen verursachte, wo man sie früher nie zu Gesicht bekommen hatte. Wenn die allgemeine Verzweiflung und die nationale Katastrophe den Höhepunkt erreichten, erschien er bei dem Herrscher des jeweiligen Landes, um die Vernichtung der Monstren in Angriff zu nehmen, nachdem er zuvor das Honorar dafür in langen Verhandlungen bis zur Unmöglichkeit hochgeschraubt hatte. In der Regel gelang ihm auch die Vertilgung, obschon niemand wußte, wie er das zuwege brachte, denn er handelte einsam und im geheimen. Er verbürgte sich übrigens nur für eine statistische Garantie des Erfolges seiner Drakolyse, und als ihm ein Monarch Gleiches mit Gleichem vergalt und ihn mit Dukaten bezahlte, die auch nur statistisch gut waren, fluchte er furchteinflößend.

Trurl und Klapaucius begegneten sich zu jener Zeit an einem heiteren Nachmittag, und es kam zwischen ihnen zu dem folgenden Gespräch: »Hast du schon von diesem Basilius gehört?« fragte Trurl.

»Ja, das habe ich.«
»Und was ist deine Meinung?«
»Die Geschichte gefällt mir nicht.«
»Mir auch nicht. Was denkst du darüber?«
»Ich glaube, daß er einen Verstärker anwendet.«
»Für die Wahrscheinlichkeit?«
»Ja, oder auch räsonierende Systeme.«
»Oder einen Drachengenerator.«
»Du meinst das Drakotron?«
»Ja.«
»Tatsächlich, das wäre gut möglich.«
»Aber weißt du«, rief Trurl, »es wäre auch eine Niedertracht. Das würde ja bedeuten, daß er diese Drachen sozusagen mitführt, aber nur im potenziellen Zustand, mit einer Wahrscheinlichkeit, die Null nahekommt.«
»Und was meinst du, annulliert er sie dann mit einem nihilisierenden Retrokreator, oder verringert er nur zeitweilig die Wahrscheinlichkeit, um sich in der Zwischenzeit mit dem Gold aus dem Staube zu machen?«
»Schwer zu sagen. Wenn er nur entprobabilisierte, dann wäre das eine noch größere Schurkerei, denn früher oder später müssen Null-Fluktuationen zur Aktivierung der Drakomatrize führen, und dann fängt die ganze Geschichte von neuem an.«
»Gewiß, aber er ist dann mit dem Geld schon weg ...«, murmelte Klapaucius.
»Meinst du nicht, daß man in dieser Angelegenheit eigentlich an das Hauptamt für Drachenregulierung schreiben sollte?«
»O nein, das nicht. Schließlich tut er das vielleicht gar nicht. Wir besitzen diese Gewißheit nicht. Auch keine Beweise. Aber statistische Fluktuationen treten auch ohne Verstärker auf; früher hat es weder Matrizen noch Verstärker gegeben, und die Drachen waren manchmal aufgetaucht. Einfach rein zufällig.«
»Scheint so ...«, versetzte Trurl, »aber ... sie tauchen erst

dann auf, wenn er auf dem jeweiligen Planeten angekommen ist!«
»Gewiß. Doch es schickt sich eben nicht, zu schreiben; immerhin ist er ein Fachkollege. Wir könnten höchstens selbst gewisse Schritte unternehmen.«
»Das können wir.«
»Also gut, auch ich bin dieser Meinung. Aber was tun?«
Hier vertieften sich beide berühmten Drakologen in eine Fachdiskussion, von der ein uneingeweihter Zuhörer nicht ein Wort begriffen hätte, weil er nur rätselhafte Wörter vernommen hätte, wie zum Beispiel »Drachenzähler«, »ungeschwänzte Transformation«, »schwache drakonale Reaktionen«, »Diffraktion und Diffusion von Drachen«, »harter Drache«, »weicher Drache«, »draco probabilisticus«, »labiles Basiliskenspektrum«, »Drache im Zustand der Erregung«, »Annihilation zweier Drachen mit entgegengesetztem Amok im Kraftfeld allgemeiner Kopflosigkeit« usw.
Ergebnis dieser durchdringenden Analyse der Erscheinung war eine Expedition, auf die sich beide Konstrukteure sehr sorgfältig vorbereiteten, ohne zu versäumen, ihr Schiff mit einer Menge komplizierter Apparaturen vollzuladen.
Insonderheit nahmen sie einen Diffusator sowie einen Mörser mit, der mit Antiköpfen schoß. Während der Reise, als sie nacheinander auf Enzien, Penzien und Coerulea landeten, wurde ihnen klar, daß sie außerstande sein würden, den gesamten von der Plage heimgesuchten Bereich durchzukämmen, selbst wenn sie sich für diesen Zweck in Stücke reißen würden. Einfacher war es natürlich, wenn sie sich trennten, und nach der Arbeitsbesprechung begab sich denn auch jeder in seine Richtung. Klapaucius arbeitete lange auf Prestopondien, wo ihn Kaiser Ruhmreich Ampetricius engagiert hatte, welcher auch bereit war, ihm seine Tochter zur Frau zu geben, nur um die Monstren loszuwerden. Drachen von maximaler Wahrscheinlichkeit drangen sogar bis in die Straßen der hauptstädtischen Burg vor, und von virtuellen wimmelte es geradezu allent-

halben. Ein virtueller Drache »existiert« zwar nicht, würde ein naiver Durchschnittsmensch sagen, d. h. er kann in keiner Weise wahrgenommen werden, wie er auch nichts unternimmt, was seine Offenbarung hervorriefe, jedoch die von Kyber-Trurl-Klapaucius-Minog angestellte Berechnung, namentlich die Drako-Wellen-Gleichung, läßt deutlich erkennen, daß ein Drache aus dem konfigurativen Raum leichter in den realen Raum hinüberzuwechseln vermag als ein Kind aus dem Haus in die Schule. So konnte man also in der Wohnung, im Keller oder auf dem Dachboden jeden Augenblick bei allgemeinem Anstieg der Wahrscheinlichkeit einem Drachen begegnen, ja sogar einem Superdrachen.

Anstatt Drachen nachzujagen, was auch nicht viel eingebracht hätte, ging Klapaucius als echter Theoretiker methodisch an die Sache heran – stellte auf Plätzen und Squares, in Dörfern und Städten probabilistische Drakoreduktoren auf, und in kurzer Zeit waren die Ungeheuer eine große Seltenheit. Nachdem Klapaucius die Gebühren, das Ehrendiplom und die Wanderfahne kassiert hatte, startete er, um sich mit seinem Freund zu treffen. Unterwegs beobachtete er einen Planeten, von dem ihm jemand verzweifelt zuwinkte. In der Annahme, es könne Trurl sein, dem etwas Schlimmes widerfahren sei, landete Klapaucius. Jedoch die Zeichen stammten von den Bewohnern Trufloforas, den Untertanen des Königs Grellius. Sie huldigten zahlreichen Vorurteilen und dem primitiven Glauben, und ihre Religion, die drakonistische Pneumatologie hieß, besagte, daß die Drachen als Strafe für Sünden erschienen und Seelen besäßen, die jedoch unsauber seien. Als er merkte, daß es zumindest unvernünftig wäre, sich mit den königlichen Drakologen auf Diskussionen einzulassen, denn die von ihnen benutzten Methoden beschränkten sich auf eine Beweihräucherung der heimgesuchten Stellen und auf die Verteilung von Reliquien, zog Klapaucius vor, das Terrain selbst zu sondieren. Den Planeten bewohnte augenblicklich nur ein Monstrum, aber eins von der scheußlichen Gattung der Jechiden. Er bot dem

König seine Dienste an; aber der antwortete ihm nicht gleich frei heraus, da er sich ganz offensichtlich unter dem Einfluß der unsinnigen Doktrin befand, die die Ursachen der Entstehung von Drachen in eine metazeitliche Welt übertrug. Beim Studium der lokalen Zeitungen erfuhr Klapaucius, daß die Jechide, die auf dem Planeten grassiere, von den einen als Einzelexemplar, von den anderen hingegen als Pluralität aufgefaßt werde und imstande sei, sich an vielen Stellen zugleich einzufinden. Das gab ihm zu denken, obwohl er sich überhaupt nicht wunderte, denn die Lokalisierung der abscheulichen Wesen unterliegt sogenannten Drakoanomalien, und manche Exemplare, zumal die Zerstreuten, pflegten im Raum »verwischt« zu sein, was ein gewöhnlicher Effekt einer isospinalen Verstärkung des Quantenmoments ist. Wie eine Hand, die aus dem Wasser taucht, über der Wasseroberfläche fünf scheinbar miteinander gänzlich unzusammenhängende Finger zeigt und auf diese Weise aus dem konfigurativen Raum in den realen übergeht, wirken die Drachen pluralistisch, obwohl sie nur singulär sind. Gegen Ende einer der Audienzen fragte Klapaucius den König, ob nicht vielleicht schon Trurl auf seinem Planeten gewesen sei; und er beschrieb genau seinen Freund. Wie groß war seine Überraschung, als er vernahm, daß sein Kollege tatsächlich unlängst im Grelliusschen Reiche geweilt habe und es sogar übernommen hatte, die Jechide zu beseitigen, er habe eine Anzahlung genommen und sich in die nahe gelegenen Berge begeben, wo das Drachenweib besonders häufig beobachtet worden war; er sei darauf am nächsten Tage zurückgekehrt und habe das Gesamthonorar verlangt, und zum Beweis seines Triumphes habe er vierundzwanzig Drachenzähne gezeigt. Es kam jedoch zu gewissen Mißverständnissen, und die Auszahlung wurde bis zur Aufhellung der Angelegenheit gestoppt. Trurl soll darauf sehr erregt gewesen sein und sich in einer Weise mehrfach und laut über den herrschenden Monarchen ausgedrückt haben, die unverkennbar einer Majestätsbeleidigung geglichen habe, daraufhin habe er sich in unbekannter

Richtung entfernt. Von diesem Tage an sei es um ihn still geworden, die Jechide jedoch sei zurückgekehrt, als wäre nichts geschehen, und verwüstete noch ärger Dörfer und Burgen zu allgemeinem Kummer.

Die Geschichte erschien Klapaucius recht verworren, aber es fiel schwer, die Worte, die aus dem königlichen Munde kamen, anzuzweifeln, so nahm er denn einen Rucksack voll der stärksten drakoziden Mittel und ging einsam in die Berge, deren verschneiter Kamm sich majestätisch über dem östlichen Horizont erhob.

Recht bald entdeckte er auf den Felsen die ersten Spuren des Monstrums, und selbst wenn er sie nicht bemerkt hätte, hätte er den charakteristischen stickigen Geruch der Schwefelausdünstungen wahrgenommen. Unverdrossen ging er weiter, jeden Augenblick bereit, zur Waffe zu greifen, die er sich über die Schulter gehängt hatte, und schaute ununterbrochen auf den Drachenzähler mit dem Pfeil. Eine Zeitlang stand er auf Null, dann begann er beunruhigend zu oszillieren, bis er allmählich, einen unsichtbaren Widerstand überwindend, in die Nähe der Eins rückte. Jetzt konnte Klapaucius nicht mehr daran zweifeln, daß sich die Jechide in der Nähe befand. Ihn wunderte es maßlos, denn es wollte ihm nicht in den Kopf, daß sein erprobter Kumpan und ein berühmter Theoretiker, wie Trurl es war, in seinen Berechnungen einen Bock schießen und somit das Drachenweib nicht vernichten konnte. Es fiel auch schwer, daran zu glauben, daß er, ohne sein Ziel erreicht zu haben, an den königlichen Hof zurückgekehrt sei und Belohnung für etwas verlangt habe, was er nicht gemacht hatte.

Bald begegnete er unterwegs einer Kolonne Einheimischer, die ganz augenscheinlich maßlos verängstigt waren, denn sie warfen besorgt Blicke nach allen Seiten und waren bemüht, dicht beieinander zu bleiben. Gebeugt unter der Last, die sie auf dem Rücken und auf dem Kopf trugen, stapften sie im Gänsemarsch den Hang hinauf, Klapaucius grüßte sie, hielt den Zug an und fragte den Wegführer, was sie denn täten.

»O Herr!« erwiderte ihm jener, ein königlicher Beamter niederen Ranges. »Wir bringen dem Drachen den Tribut.«
»Den Tribut? Ach so! Und was ist das für ein Tribut?«
»Er besteht aus dem, was der Drachen verlangt: aus Gold, Edelsteinen, ausländischen Parfüms und einer Menge anderer Sachen, die von höchstem Wert sind.«
Hier kannte Klapaucius' Verblüffung keine Grenzen mehr, denn Drachen fordern nie einen solchen Tribut, und ganz bestimmt nicht aromatische Düfte, die gar nicht imstande wären, ihren natürlichen Gestank zu überwinden, auch kein Bargeld, mit dem sie überhaupt nichts anzufangen wüßten.
»Und Jungfrauen verlangt der Drachen nicht, mein Bester?« fragte er noch.
»Nein, Herr. Früher tat er das. Vergangenes Jahr habe ich sie ihm mandel- und dutzendweise, je nachdem, wie sein Appetit war, zugeführt. Seit der Zeit jedoch, als bei uns ein Fremder erschien, das heißt ein Ausländer, Herr, und mutterseelenallein mit Schachteln und Apparaten durch die Berge schweifte . . .«
Hier unterbrach der brave Mann seine Rede zögernd und betrachtete besorgt Gerätschaften und Waffen des Klapaucius, hauptsächlich aber das große Zifferblatt des Drachenzählers, der die ganze Zeit leise getickt hatte und seinen roten Pfeil auf dem weißen Blatt zucken ließ.
»Bei ihm war alles genauso wie bei Hochwohlgeboren!« sagte er mit einer etwas zitternden Stimme. »Die gleiche Ausrüstung und überhaupt . . .«
»Ein Gelegenheitskauf auf dem Markt«, sagte Klapaucius, in dem Bemühen, sein Mißtrauen einzuschläfern. »Aber sagt mir, meine Teuersten, wißt ihr vielleicht, was mit diesem Fremdling geschehen ist?«
»Was aus dem da geworden ist? Nun, wissen tun wir es nicht mehr, Herr. Das heißt, es war so: Einmal, es wird wohl zwei Wochen her sein – stimmt, was, Gevatter Barbaron? Zwei Wochen, mehr nicht?«
»Freilich, Ihr sagt die Wahrheit, die reine Wahrheit, warum

nicht? Zwei Wochen werden es sein oder auch vier. Vielleicht auch sechs.«

»Also! Er kam, betrat unser Haus, stärkte sich, ich will nichts sagen: Er hat gezahlt, wie es sich gehört, hat sich bedankt, es läßt sich wirklich nichts sagen, o nein, er hat sich umgeschaut, hat die Dielen beklopft, hat sich nach den Preisen vom vergangenen Jahr erkundigt, hat die Apparate auseinandergenommen, hat von den Zifferblättern etwas emsig abgeschrieben, daß ihm die Hände dabei flatterten, aber sorgfältig, eins nach dem anderen, in ein kleines rotes Buch, das er im Latz hatte, dann nahm er das – wie heißt es doch, Gevatter? Das Ter ... Temper ... ich krieg's nicht ...«

»Das Thermometer, Schulze!«

»Freilich, na klar! Er nahm also das Thermometer und meinte, das wäre gegen die Drachen, und er steckte es hierhin und dorthin, schrieb wieder in seinem Heft, steckte die Apparate in den Sack, hievte den Sack auf den Rücken, verabschiedete sich und ging. Weiter wurde er nicht mehr gesehen. Doch da war noch etwas. In der gleichen Nacht gab es einen Knall und eine Explosion, jedoch in weiter Ferne. Als wäre es hinter dem Mydragower Berg gewesen – das heißt neben der Spitze, mit dem Sperber obenauf, dieser nämlich ist dem Grellius seiner, er heißt so nach unserem wohlgeborenen König, der andere, der von der anderen Seite, der so mehr angelehnt ist, wie eine Hinterbacke an die andere, heißt Pakusta, weil einmal ein ...«

»Berge sind nicht so wichtig«, sagte Klapaucius, »Ihr behauptet also, es hätte in der Nacht einen Knall gegeben. Was war dann?«

»Dann – gar nichts. Als es knallte, zitterte das Haus, daß ich von der Pritsche herunterfiel. Aber ich bin es gewohnt, wenn sich die Drachin nämlich manchmal den Hintern am Haus reibt, dann wird man noch ganz anders durchgeschüttelt; und was der Bruder von Barbaron ist, den hat es in den Wäschekessel geworfen, weil die gerade wuschen, als die Drachin Lust bekam, sich an der Ecke zu kratzen ...«

»Doch zur Sache!« rief Klapaucius. »Es gab einen Knall – Ihr seid auf den Fußboden gefallen – und was weiter?«

»Ich sage doch – gar nichts. Hätte es etwas gegeben, dann könnte man was sagen, aber wenn nichts war, dann gibt es auch nichts, worüber es sich lohnte, den Mund fußlig zu reden. Nicht Gevatter Barbaron?«

»Klar, so ist die Sache.«

Klapaucius entfernte sich, hierauf zog die Trägerkolonne weiter zum Berg, gebeugt unter der Last, denn der Drachentribut war schwer. Klapaucius vermutete, daß sie ihn in der vom Drachen bestimmten Höhle niederlegen würden, doch er wollte nicht nach den Einzelheiten fragen, denn er schwitzte am ganzen Leibe von diesem Gespräch mit dem Schultheiß und seinem Gevatter. Übrigens hatte er zuvor noch gehört, wie einer der Einheimischen zum anderen sagte, daß der Drache »einen solchen Ort gewählt habe, wo er es nicht weit und auch wir es nicht weit haben –«.

Er schritt fürbaß auf dem Weg dahin, den er nach den Messungen des Drakoindikators wählte, welches Gerät er sich um den Hals gehängt hatte, auch den Zähler vergaß er nicht, doch der zeigte ununterbrochen Null und acht Zehntel Drachen an.

»Das muß ein sehr diskreter Drache sein, weiß der Teufel!« dachte Klapaucius, während er so marschierte, und alle Augenblicke blieb er stehen, denn die Strahlen der Sonne brannten entsetzlich, und in der Luft war eine Hitze, daß es über den erwärmten Felsen nur so zitterte, ringsum war nicht ein einziges Blättchen Vegetation zu sehen, nur rissiger trockener Schlamm in den Felsspalten und glühende Geröllhaufen, die sich bis zu den majestätischen Gipfeln erstreckten.

Eine Stunde verging, die Sonne neigte sich bereits auf die andere Seite des Himmels, und er schritt noch immer über Kiesfelder, über Felsspalten, bis er sich schließlich im Land der engen Hohlwege und Spalten voller Finsternis befand. Der rote Pfeil kroch bis zur Neun unter der Eins und erstarrte zitternd.

Klapaucius legte den Rucksack auf den Felsen und war gerade

dabei, den Entdrakonisator herauszunehmen, als der Zeiger lebhaft zu schwanken begann. Er packte also den Wahrscheinlichkeitsreduktor und musterte scharfen Auges die Umgebung. Er befand sich auf einem Felsrücken und konnte in die Tiefe des Hohlwegs hineinschauen, in dem sich etwas bewegte.

»Potzblitz, da ist sie!« durchfuhr es ihn. Die Jechide war nämlich weiblichen Geschlechts.

Ihm kam der Gedanke, daß sie sich vielleicht aus diesem Grunde keine Jungfrauen wünsche. Früher jedoch hatte sie sie gern genommen. »Merkwürdig, sehr merkwürdig, aber jetzt ist Treffgenauigkeit die Hauptsache, dann wird alles noch gut!« überlegte er und langte für alle Fälle noch einmal in den Rucksack nach dem Drakodestruktor, dessen Kolben die Drachen ins Nichtsein befördert hatten. Er beugte sich hinter einem Felsen vor. Auf dem Grunde des engen Talkessels kroch eine Drachin riesigen Ausmaßes in einem trockenen Flußbett, dunkelgrau, mit eingefallenen Flanken, als hätte sie großen Hunger gelitten. Chaotische Gedanken jagten einander in Klapaucius Hirn. Konnte er sie annihilieren, indem er das Vorzeichen der Drachenmatrix von positiv in negativ änderte, wodurch die statistische Wahrscheinlichkeit des Nichtdrachens Oberhand über den Drachen bekommen hätte? Doch wie riskant war es, zog man in Betracht, daß schon eine winzige Oszillation eine Änderung verursachen konnte, deren Folgen katastrophal wären, denn schon manchem war in solcher Bestrahlung an Stelle eines Nichtdrachens ein Nichtlachen der Lohn, und wie soll auch von einem einzigen oder auch von zwei Buchstaben soviel abhängen! Übrigens würde eine totale Deprobabilisierung eine Untersuchung der Natur der Jechide unmöglich machen. So zögerte er und sah in Gedanken schon das reizvolle Bild der gewaltigen Drachenhaut in seinem Arbeitszimmer, zwischen dem Fenster und dem Bücherschrank; doch es war jetzt nicht die Zeit, sich Träumereien hinzugeben, obwohl sich ihm nun eine weitere Möglichkeit aufdrängte, als er niederkniete: dieses Exemplar mit so eigenartigem Geschmack an einen Drachenzoo abzutreten! Er hatte sogar noch Zeit für den Gedanken, was für eine wissenschaftliche Arbeit er, gestützt auf ein gut erhaltenes Exemplar, nebenbei schreiben könnte, er nahm also die Flinte mit dem Reduktor aus der rechten Hand in die linke, packte mit der rechten die mit dem Antikopf geladene Donnerbüchse, zielte sorgfältig und drückte ab.

Es krachte mordsmäßig. Ein perlgraues Rauchwölkchen ringelte sich um den Lauf und um Klapaucius, so daß er das Ungeheuer für einen Moment aus den Augen verlor. Aber gleich verzog sich der Rauch wieder.

Die alten Mären berichten eine Unmenge unwahrer Dinge über die Drachen. So heißt es zum Beispiel darin, die Drachen besäßen sieben Köpfe. So ist es nie. Ein Drache kann nur einen Kopf haben, denn zwei würden sogleich zu heftigen Streitigkeiten und Zänkereien führen; deshalb auch sind die Vielköpfer, wie die Gelehrten sie nennen, infolge innerer Zwistigkeiten ausgestorben. Von Natur aus hartnäckig und stumpfsinnig, vertragen diese Monstren nicht den geringsten Widerspruch, also führen zwei Köpfe an einem Körper zum schnellen Tode, denn jeder verweigert, um dem anderen zuwiderzuhandeln, die Nahrungsaufnahme und hält böswilligerweise sogar den Atem an – mit sattsam bekanntem Erfolg. Ebendieses Phänomen hatte sich Euphorius Rührselig, der Erfinder der Antikopfbüchse, zunutze gemacht. Man schießt dem Drachen ein kleines handliches Elektronenköpfchen in den Leib, und es kommt im Nu zu Hader und Skandalen, und als Folge davon bleibt der Drache wie gelähmt, völlig erstarrt, einen Tag, eine Woche, manchmal einen Monat auf einer Stelle; es kommt vor, daß ihn die Erschöpfung erst nach einem Jahr bezwingt. In dieser Zeit kann man mit ihm anstellen, wozu es einem gerade gelüstet.

Jedoch der Drache, den Klapaucius angeschossen hatte, verhielt sich zumindest sonderbar. Er stellte sich zwar auf die Hinterbeine mit einem Gebrüll, von dem Steinlawinen über die Hänge rollten, er schlug auch mit dem Schwanz gegen die Felsen, bis der Geruch der entfachten Funken den ganzen Talkessel ausgefüllt hatte, dann kratzte er sich aber am Ohr, räusperte sich und ging weiter, als wäre nichts gewesen, er beschleunigte lediglich ein wenig seine Gangart, so daß er nun trabte. Klapaucius traute seinen Augen nicht, er jagte ihm über den Felsgrat nach und verkürzte sich so den Weg zum Ausgang des ausgetrockneten Flußbetts, denn nun schwebten ihm nicht nur eine kleine wissenschaftliche Arbeit vor oder ein, zwei Artikel im »Drachenalmanach«, sondern zumindest eine Monographie auf Kreidepapier mit einem Abbild des Drachen und dem des Autors!

An der Biegung kauerte er sich hinter dem Felsen nieder, legte den Unwahrscheinlichkeitswerfer an, zielte und betätigte die Depossibilitatoren. Der Kolben zitterte ihm in der Hand, die erwärmte Waffe umgab sich mit einem Schleier, den Drachen umringte ein Halo, wie den Mond, wenn sich schlechtes Wetter ankündigt, doch er löste sich nicht auf! Erneut machte Klapaucius den Drachen ganz und gar unwahrscheinlich; die Intensität der Impossibilität wuchs dermaßen an, daß ein vorbeifliegender Schmetterling mit dem Morsealphabet das zweite »Dschungelbuch« zu senden begann, und inmitten der Felsumrisse tauchten Schatten von Wahrsagerinnen, Hexen und Wurzelweibchen auf, und das vernehmliche Echo galoppierender Hufe kündete an, daß irgendwo Zentauren hinter dem Drachen einherjagten, die die horrende Spannung des Werfers aus der Unmöglichkeit beschworen hatte. Der Drache jedoch tat, als wäre nichts geschehen, kauerte sich schwerfällig hin, gähnte und begann vergnügt die hängende Wamme mit den Hinterpranken zu kratzen.

Die glühende Waffe brannte bereits Klapaucius' Finger, der verzweifelt auf den Abzugshahn drückte, denn er hatte bisher noch nie derartiges erlebt – die kleineren Steine in der Nähe erhoben sich langsam in die Lüfte, der Staub aber, den der sich kratzende Drache unter seinem Hinterteil emporwühlte, ordnete sich, anstatt in völligem Chaos niederzugehen, in der Luft in die gut lesbare Aufschrift *Doktor, stehe ihnen zu Diensten.* Es war dunkel geworden, denn aus dem Tag wurde Nacht, und ein paar Kalkfelsen brachen zu einem Spaziergang auf, unterhielten sich leise über dies und jenes, mit einem Wort, es geschahen wahre Wunder, das scheußliche Vieh jedoch, das kaum dreißig Schritt von Klapaucius entfernt ruhte, dachte nicht im geringsten daran, zu verschwinden. Klapaucius ließ den Werfer fahren und griff in den Brustlatz, holte eine Antidrachengranate hervor und schleuderte sie, seine Seele der Matrix allspinoraler Umwandlungen anvertrauend, nach vorn. Es donnerte, mit den Felsbrocken flog auch der Schwanz des Drachen in die Luft, welch letzterer mit unverfälscht menschlicher Stimme »Hilfe« rief und davonstiebte, geradewegs auf Klapaucius zu. Dieser sprang, als er den unausweichlichen Tod nahen sah, aus seinem Versteck hervor und hielt die kurze Antimateriearmbrust fest umklammert. Er holte aus, doch erneut ließ sich ein Schreien vernehmen: »Hör auf! Hör auf! Schlag mich nicht tot!«

»Was, ein redender Drache?« überlegte Klapaucius.

»Das kann nicht sein, ich muß wahnsinnig geworden sein ...«

Jedoch er fragte: »Wer spricht? Bist du's, Drache?«

»Was für ein Drache? Ich bin's!«

Und tatsächlich tauchte Trurl aus der zerfließenden Staubwolke empor; er faßte den Hals des Drachen an, hantierte daran, und der Riese fiel sacht auf die Knie und erstarb mit lang anhaltendem Klirren.

»Was soll diese Maskerade? Was hat das zu bedeuten? Woher der Drache? Was hast du in ihm gemacht?« Klapaucius' Fragen prasselten auf Trurl nieder, der seine vollgestaubte Kleidung säuberte und sich seines Freundes zu erwehren versuchte.

»Aber woher, wie denn, wo, was ... Laß mich doch zu Wort kommen! Ich habe einen Drachen vernichtet, der König verweigerte mir aber den Lohn dafür ...«

»Weshalb?«

»Sicherlich aus Geiz, ich weiß es nicht. Er wälzte das auf die Bürokratie ab, es müsse erst das Gutachtenprotokoll einer Kommission vorliegen, mit Messungen und mit einer Sektion, der Thronbetriebsrat müsse zusammentreten, dies und das, der Hauptschatzmeister habe geäußert, man könne sich nicht einigen, wie die Auszahlung vorzunehmen sei, denn sie falle weder in den Bereich des Lohnfonds noch in den des Allgemeinfonds, mit einem Wort, obwohl ich ihn bat und drängte, obwohl ich zur Kasse und zum König ging, beim Thronrat antichambrierte, es wollte mich niemand anhören; und als sie mir schließlich empfahlen, meinen Lebenslauf mit Paßbildern einzureichen – da ging ich eben, doch der Drache befand sich bereits in einem nicht mehr umkehrbaren Zustand. Ich zog ihm die Haut ab, schnitt einige Armvoll Haselnußruten, dann fand sich noch ein alter Telegraphenmast, und mehr war nicht nötig, ich stopfte ihn aus, na, und dann – dann spielte ich eben etwas vor ...«

»Unmöglich! Solltest du zu einer so schändlichen Methode Zuflucht genommen haben? Du? Warum, um Himmels willen, wenn sie dich nicht bezahlten? Ich begreife überhaupt nichts mehr.«

»Ach, dumm bist du!« Trurl zuckte herablassend mit den Schultern. »Sie zollen mir ja unablässig Tribut! Ich habe schon mehr erhalten, als ich verlangen durfte.«

»So ist das!!!« Eine Erleuchtung kam über Klapaucius Aber gleich fügte er hinzu: »Es ist ungehörig, durch Zwang ...«

»Wieso ungehörig? Habe ich denn etwas Böses getan? Ich bin in den Bergen herumspaziert, und abends habe ich etwas geheult. Ich war schrecklich echauffiert ...«, fügte er hinzu und setzte sich neben Klapaucius.

»Wodurch eigentlich? Vom Heulen?«

»Nein, wieso das? Kannst du wirklich nicht eins und eins zusammenzählen? Was denn für Heulen? Jede Nacht bin ich gezwungen, Säcke mit Gold aus der verabredeten Höhle nach oben zu schaffen, schau nur dorthin!« Er deutete mit der Hand auf einen entfernten Bergrücken. »Dort habe ich mir einen kleinen Startplatz vorbereitet. Wenn du solche Zwanzigpudlasten von früh bis spät schleppen müßtest, würdest du schon sehen! Dieser Drache ist ja gar kein Drache, allein die Haut wiegt an die drei Tonnen, ich muß sie schleppen, muß brüllen, muß stampfen – das am Tag, und nachts diese Plackerei. Ich freue mich, daß du gekommen bist. Ich hatte es wirklich schon satt . . .«

»Aber warum eigentlich ist dieser Drache – das heißt diese scheußliche Larve – nicht verschwunden, als ich die Wahrscheinlichkeit bis auf Wunder herabminderte?« wollte Klapaucius wissen.

Trurl räusperte sich, als wenn er verwirrt wäre.

»Das ist meiner Umsicht zu verdanken«, erläuterte er. »Schließlich hätte hier irgend so ein dummer Jäger auftauchen können, meinetwegen der Basilius, also habe ich unter der Haut antiprobabilistische Schirme angebracht. Und jetzt komm, da sind noch ein paar Säcke Platin übriggeblieben – es ist das Schwerste von allem, ich wollte es nicht allein tragen. Es trifft sich wunderbar, du wirst mir helfen . . .«

Wie Trurl und Klapaucius einen Dämon Zweiter Ordnung schufen, um Mäuler den Mäuler zu besiegen

»Von den Völkern der Größeren Sonnen führen zwei Karawanenstraßen nach Süden. Die erste, die alte, vom Vierstern zum Gaurosauron, einem sehr hinterlistigen Gestirn mit veränderlichem Schein, das durch Verlöschen dem Abassitenzwerg ähnlich wird, wodurch Verirrte häufig in die Kirowwüste geraten und nur eine Karawane von zehn heil herauskommt. Die neue, die zweite Trasse, hat das Reich der Mirapuden eingerichtet, nachdem seine Raketensalven einen sechs Milliarden Urmeilen langen Tunnel durch den weißen Gaurosauron gebohrt hatten. Der nördliche Eingang zum Tunnel ist so zu finden: Man folgt sieben elektrische Paternoster lang dem Kurs von der letzten Großen Sonne direkt zum Pol. Dann biegt man nach links ab mit einem kleinen Hals, bis die Feuerwand, das heißt die Flanke des Gaurosauron, aufgetaucht ist, worin die Tunnelöffnung als schwarzer Punkt im weißen Flammenmeer zu sehen ist. Von hier nun geht man stracks geradeaus, ohne etwas befürchten zu müssen, denn es können acht Schiffe Bord an Bord nebeneinander durch den Tunnel fahren; und es gibt keinen schöneren Anblick als den, der sich dann durch die Bordscheiben bietet. Meistens ist es ein Feuerregen; wenn die Sterninnereien aber von magnetischen Stürmen bewegt werden die in einer Entfernung von einer oder zwei Milliarden Meilen tosen, sind große Feuerknoten und glühende Feuerarterien mit weiß flammenden Gerinnseln zu sehen, wenn jedoch der Sturm oder ein Taifun von der Stärke sieben naht, dann zittern die Gewölbe, als ob der weiße Teig der Glut einstürzen müßte, doch ist das nur Schein, denn er fliegt und stürzt nicht ein, er flammt, verbrennt aber nicht, da die Streben der starken Felder ihn halten. Sieht man aber, wie die Protuberanzfülle anschwillt und die langblitzigen Quellen, Höllenböller genannt, wüten und nahen, ist es gut, das Steuerrad fester zu packen, denn dann tut größte Steuergewandtheit not, und es ziemt sich, nicht auf die Landkarte, sondern auf die Eingeweide der Sonne zu blicken, denn es legt niemand diesen Weg zweimal auf die gleiche Weise zurück. Der mit dem Degen in den Gaurosauron gestochene Tunnel windet sich, schlängelt sich dahin und zittert wie eine Schlange unter Schlägen; deshalb hat man die Augen offenzuhalten, darf sich vom rettenden Eis nie trennen, das die Helmkappen mit durchsichtigen Zapfen umrankt, und muß aufmerksam die entgegenjagenden Brandwände beobachten, die prasselnde Zungen vorstrecken, und sich auf nichts außer auf den eigenen Scharfsinn verlassen, wenn man den feuergepeitschten und von Sonnenglut bespienen Schiffspanzer zischen hört. Zugleich aber muß man beachten, daß nicht jede Feuerbewegung und nicht jede Schrumpfung des Tunnels gleich ein Zeichen für das Beben des Sterns bedeutet, auch nicht der weiße Einbruch der Glutozeane, der erfahrene Schiffsmann wird daher, wenn er sich das eingeprägt hat, nicht gleich beim geringsten Anlaß ›zu den Pumpen‹ rufen, um nicht zu seiner Schande von den Erfahreneren zu hören, er habe mit einem Tropfen kühlenden Ammoniaks das ewige Feuer des Gestirns löschen wollen. Dem Fragenden, der wissen will, was er zu tun habe, wenn ein echtes Sternbeben über das Schiff hereinbricht, wird jeder Vakuumexperte sofort entgegnen, daß es dann genüge, zu seufzen, denn für größere Todesvorbereitungen bleibe ohnehin keine Zeit, die Augen aber könne man dann offen- oder geschlossen halten, ganz nach Belieben, das Feuer werde sie ja sowieso durchbohren. Jedoch gehört solch ein Mißgeschick zu den seltensten, denn die von den Mirapudanern eingesetzten Verklammerungsklammern halten die Gewölbe recht gut, und eine Direktreise durch das Sterninnere zwischen den biegsam blitzenden Spiegeln des Gaurosauronwasserstoffs kann durchaus zauberhaft sein. Nicht umsonst wird berichtet, daß derjenige, der den Tunnel betreten habe, ihn bald wieder verlassen werde; was man von der Kirowwüste nicht gerade behaupten könne. Wenn aber einmal in einem Jahrhundert der Tunnel von einem Beben demoliert wird, gibt es keinen anderen Weg außer diesem. Die Wüste ist schwärzer als die Nacht, denn das Licht der Sterne aus der näheren Umgebung wagt nicht, in sie zu dringen. Dort rasseln wie in einem Mörser die Wracks jener Schiffe, die durch den hinterhältigen Gaurosauron vom Kurs abgekommen und in der Umarmung der bodenlosen Strudel geborsten waren, um so bis zur letzten galaktischen Umdrehung zu kreisen, schauderhaft plattgedrückt von der Gravitation. Östlich von der Kirowwüste liegt das Reich der Schlüpfrigkiefrigen, im Westen das der Armäugigen, und nach Süden verlaufen die Wege, die dicht durchsetzt sind von Todesackern – hin bis zu der leichteren Sphäre der himmelblauen Lasurea und weiter zum flammenblättrigen Murgund, wo der Archipel eisenfreier Sterne blutet, der als Karosse des Alzaron bezeichnet wird. Wie gesagt, die Wüste ist ebenso voller Schwarz wie die Sonnenpassage des Gaurosauron voller Weiß. Nicht alle Not rührt dort von den Strudeln her, vom Sand, von den Strömungen, die aus der Höhe herab ziehen oder von rasenden Meteoren; von manchen wird nämlich behauptet, daß ein Ding oder auch ein Unding, genannt der Unbekannte, an einem unbekannten Ort sitze, in trüber Finsternis, seit alters in unfaßbarer Tiefe; wer seinen wahren Namen kennenlernen will, indem er ihm begegnet, wird der Welt nichts mehr offenbaren können, weil er sie nicht mehr sehen wird. Man erzählt sich, der Unbekannte sei ein Räuber und Zauberer gewesen und bewohne eine eigene Burg, errichtet aus schwarzer Gravitation, die Burggräben seien eine ewige Lawine, ihre Mauern das Nichtsein, das vollkommen in seinem Nichts ist, ihre Fenster seien blind, ihre Türen taub; der Unbekannte lauere den Karawanen auf, und wenn ihn großes Verlangen nach Gold und nach Skeletten heraustreibe, blase er schwarzes Pulver auf die Sonnenscheiben, die die Wege weisen; und wenn er sie zum Verlöschen gebracht hat, stürzt er, Kobolz schießend, aus dem Nichtsein, umgibt sie mit engen Ringen und verschleppt sie in das Nichts seiner Burg, sorgsam darauf achtend, nicht die kleinste Rubinagraffe fallen zu lassen – so übergenau ist er in all seiner Schrecklichkeit. Danach schwimmen nur besagte Wracks von Nirgendwoher und kreisen in der Wüste, ihnen hinterher fliegen aber noch Schiffsniete, wie Kerne, die der Rachen des ungeheuerlichen Unbekannten ausgespien hat. Seit aber der Gaurosauronsche Tunnel durch die Sklavenarbeit der Raketenscharen der öffentlichen Nutzung übergeben werden konnte und die Raumfahrerei durch diese hellste aller Rinnen vor sich ging, wütet der Unbekannte, seiner Beute beraubt, und erhellt mit der Glut seiner Wut dermaßen die Finsternis der Wüste, daß sein Leib durch die schwarze Mauer der Gravitation hindurchschimmert, wie ein Larvengerüst, das in seiner Bespinnung wie in einem Grab, aber doch phosphorisch modert. Manche Besserwisser behaupten, ihn gebe es gar nicht, und es habe ihn nie gegeben; sie haben gut reden. Es ist nämlich viel schwerer, um die Darstellung der Dinge zu ringen, für die das Wort, in lauer Stille, fern von flammenden Gluten und Wüsteneien entstanden, keine Entsprechung besitzt. Es fällt leicht, das Ungeheuer zu leugnen, schwerer jedoch, dieses zu überwinden und seiner ekelhaften Gier zu entrinnen. Hatte es nicht gar den Murgunder Kybernator mit achtzig Gefolgsleuten auf drei Schiffen verschlungen, daß von all diesen Magnaten nichts übrigblieb außer ein paar angenagten Klammern, die von Bewohnern der Siedlungen der kleinen Solara gefunden wurden, da die Nebelfleckendrift sie an ihre Gestade geworfen hatte? Hatte es nicht zahllose andere Männer ohne Pardon aufgefressen? So mag denn wenigstens stilles elektrisches Gedenken diesen Unbeerdigten eine Huldigung darbringen, wenn sich schon niemand findet, der sich ritterlich, nach altem Sternumkreisungsgesetz, an jenen Übeltäter richte.«

Dies alles las Trurl einmal in einem vom Alter verblichenen Buch, das er von einem Verkäufer zufällig erworben hatte, und gleich brachte er es zu Klapaucius, um ihm diese Absonderlichkeiten von Anfang bis Ende laut vorzulesen, da sie ihm sehr gefielen.

Klapaucius, der weise Konstrukteur, in Dingen des Kosmos erfahren und in Sonnen und Nebelflecken jeglicher Art beschlagen, lächelte nur, nickte und sagte: »Ich hoffe, du glaubst davon kein Wort?«

»Warum sollte ich nicht glauben?« rief Trurl empört. »Sieh nur, hier ist sogar eine kunstvoll gemachte Gravüre, die den Unbekannten darstellt, wie er gerade zwei Sonnensegler verspeist und in den Kasematten die Beute birgt. Übrigens, gibt es denn nicht wirklich einen Tunnel in einem Superstern, zugegeben, in einem anderen, dem Beth-el-Geus? Du bist doch wohl in der Kosmographie nicht so unbewandert, daß du das bezweifeln würdest?«

»Hinsichtlich des Kupferstichs kann ich dir auf der Stelle einen Drachen mit Augen von je tausend Sonnen zeichnen – wenn dir eine Zeichnung als Wahrheitsbeweis gilt«, sagte Klapaucius. »Und was den Tunnel betrifft, so hat er nur eine Länge von zwei Millionen und nicht von zwei Milliarden Meilen, zweitens ist der Stern nahezu erloschen, und drittens stellt die Fahrt durch den Tunnel nicht die geringste Gefahr dar, was dir sehr wohl bekannt sein dürfte, da du ja dort geflogen bist. Was nun die sogenannte Kirowwüste anbelangt, so ist das in Wirklichkeit einfach eine zehn Kiloparsek breite Masse kosmischen Mülls, die zwischen Maerydia und Tetrarchidis kreist und nicht in der Nähe irgendwelcher Feuerköpfe oder Gaurosaurier, die es überhaupt nicht gibt. Es stimmt zwar, daß es dort finster ist, aber nur von dem vielen Schmutz. Einen Unbekannten gibt es selbstverständlich dort nicht! Das ist nicht einmal ehrbarer antiker Mythos, sondern Phantasterei, die in einem wirren Kopf entstanden ist.«

Trurl preßte die Lippen zusammen.

»Der Tunnel ist nicht wichtig«, sagte er. »Du meinst, er sei ungefährlich, weil ich dort geflogen bin; wärst du es gewesen, würde man ganz andere Sachen zu hören bekommen. Aber lassen wir einmal den Tunnel, meine ich. Was die Wüste und den Unbekannten betrifft, so liegt mir nichts an einem Überzeugen durch Wortargumente. Fahr hin, dann wirst du sehen, was wahr daran ist« – hier ergriff er das dicke Buch, das auf dem Tisch lag – »und was nicht.«

Klapaucius versuchte ihm diese Absicht, so gut er konnte, auszureden, als er jedoch eingesehen hatte, daß Trurl, hartnäckig wie immer, nicht im geringsten daran dachte, auf eine so eigenartig begonnene Expedition zu verzichten, erklärte er zunächst, er wolle ihn nicht mehr sehen, bald jedoch begann auch er sich für den Weg zu rüsten, denn er wollte nicht, daß sein Freund allein ums Leben kam – zu zweit blickt man dem Tod mutiger ins Auge.

Nachdem er sich mit vielerlei Dingen ausgerüstet hatte, denn der Weg sollte durch Wüsteneien führen (wenn diese auch nicht so malerisch waren, wie sie das Buch schilderte), brachen sie mit ihrem bewährten Raumschiff auf; während der Reise machten sie hier und da halt, um Erkundigungen einzuziehen, vor allem, als sie das Gebiet verlassen hatten, über das sie genaue Angaben besaßen. Jedoch war von den Einheimischen nicht viel zu erfahren, da sie nur über ihre nähere Umgebung sachlich zu berichten wußten, darüber aber, was sich dort befand und was sich ereignete, wo sie selbst nie gewesen, erzählten sie die unglaublichsten Dinge, und zwar in allen Einzelheiten, mit Behagen und mit Entsetzen zugleich. Klapaucius hatte eine kurze Bezeichnung für solche Berichte, er nannte sie korrosiv, auf jene Korrosion und Sklerose anspielend, von der alle Greisenhirne geplagt werden.

Als sie sich nun der schwarzen Küste bis auf fünf oder sechs Millionen Feueratemzüge genähert hatten, kamen ihnen Gerüchte über einen gewalttätigen Riesen zu Ohren, der sich Diploj-Sbirre nannte; dabei hatte ihn nie einer gesehen, und man konnte sich auch nicht erklären, was das sonderbare Wort »Diploj«, mit dem dieses Gebilde bezeichnet wurde, zu bedeuten habe. Trurl dachte, es könnte vielleicht der entstellte Terminus »Dipol« sein, was von der polaren und zugleich widersprüchlichen, ambivalenten Natur des Räubers zeuge, Klapaucius jedoch, der von beiden der Nüchternere war, zog es vor, sich jeglicher Hypothese zu enthalten. Offenbar – so verlautete es – sei jener Räuber grausam und jähzornig, was sich darin äußere, daß er, nachdem er seine Opfer aller Dinge beraubt habe, immer noch unzufrieden durch seinen schrecklichen Geiz, weil es ihm in seiner Gier niemand recht machen konnte, sehr lange und schmerzhaft zuzuschlagen pflege, bevor er jemanden freilasse. Die Konstrukteure überlegten eine Weile, ob sie sich nicht mit einer Feuer- oder Stichwaffe ausrüsten sollten, bevor sie den schwarzen Rand der Wüste überschritten, doch schließlich erkannten sie, daß ihre Köpfe die beste Waffe seien, geschärft bei der Konstruktion, weitreichend und universell, und so fuhren sie, wie sie da standen.

Es muß eingeräumt werden, daß Trurl im Verlaufe der weiteren Reise recht bittere Enttäuschungen erleben mußte, denn in dem alten Buch waren die Sternballungen, die Flammenherde, die öden Wüsteneien, die Meteorenriffs und die wandernden Felsen viel schöner geschildert, als sie sich dem Auge des Reisenden in Wirklichkeit darboten. Die wenigen Sterne in dieser Gegend waren ganz unansehnlich und obendrein alt; die einen blinzelten kaum, wie in Asche glimmende Kohlenstückchen, die anderen waren an der Oberfläche bereits vollends nachgedunkelt, und nur durch die Risse ihrer schlampig gefalteten Rinde aus Schlacke glommen rote Äderchen; flammende Dschungel oder heimliche Strudel gab es hier gar nicht, auch hatte niemand von ihnen je etwas gehört. Die ganze Wüstenei zeichnete sich nämlich dadurch aus, daß sie todlangweilig war; was nun die Meteore betraf, so gab es sie wie Sand am Meer, jedoch flog in diesem klappernden Gerümpel mehr Schmutz mit als anständige magnetische Magnetite oder tektische Tektite, und das, weil man von hier mit der Hand zum galaktischen Pol reichen konnte und die Rotation der finsteren Strömungen gerade hierher, nach Süden, Unmengen von Abfällen und Staub aus den zentralen Sphären der Galaxis zog. Daher nannten die benachbarten Stämme und Völkerschaften dieses Gebiet nicht Kirowwüste, sondern einfach nur: Müllhaufen.

So steuerte Trurl also, bemüht, seine Enttäuschung vor Klapaucius so gut wie möglich zu verbergen, das Raumschiff in die Wüste – und gleich schlug Sand gegen seine Panzerung, und all der Sternenunrat, den die Sonnen mit ihren Protuberanzen ausspien, ließ sich mit so dicker Schicht auf den Wänden des Rumpfes nieder, daß beim Gedanken an eine künftige Säuberung die Lust an allem, hauptsächlich aber an eine Reise, gründlich verging.

Die Sterne waren lange schon im allgemeinen Dämmer verschwunden, und so flogen sie aufs Geratewohl, doch plötzlich wurde das Schiff erschüttert, so daß alle Gerätschaften, Töpfe und Instrumente rasselten, und sie spürten, daß sie irgendwohin flogen, und das immer schneller; schließlich krachte es entsetzlich, das Schiff setzte ziemlich weich auf und erstarrte in schrägem Neigungswinkel, als habe sich seine Spitze in etwas Unbewegliches gebohrt. Sie stürzten zu den Fenstern, draußen jedoch herrschte völlige Finsternis – nichts war zu sehen. Schon hörte man es rattern, ein Unbekannter von entsetzlicher Kraft war dabei, gewaltsam in das Innere einzudringen, daß die Wände nur so hüpften. Jetzt erst hatten sie geringes Vertrauen in ihre vernünftige Wehrlosigkeit, aber hinterher war es nutzlos zu klagen, also machten sie selbst die Klappe von innen auf, jedoch nur, damit man sie ihnen nicht mit Gewalt zuschanden machte.

Was erblickten sie? Jemand steckte sein Maul durch die Luke. Es war so groß, daß keine Rede davon sein konnte, daß er auch seinen Körper durchstecken konnte; dieses Maul war unheimlich abstoßend, war von oben bis unten, längs und quer, mit Augen besetzt und hatte eine Nase wie eine Säge sowie Kiefer oder auch Nichtkiefer, die hakenförmig und stählern waren; es rührte sich nicht, da es die Luke vollends ausfüllte, und nur seine Augen linsten diebisch nach allen Seiten, dergestalt, daß jedes Grüppchen davon einen anderen Teil der Umgebung erfaßte, und sie hatten einen Ausdruck, als wollten sie abschätzen, ob all das sich ehrlich lohnte; selbst ein Dümmerer als unsere Konstrukteure hätte begriffen, was dieses Ausschauen bedeutete, da es außerordentlich vieldeutig war.

»Was ist?« sagte schließlich Trurl, den dieses unverschämte Beäugen, das sich in aller Stille abspielte, wütend machte. »Was willst du, gräßliche Fratze? Ich bin der Konstrukteur Trurl, der allgemeine Omnipotentiator, und dies ist mein Freund Klapaucius, ebenfalls eine Berühmtheit und eine große Leuchte, und wir sind mit unserem Raumschiff rein touristisch geflogen, also bitte ich darum, daß das Gesicht sofort verschwindet und wir aus diesem finsteren Ort, der sicherlich voll Unrat ist, herausgeführt werden, damit wir wieder in ein anständiges reines Vakuum gelangen, widrigenfalls sehen wir uns genötigt, eine Beschwerde einzureichen, und dann wird man dich, den Mülltonnenwühler, in deine Bestandteile zerlegen – hörst du, was ich sage?!«

Jener erwiderte nichts – linste weiter umher und schien etwas zu berechnen. Stellte er Kalkulationen an – oder was?

»Hör mal, du aufgeblähte Mißgeburt«, rief Trurl, der jetzt auf nichts mehr Rücksicht nahm, obwohl Klapaucius ihn zur Mäßigung in die Rippen knuffte, »wir haben weder Gold noch Silber und auch keine Juwelen, laß uns also gleich von hier fort, nimm vor allem aber dein großes Maul weg, denn es ist unsäglich abstoßend. Und du«, hier wandte er sich an Klapaucius, »du hör auf, mich zu knuffen, damit ich mich mäßige, ich habe meinen eigenen Verstand und weiß, wie mit wem zu reden ist!«

»Ich verlange nicht nur Gold und Silber«, versetzte plötzlich das Maul und wandte tausend feurige Augen auf Trurl, »und zu reden hat man mit mir zartfühlend und mit Hochachtung, denn ich bin ein Räuber mit Diplom, bin gebildet und nervös von Natur. Ich hatte schon andere bei mir als euch und habe nachgeprüft, soviel ich wollte – und wenn ich alles bei euch zusammenschweiße, dann sickert auch aus euch Süßigkeit. Ich heiße Mäuler, messe dreißig Arschin in jede Richtung und raube tatsächlich Kostbarkeiten, aber in einer wissenschaftlich modernen Weise, das heißt: Ich entwende wertvolle Geheimnisse, Schätze der Wissenschaft, authentische Wahrheiten, überhaupt jede Information von Wert. Aber nun her damit, los, sonst pfeife ich! Ich zähle bis fünf – eins, zwei, drei . . .«

Er zählte bis fünf, und da sie ihm nichts gaben, pfiff er tatsächlich, daß ihnen beinahe die Ohren abgefallen wären. Klapaucius aber begriff, daß dieses »Diploj«, von dem die Eingeborenen mit Angst erzählt hatten, eben ein Diplom war, das der Räuber offenbar an einer Akademie für Räuberwesen erworben hatte. Trurl mußte sich mit den Händen an den Kopf fassen, denn Mäuler besaß eine Stimme, die seinem Wuchs angemessen war.

»Gar nichts bekommst du von uns!« rief er, indes Klapaucius nach Watte rannte. »Und du nimmst auf der Stelle das Maul weg!«

»Wenn ich das Maul wegnehme, stecke ich die Hand ’rein«, erwiderte Mäuler, »Und die ist klaftergroß, zangenartig und schwer, daß Gott behüte! Achtung – ich beginne!«

In der Tat: die Watte, die Klapaucius brachte, erwies sich als unnötig, denn das Maul verschwand, und eine knorrige, stählerne, dreckige, schaufelfingrige Pranke erschien; gleich fing sie an zu wühlen, zerbrach Tische und Schränke und Hindernisse, daß die Bleche nur so kreischten. Trurl und Klapaucius flohen vor der Pranke in die Atomsäule, und sobald sich nur ein Finger näherte, bekam er von oben eins verpaßt: bauz! Schließlich ärgerte sich der diplomierte Räuber, steckte erneut das Maul durch die Luke und versetzte: »Ich rate euch im guten, einigt euch mit mir, denn sonst lege ich euch für später beiseite, in die Tiefe meiner Vorratsgrube, schütte euch mit Schmutz zu und drücke euch mit Steinen fest, daß ihr euch nicht rühren könnt und euch der Rost vollends auffrißt; ich bin schon mit anderen fertig geworden; ihr könnt wählen!«

Trurl verwarf jeden Gedanken an Verhandlungen, aber Klapaucius war anderen Sinnes und fragte, was sich der Diplomand denn eigentlich wünsche.
»Die Rede höre ich gern«, versetzte er hierauf. »Ich sammle Schätze des Wissens, denn dies ist das Hobby meines Lebens, das sich aus der Hochschulbildung und der praktischen Einsicht in das Wesen der Dinge ergibt, zumal es hier für gewöhnlich Schätze, nach denen einfältige Räuber gieren, nicht zu kaufen gibt; Wissen hingegen sättigt den Hunger nach Erkenntnis, außerdem ist bekannt, daß alles Existierende Information ist; ich sammle sie also seit Jahrhunderten und werde es auch weiterhin tun; natürlich habe ich auch nichts dagegen, Gold oder Juwelen zu kassieren, denn das ist schön, erfreut das Auge und kann aufgehängt werden, aber ich tue es nur nebenbei, wenn sich dazu die Gelegenheit bietet. Ich mache darauf aufmerksam, daß ich Prügelstrafe für falsche Wahrheiten anwende, ebenso für falsche Metalle, denn ich bin ein Schöngeist und lechze nach Authentizität!«
»Und was wäre das für eine authentische und wertvolle Information, nach der es dich verlangt?« fragte Klapaucius.
»Jede, vorausgesetzt, daß sie wahr ist!« erwiderte jener. »Jede kann in einer Lebenslage von Nutzen sein. Meine Keller und Verliese sind ziemlich voll, aber es geht noch einmal soviel hinein. Erzählt, was ihr wißt und was ihr könnt, ich schreibe es mir auf. Aber schnell!«
»Da haben wir uns eine schöne Sache eingebrockt«, flüsterte Klapaucius Trurl ins Ohr, »der kann uns ein ganzes Jahrhundert hier festhalten, ehe wir ihm alles gesagt haben, was wir wissen, unsere Weiheit ist ungeheuer!«
»Warte«, versetzte hierauf Trurl, »laß mich mit ihm verhandeln.« Und laut sagte er: »Hör zu, du diplomierter Räuber. Was das Gold anbelangt, so besitzen wir Informationen, die mehr als alle anderen wert sind, es besteht eine Vorschrift, wie man Gold aus Atomen gewinnt; sagen wir es gleich: aus Wasserstoffatomen, denn ihrer gibt es im Kosmos ohne Zahl –

willst du diese Vorschrift, dann sind wir uns einig, hinterher läßt du uns frei.«

»Ich habe schon eine ganze Kiste mit solchen Rezepten«, erwiderte das Maul und glotzte zornig aus seinen Augen. »Alle taugen sie nichts. Ich lasse mich nicht mehr betrügen – erst muß die Gebrauchsanweisung ausprobiert werden.«

»Warum nicht? Das ist möglich. Hast du einen Topf?«

»Nein.«

»Macht nichts, es wird auch ohne Topf gehen, Hauptsache, es dauert nicht lange«, entgegnete Trurl. »Die Vorschrift ist einfach: so viele Atome Wasserstoff, wie ein Atom Gold wiegt, also siebenundachtzig; dann die Wasserstoffatome von den Elektronen säubern, dann die Protonen rühren, den Kernteig durchkneten, bis Mesonen auftauchen, und ringsum alles hübsch mit Elektronen besetzen. Dann hast du reines Gold. Sieh her!«

Trurl begann Atome zu fangen, schälte die Elektronen heraus, mischte die Protonen, daß man seine Finger in der Eile gar nicht sah, knetete den Protonenteig, zog Elektronenkreise ringsherum, dann verfuhr er ebenso mit dem nächsten Atom; kaum waren fünf Minuten vergangen, da hielt er bereits einen Klumpen echten Goldes in den Händen, reichte ihn dem Maul, dieses biß an, nickte und sagte: »Na schön, Gold ist das ja, aber ich schaffe es nicht, den Atomen so schnell hinterherzulaufen. Ich bin zu groß.«

»Macht nichts, du bekommst dafür einen geeigneten kleinen Apparat!« lockte Trurl. »Denk nur, auf diese Weise läßt sich alles in Gold umwandeln, nicht nur der Wasserstoff, wir geben dir auch noch Rezepte für andere Atome; der ganze Kosmos läßt sich in Gold umwandeln, wenn man sich bloß ein bißchen anstrengt!«

»Wäre er ganz aus Gold, so verlöre er jeden Wert«, versetzte hierauf der praktische Mäuler. »Nein, eure Vorschrift nützt mir nichts: das heißt, gewiß, aufgeschrieben habe ich sie, aber das genügt nicht! Ich lechze nach Schätzen der Wissenschaft.«

»Was willst du dann, Teufel noch mal?«

»Alles!«

Trurl sah Klapaucius an, Klapaucius beäugte den Trurl, und dieser sprach wie folgt: »Wenn du einen großen Schwur tust und schwörst, daß du uns dann gleich freiläßt, geben wir dir die Information über die Allinformation, das heißt, wir bauen dir eigenhändig einen Dämon Zweiter Ordnung, welcher magisch, thermodynamisch, unsklavisch und statistisch ist und dir aus einem alten Faß oder auch nur aus einem Niesen Informationen über alles extrahieren und sammeln wird, was war, was ist, was sein kann und was sein wird. Es gibt keinen Dämon über diesen Dämon, denn er ist Zweiter Ordnung, wenn du ihn also willst, dann rede gleich!«

Der Diplomräuber war mißtrauisch und ging nicht gleich auf die Bedingungen ein, zu guter Letzt legte er den Schwur ab, jedoch mit der Einschränkung, daß erst der Dämon entstehen und seine allinformatorische Macht beweisen müsse. Trurl nahm die Bedingungen an.

»Paß nun auf, Großmäuliger!« sagte er. »Hast du irgendwo Luft bei dir? Ohne Luft kann der Dämon nämlich nicht arbeiten.«

»Etwas wird wohl dasein«, sagte Mäuler, »aber ganz rein ist sie nicht, sie ist abgestanden.«

»Schadet nichts, sie kann sogar faulig sein, das hat keine Bedeutung«, sagten die Konstrukteure. »Führe uns dorthin, wo die Luft ist, und wir zeigen dir alles!«

Er ließ sie also aus dem Raumschiff, indem er sein Maul wegrückte, und sie folgten ihm während er sie zu sich führte – Beine hatte er wie Türme, einen Rücken wie einen Abgrund, und sein ganzer Körper war seit Jahrhunderten ungewaschen und ungeölt, er knirschte also geradezu unmöglich. Sie folgten ihm in die Kellergänge; auf dem Wege lagen verschimmelte Säcke herum, in denen der Geizhals die geraubten Informationen hielt, gebündelt und in Packen geordnet, mit Schnüren umwunden, und alles Wichtigere und Wertvollere war mit Rotstift unterstrichen. Und an der Wand des Verlieses hing ein riesiger Katalog, mit einer von Rost zerfressenen Kette an den Felsen geschmiedet. Darin waren alle möglichen Fächer – bei A war der Anfang. Trurl sah sich das an und ging weiter – ein dumpfes Echo antwortete, er verzog das Gesicht, ebenso Klapaucius, denn obschon alles voll war von geraubten authentischen kostbaren Informationen, so befanden sich jedoch überall, wohin sich das Auge wandte, Gerümpelhöhlen und Schmutzkeller. Alles war voll Luft, aber die war ganz stickig. Sie blieben stehen und Trurl sagte: »Gib acht! Die Luft besteht aus Atomen, diese Atome springen nach allen Seiten und prallen milliardenmal in der Sekunde in jedem Kubikmikromillimeter zusammen, und das ist eben das Gas, weil sie so ewig hüpfen und miteinander anstoßen. Aber wenn sie auch so blindlings und rein zufällig springen, so gibt es davon doch in jeder Ritze Milliarden über Milliarden, infolge dieser hohen Anzahl bilden sich aus jenen Sprüngen und Schwüngen unter anderem auch durch reinen Zufall verursachte sinnvolle Konfigurationen ... Weißt du denn, du Kamel, was das ist, so eine Konfiguration?«

»Keine Beleidigung, bitte!« entgegnete Mäuler. »Ich bin nämlich kein einfacher ungehobelter Räuber, sondern ein feinsinniger, einer mit Diplom, und ich bin deshalb sehr nervös.«

»Gut. Aus diesen atomaren Sprüngen entstehen also gewichtige, das heißt sinnvolle Konfigurationen, etwa so, wie wenn du, ohne zu zielen, gegen eine Mauer schössest und die Treffer einen Buchstaben bildeten. Was im großen Maßstab selten und wenig wahrscheinlich ist, das ist im Atomgas alltäglich und stetig, eben wegen jener Billionen Zusammenstöße in jedem hunderttausendstel Teilchen einer Sekunde. Das Problem stellt sich nun folgendermaßen dar: In jeder Prise Luft formen sich durch das atomare Gezappel und Gehampel gewichtige Wahrheiten und bedeutsame Sentenzen, aber gleichzeitig entstehen dort ganz und gar sinnlose Sprünge und Abpraller; und von den letzteren gibt es tausendfach mehr als jene. Obschon man auch früher wußte, daß vor deiner Sägenase in jedem Milligramm Luft innerhalb des Bruchstücks einer Sekunde Fragmente jener Poeme entstehen, die erst nach einer Million von Jahren geschrieben werden, auch Teile verschiedener herrlicher Wahrheiten sowie die Lösungen sämtlicher Rätsel des Daseins und seiner Geheimnisse, so gab es noch Verfahren, diese Information vollends zu isolieren, um so mehr, als die Atome, die mit den Köpfen zusammenstoßen und sich zu einem Inhalt ordnen, gleich wieder auseinanderfliegen, und mit ihnen zerfällt auch dieser, vielleicht für immer. Der ganze Witz liegt also darin, daß man einen Selektor baut, der all das auswählt, was in dem Hin und Her der Atome sinnvoll ist. Das ist die Idee des Dämons Zweiter Ordnung, hast du davon etwas begriffen, du großer Mäuler? Es geht, bedenke, darum, daß der Dämon mir die wahre Information aus den atomaren Tänzen extrahiert, das heißt die mathematischen Theoreme und die Modejournale, die Muster und die Geschichtschroniken, die Rezepte für den Ionenkuchen und die Verfahren zum Stopfen und Waschen von Asbestpanzern und die Gedichte und die wissenschaftlichen Ratschläge und die Almanache und die Kalender und die geheimen Nachrichten darüber, wann sich etwas ereignet hat, und all das, was die Zeitungen im ganzen Kosmos schrieben und noch schreiben, und die Telefonbücher, die noch nicht gedruckt sind . . .«

»Genug! Genug!!!« rief der Mäuler. »Halt ein! Was nützt es, wenn sich diese Atome so fügen, wenn sie gleich wieder auseinanderfliegen, ich glaube auch nicht, daß man unschätzbare Wahrheiten von allerlei Gehampel und Gehüpfe isolieren kann, das keinen Sinn hat und niemand frommt!«

»Du bist ja wirklich weniger dumm, als ich angenommen habe«, sagte Trurl, »die Schwierigkeit besteht wirklich nur darin, wie man diese Selektion in Gang setzen soll. Und ich habe gar nicht die Absicht, dich von ihrer Möglichkeit theoretisch zu überzeugen, sondern ich werde, wie versprochen, gleich hier, auf der Stelle, den Dämon Zweiter Ordnung bauen, damit du

dich mit eigenen Augen von der wunderbaren Vollkommenheit dieses Allinformators überzeugen kannst! Du brauchst mir nichts weiter als eine Schachtel oder eine Kiste zu geben; sie kann klein sein, aber sie muß dicht halten; wir machen darin mit einer Nadelspitze ein kleines Loch und setzen über diese Öffnung den Dämon; er wird breitbeinig darauf sitzen und nur sinnvolle Informationen aus dem Kasten herauslassen, sonst nichts. Wenn sich nämlich irgendein Häufchen Atome zufällig so zusammenfügt, daß es etwas bedeutet, dann packt sie der Dämon gleich am Kragen und schreibt diese Bedeutung auf einen Papierstreifen, von dem ich einen ganzen Haufen bereitschaffen muß, denn er wird Tag und Nacht arbeiten – bis der Kosmos aufgehört hat, nicht früher ... Und das hundertmilliardenmal pro Sekunde, du wirst es gleich selbst erleben; so nämlich arbeitet der Dämon Zweiter Ordnung.«
Mit diesen Worten begab sich Trurl zum Raumschiff, um den Dämon anzufertigen; Mäuler fragte indes den Klapaucius: »Und wie ist der Dämon Erster Ordnung beschaffen?«
»Ach, der ist weniger interessant, ein gewöhnlicher thermodynamischer Dämon, der nur soviel kann, daß er die schnellen Atome durch die Öffnung läßt und die langsamen nicht; auf diese Weise entsteht dann ein thermodynamisches Perpetuum mobile. Mit Information hat das jedenfalls nichts zu tun, schaff also lieber das Gefäß mit dem Loch herbei, Trurl ist nämlich gleich wieder da!«
Der diplomierte Räuber begab sich in den zweiten Keller, polterte dort mit den Blechen, fluchte und wetterte, türmte Eisengerümpel auf, wühlte darin herum, bis er schließlich ein leeres altes Eisenfaß hervorkramte, ein keines Loch darein bohrte und damit zurückkehrte, und da nahte auch schon Trurl, den Dämon in der Hand.
Das Faß war voll Luft, die so faulig war, daß die Nase geradezu abfallen wollte, wenn man sie an die Öffnung hielt, aber dem Dämon machte das nichts aus; Trurl setzte dieses winzige Etwas mit gespreizten Beinen über dem kleinen Loch aufs Faß,

brachte eine große Trommel mit Papierband oben an und führte dieses unter den Brillantschreiber, der vor Lust zitterte, und das Klopfen begann – tak – tak, tak – tak, wie in einem Telegraphenamt, aber eine Million mal schneller. Das kleine Schreibzeug mit dem winzigen Brillanten an der Spitze zitterte und vibrierte nur so, und das Informationsband glitt langsam mit dem Text auf den sehr schmutzigen, über die Maßen verdreckten Kellerfußboden.

Der Räuber Mäuler hockte sich neben das Faß, hielt das Papierband an seine hundert Augen und las ab, was der Dämon da als Informationssieb aus dem ewigen atomaren Gehüpfe herausfischte; und die wichtigen Inhalte fesselten ihn gleich dermaßen, daß er gar nicht merkte, wie die beiden Konstrukteure um so rascher den Keller verließen, ihr Schiff an den Steuervorrichtungen packten, einmal, zweimal, dreimal daran zerrten, bis sie es aus der Falle gezogen hatten, in die es der Räuber gestoßen hatte, hineinsprangen und so schnell davonrasten, wie sie nur konnten, denn obwohl sie wußten, daß ihr Dämon tätig war, argwöhnten sie, daß die Ergebnisse dieser Wirkung Mäuler mit größerem Reichtum ausstatten würden, als es wünschenswert war. Dieser aber saß ans Faß gelehnt und las beim Piepsen des Brillantschreibers, mit dem der Dämon auf dem Papierband alles niederschrieb, was er von den zitternden Atomen erfuhr, darüber, wie sich die arlebardischen Gliederfüßler gliedern und daß die Tochter des Königs Petricius aus Labaudien Garbunda hieß, und was Friedrich II., der König der Blasser, zum zweiten Frühstück aß, als er den Guendolinern den Krieg erklärte, und wie viele Elektronenhüllen ein Termionoliumatom besäße, wenn ein solches Element möglich wäre, und wie groß die Abmessungen des hinteren Lochs des kleinen Vogels seien, welcher Krugelhahn heißt und von den Lockschwänigen Marleien auf Ramphoren gemalt werde, ebenso über die drei polyaromatischen Geschmacksarten des ozeanischen Schwamms auf Aquatien und über das Blümchen Wiedehopf, das vor Rührung über die Morgenröte

mit allem Ungestüm die altmälfischen Jäger zum alten Eisen legte, auch darüber, wie man die Formel für den Kosinus des Winkels der Basis des Vielecks, Ikoseder genannt, deduziert und wer der Juwelier des Falucius, jenes linkshändigen Schlächters der Buwanten, war und wie viele philatelistische Schriften im Jahre siebzigtausend auf Markonautien erscheinen werden und wo sich die kleine Leiche der Schönfersigen Kybricja befinde, die ein gewisser Malkonder im trunkenen Zustand mit einem Nagel durchbohrte, auch wodurch sich ein Kritiker von einem Haarspalter unterscheide, desgleichen, wer im Kosmos die kleinste Längsjätedecke besitze und warum drachenhintrige Flöhe kein Moos essen wollen, worin das Spiel »Herunterziehen des Hinteren Baluciers« bestehe und wie viele Samenkörner von Löwenkraut sich in dem Häufchen befanden, das Burkan der Blättrige mit dem Fuß anstieß, als er beim achten Kilometer der Chaussee nach Albazia im Tal der Greisen Seufzer ausrutschte – und nach und nach wurde er fuchsteufelswild, denn ihm schwante, daß er all diese gänzlich echten und über die Maßen sinnvollen Informationen überhaupt nicht brauchte, denn sie waren wie Kraut und Rüben, wovon einem der Kopf platzen wollte und die Füße zitterten.
Der Dämon Zweiter Ordnung arbeitete mit einer Geschwindigkeit von dreihundert Millionen Informationen in der Sekunde, der Papierstreifen ringelte sich bereits meilenweit und bedeckte nach und nach den diplomierten Räuber mit seinen Schleifen, es war, als würde er in weiße Spinnweben eingesponnen, und der kleine Brillant des Schreibers zitterte wie rasend, und der Räuber glaubte, er werde nun gleich unerhörte Dinge erfahren, solche, die ihm die Augen auf das Wesen des Seins öffnen würden, also las er alles, was unter dem kleinen Brillanten hervorsprudelte, und das waren Trinklieder der Kwaidonesen, die Größen der Nachtpantoffeln mit Troddeln auf dem Kontinent Gonduana, die Dicke der Haare, die auf der Kupferstirn des Euerburger Tausenfüßlers wachsen, und die Breite der Fontanellen bei den Futtersäuglingen und die

sechs Methoden, eine Grießsuppe zu kochen, und wirksames Gift für Tanten und die Art, wie man bis zur Übelkeit kitzelt, und alle Namen auf M der Einwohner von Finsterangstglauba und die Beschreibungen des vom Schimmel befallenen Bieres ... Ihm wurde von alledem dunkel vor Augen, und er brüllte laut los, denn er hatte es satt, doch hatte ihn bereits die Information mit dreihunderttausend Papiermeilen umwickelt und gefesselt, so daß er sich nicht mehr rühren konnte und weiterlesen mußte, darüber, welchen Anfang des zweiten »Dschungelbuches« Rudyard Kipling geschrieben hätte, wenn ihn damals Bauchschmerzen geplagt hätten, und woran ein von Ehelosigkeit geplagter Walfisch denkt, welcher Art das Liebeswerben der weißen Fliegenpilze sei, wie man einen alten Sack stopfe, was Amüsierschoten sind, warum man Schmied und Schneider und nicht Schneid und Schmieder sage, wie viele blaue Flecke man auf einmal haben könne, dann folgte eine Reihe von Merkmalen zur Unterscheidung von Trillern und Aprikosen: die ersten seien kahl, die anderen hätten Härchen, ferner welches die Reime zu dem Wort »Kohl« seien und mit welchen Worten Papst Ulm von Pendera den Antipapst Mulma beleidigt habe und wer eine Kammbläse besitze. Hier nun vermochte er in äußerster Verzweiflung, sich aus dem Papiergewirr zu befreien, bald jedoch verließen ihn die Kräfte; er stieß die Papierstreifen zurück, zerriß sie und warf sie beiseite, aber er hatte viel zu viele Augen, als daß nicht wenigstens durch einige ein paar neue Informationen drangen, also erfuhr er gezwungenermaßen, welches die Kompetenzen eines Nachtwächters in Indochina seien und weshalb die Nadojderer aus Flutorsien stets behaupten, sie seien verweht worden. Doch da schloß er die Augen und erstarrte, erdrückt von der Informationslawine, der Dämon indes wickelte ihn weiter in die Papierstreifen ein und strafte somit auf entsetzlichste Weise den diplomierten Räuber Mäuler für seine maßlose Gier nach jedwedem Wissen.

So hockt jener Mäuler bis auf den heutigen Tag auf dem

Grunde seiner Müllhaufen und Schutthalden, bedeckt mit Bergen von Papier, im Halbdämmer des Kellers aber zittert und vibriert der winzige Brillantschreiber und notiert alles, was der Dämon Zweiter Ordnung aus den atomaren Tänzen der Luft, die durch das kleine Loch im alten Faß strömt, herausfischt; und so erfährt der unglückselige Mäuler, genötigt durch die Streitflut der Information, von den Pompons und von den Karakons und von seinem eigenen Abenteuer, das auf diesen Seiten ebenfalls geschildert wurde, wo es sich auf irgendeinem Kilometer des Papierstreifens befindet – auch noch andere Geschichten und Prophezeiungen der Geschichte aller Wesen bis zum Verlöschen der Sterne; und es gibt für ihn keine Rettung, denn so streng haben ihn die Konstrukteure für seinen räuberischen Überfall bestraft – es sei denn, daß schließlich das Band wegen Papiermangels zu Ende geht.

Inhalt

Nachweise

Die Texte sind den Bänden: »Bajki robotów« (Robotermärchen); Kraków: Wydanictwo Literackie 1964 und »Cyberiada« (Die Kyberiade); Kraków: Wydanictwo Literackie 1965 entnommen.
Dem »Eulenspiegel Verlag« Berlin danken wir für die Überlassung der Nutzungsrechte für die Übersetzung von Caesar Rymarowicz (Trurls Maschine; Die Tracht Prügel; Die Falle des Gargancjan; Von den Drachen der Wahrscheinlichkeit; Wie Trurl und Klapaucius einen Dämon Zweiter Ordnung schufen, um Mäuler den Mäuler zu besiegen). Die übrigen Texte übersetzte I. Zimmermann-Göllheim.

Bibliothek Suhrkamp

283 Jaroslav Hašek, Die Partei des maßvollen Fortschritts
284 Hans Mayer, Brecht in der Geschichte
285 Ödön von Horváth, Von Spießern, Kleinbürgern und Angestellten
286 André Maurois, Auf den Spuren von Marcel Proust
287 Bertolt Brecht, Über Klassiker
288 Jiří Kolář, Das sprechende Bild
289 Alfred Döblin, Die beiden Freundinnen und ihr Giftmord
290 Alexander Bloch, Der Sturz des Zarenreichs
292 Ludwig Hohl, Nächtlicher Weg
293 Djuna Barnes, Nachtgewächs
294 Paul Valéry, Windstriche
295 Bernard Shaw, Die heilige Johanna
296 Hermann Kasack, Die Stadt hinter dem Strom
297 Peter Weiss, Hölderlin
298 Henri Michaux, Turbulenz im Unendlichen
299 Boris Pasternak, Initialen der Leidenschaft
300 Herrmann Hesse, Mein Glaube
301 Italo Svevo, Ein Mann wird älter
302 Siegfried Kracauer, Über die Freundschaft
303 Samuel Beckett, Le dépeupleur Der Verwaiser
305 Ramón José Sender, Der König und die Königin
306 Hermann Broch, James Joyce und die Gegenwart
307 Sigmund Freud, Briefe
309 Bernard Shaw, Handbuch des Revolutionärs
310 Adolf Nowaczyński, Der schwarze Kauz
311 Donald Barthelme, City Life
312 Günter Eich, Gesammelte Maulwürfe
313 James Joyce, Kritische Schriften
314 Oscar Wilde, Das Bildnis des Dorian Gray
315 Tschingis Aitmatov, Dshamilja
316 Ödön von Horváth, Kasimir und Karoline
317 Thomas Bernhard, Der Ignorant und der Wahnsinnige
318 Princesse Bibesco, Begegnung mit Marcel Proust
319 John Millington Synge, Die Aran-Inseln
320 Bernard Shaw, Über die Ehe
321 Henry James, Die Tortur
322 Edward Bond, Lear
323 Ludwig Hohl, Vom Erreichbaren und vom Unerreichbaren
324 Alexander Solschenizyn, Matrjonas Hof
325 Jerzy Andrzejewski, Appellation

326 Pio Baroja, Shanti Andía, der Ruhelose
327 Samuel Beckett, Mercier und Camier
328 Mircea Eliade, Auf der Mântuleasa-Straße
329 Hermann Hesse, Kurgast
330 Peter Szondi, Celan-Studien
331 Hans Erich Nossack, Spätestens im November
332 Wenjamin Alexandrowitsch Kawerin, Das Ende einer Bande
333 Gershom Scholem, Judaica 3
334 Ricarda Huch, Michael Bakunin und die Anarchie
335 Bertolt Brecht, Svendborger Gedichte
336 Francis Ponge, Im Namen der Dinge
337 Bernard Shaw, Wagner-Brevier
338 James Joyce, Stephen der Held
339 Zbigniew Herbert, Im Vaterland der Mythen
340 Hermann Broch, Barbara
341 Nathalie Sarraute, Tropismen
342 Hermann Hesse, Stufen
343 Rainer Maria Rilke, Malte Laurids Brigge
344 Hermann Hesse, Glück
345 Peter Huchel, Gedichte
346 Adolf Portmann, Vom Lebendigen
347 Ingeborg Bachmann, Gier
348 Knut Hamsun, Mysterien
349 Boris Pasternak, Schwarzer Pokal
350 James Joyce, Ein Porträt des Künstlers
351 Franz Kafka, Die Verwandlung
352 Hans-Georg Gadamer, Wer bin Ich und wer bist Du?
353 Hermann Hesse, Eigensinn
354 Wladimir W. Majakowskij, Ich
356 Werner Kraft, Spiegelung der Jugend
357 Edouard Roditi, Dialoge über Kunst
358 Miguel Angel Asturias, Legenden aus Guatemala
359 Bernard Shaw, Der Kaiser von Amerika
360 Bohumil Hrabal, Moritaten und Legenden
361 Ödön von Horváth, Glaube Liebe Hoffnung
363 Richard Hughes, Ein Sturmwind auf Jamaika
365 Wolfgang Hildesheimer, Tynset
366 Stanisław Lem, Robotermärchen
367 Hans Mayer, Goethe
369 Hermann Hesse, Iris
371 Paul Ludwig Landsberg, Die Erfahrung des Todes
384 Zbigniew Herbert, Inschrift
386 Joseph Conrad, Jugend